1875 - B3 - 110

00

le chiffre scénique dans la dramaturgie moliéresque

le chiffre scénique dans la dramaturgie moliéresque

dominique lafon

les Presses de l'Université d'Ottawa
Ottawa

Éditions Klincksieck
Paris

© Les Presses de l'Université d'Ottawa, 1990
ISBN 2-7603-0251-2

Données de catalogage avant publication (Canada)

Lafon, Dominique, 1950–
Le chiffre scénique dans la dramaturgie moliéresque

Comprend des références bibliographiques.
ISBN 2-7603-0251-2

1. Molière, 1622-1673 — Critique et interprétation.
2. Molière, 1622–1673 — Technique. I. Titre.

PQ1860.L34 1990   842'.4   C90-090170-5

Publié en France et en Europe
par les Éditions Klincksieck, Paris, en 1990
ISBN 2-252-24127-2

Cet ouvrage a été publié grâce à une subvention de la Fédération canadienne des études humaines, dont les fonds proviennent du Conseil de recherches en sciences humaines du Canada.

Imprimé au Canada

À mon père

TABLE DES MATIÈRES

INTRODUCTION

LES REFUS MÉTHODOLOGIQUES

Les années 1970 ont vu un foisonnement de recherches théoriques issues de la sémiologie ou de la sémantique — là plus qu'ailleurs un et / ou s'imposerait —, recherches qui trouvèrent dans le théâtre une *terra neglecta* où donner libre cours au prurit de la taxinomie. L'enjeu était d'importance puisqu'il s'agissait d'abord de constituer le théâtre en un objet spécifique : l'isoler du littéraire par une valorisation absolue du spectaculaire, mais aussi l'arracher des mains des metteurs en scène, quitte à les transformer eux aussi en objets d'étude, à ressusciter, fût-ce pour la trahir, une fonction médiatrice sous la forme d'un personnage mythique, le « dramaturge ». Ancien objet pour nouveaux spécialistes, le théâtre est devenu alors un lieu ambigu du discours critique où pratique textuelle et pratique scénique se livraient un combat incertain de ses objectifs que venait parfois arbitrer la troisième instance des triangles dialectiques : le public.

Les publications de cet ordre ont connu un certain ralentissement qui permet d'en juger. Malgré bon nombre d'ouvrages théoriques, on peut dire que les analyses d'œuvres demeurent encore très limitées ; dans cette production seuls les représentations ou les extraits figurent comme objets d'analyse.

Le présent ouvrage ose, au contraire, l'application d'un outil d'analyse à une production dramaturgique, celle de Molière, sur un corpus de huit œuvres : les premières attributions, *La Jalousie du Barbouillé* et *Le Médecin volant*, suivies d'œuvres reconnues, *Les Précieuses ridicules*, *L'École des femmes*, *Le Misanthrope*, *Amphitryon*, *Les Fourberies de Scapin*, *Le Malade imaginaire*. Cette application est plus qu'une simple « mise en pratique ». Elle se veut systématique, quantitative et qualitative. Quantitative, elle permet d'évaluer rigoureusement les traits récurrents de l'œuvre et d'en mesurer l'évolution et la fréquence. Qualitative, elle tente, en un second niveau d'analyse, de formuler des hypothèses, quant à la nature spécifique de la dramaturgie moliéresque, et au-delà, quant à la nature du récit théâtral classique. La perspective s'organise donc autour d'une double articulation : articulation d'un formalisme descriptif et d'une analyse critique, articulation du textuel et du scénique.

Projet ambitieux certes, mais dont l'historique permet de souligner qu'il fut imposé, à l'origine, par le texte moliéresque dans sa structure la plus manifeste : le découpage scénique. Ayant à décrire la « composition » d'*Amphitryon*, il me fallut procéder à une schématisation, fréquemment utilisée par les metteurs en scène et les régisseurs, qui consiste à mettre en tableau les présences scéniques de chaque personnage dans le déroulement de la pièce. Ce tableau des présences et des absences scéniques, qui recoupe effectivement le découpage scénique et opère une première jonction du point de vue scénique et textuel, s'avéra très signifiant en soi. Le tableau présentait une adéquation du « thème », du « motif » de l'œuvre, le double, et de la composition scénique qui, elle aussi, doublait systématiquement et régulièrement ses données.

Une hypothèse alors se formula : peut-il exister un formalisme textuel, autrement dit une répartition mesurée et mesurable de ses unités, spécifique au théâtre moliéresque qui en soutiendrait la thématique. Cette hypothèse s'inscrit, sinon en faux, du moins en marge des analyses précédentes de l'œuvre qui ont majoritairement privilégié la conception d'un Molière-moraliste, que les modes critiques faisaient évoluer en un Molière-métaphysicien ou en un Molière-sociologue. Mais l'étude strictement thématique se heurte à deux écueils : la synchronie et le spectaculaire. Il est évident que Molière a réutilisé au cours de sa production les mêmes ressorts thématiques, comme l'éducation des femmes ou la médecine. Mais ses prises de position sont contradictoires. Ainsi, il peut sembler qu'au chapitre de l'éducation des femmes, Molière refuse aussi bien l'outrance farcesque de Cathos et Magdelon qui trahit l'ignorance du béotien, que la culture authentique d'Armande et de Philaminte. Cependant, le personnage d'Agnès vient interdire une interprétation univoque, comme l'ambiguïté des porte-parole annule la mesure de leur discours du juste milieu : Chrysale est assez ridicule qui mêle haut-de-chausse et bon sens en tremblant devant l'autorité matriarcale.

CHRYSALE

Nos pères sur ce point étaient gens bien sensés   577
Qui disaient qu'une femme en sait toujours assez
Quand la capacité de son esprit se hausse
À connaître un pourpoint d'avec un haut-de-chausse.

Les Femmes savantes, acte II, scène 7.

Si l'affirmation d'Agnès est univoque :

AGNÈS

Je ne juge pas bien que je suis une bête ?   1557
Moi-même, j'en ai honte ; et, dans l'âge où je suis,
Je ne veux plus passer pour sotte, si je puis.

L'École des femmes, acte V, scène 4.

il n'en va pas de même de Chrysalde qu'Arnolphe désigne impitoyable-
ment comme une victime de la « compétence » féminine.

ARNOLPHE

Peut être que chez vous   10
Vous trouvez des sujets de craindre pour chez nous.

L'École des femmes, acte I, scène 1.

La morale des pièces est donc aussi difficile à *isoler* que le sont celles des
fables de La Fontaine où les contradictions synchroniques se nourrissent
tout à la fois de la récurrence et de l'affirmation excessive des thèmes.
Dans le cas de Molière, l'absence de juste milieu, de discours modéré,
peut être imputée au genre ; la dynamique d'une pièce ne se fonde que
sur l'excès, l'outrance plus instables, plus comiques. Le spectaculaire
l'emporte sur un moralisme qui n'est jamais actif, ni dogmatique. L'évolution du théâtre de Molière ne saurait donc reposer uniquement sur
l'élaboration d'une idéologie.

Un autre exemple confirme cette première approche : le thème
de « l'incompétence de la médecine ». Il apparaît dès le canevas du
Médecin volant où il est prouvé que n'importe qui, à savoir Sganarelle,
peut devenir un médecin. Puis, il réapparaît dans *Le Malade imaginaire*,
L'Amour médecin et *Le Médecin malgré lui*.

Or, ici encore, ce n'est nullement une critique directe de la médecine qui constitue le fonctionnement de ces quatre œuvres, mais une
critique indirecte dont l'argument est le *déguisement*. Molière ne dit pas :
« Tous les médecins sont des charlatans », mais « C'est l'habit qui fait
la science du médecin ». Donnée essentielle parce qu'il est d'abord un
élément du spectacle, le costume / déguisement est privilégié aux dépens d'un message explicite. Les quatre pièces sont, par ailleurs,
construites sur le même schéma, mais dans une progression qui donne
au déguisement une place de plus en plus centrale par rapport à la typologie des personnages.

Ainsi dans *Le Médecin volant*, *L'Amour médecin* et *Le Médecin malgré
lui*, le déguisement, la contrefaçon, obéit aux exigences des deux situations codées de la comédie : le mariage contrarié ou la revanche que
prend le mari sur une épouse-mégère. Dans *Le Malade imaginaire*, les
divers subterfuges reliés à la maladie ou à la médecine ne ressortissent

pas tous de la convention. S'il est clair qu'Argan contrefait le mort afin
que Béline soit démasquée (épouse-mégère) et qu'Angélique épouse
Cléante (mariage), les raisons, pour lesquelles il est cérémonieusement
déguisé en médecin — divertissement inutile à la conclusion de l'intrigue — et plus encore, les raisons pour lesquelles Toinette se déguise
en médecin, ne peuvent être immédiatement reliées à une logique narrative conventionnelle, pas plus qu'à une thématique satirique.

Plus que la satire médicale, c'est bien l'habit du médecin que Molière reprend en intensifiant son poids spectaculaire plus que son rôle
dans l'intrigue. Le déguisement de Toinette n'a *aucun* effet sur le déroulement de l'intrigue et celui d'Argan n'est pas strictement nécessaire
au dénouement. Le mariage de Cléante et d'Angélique est acquis avant
que Béralde n'ait l'idée de tuer le défaut par le mal et de faire soigner
Argan par Argan, car Cléante avait accepté de se faire médecin :

ARGAN

Qu'il se fasse médecin, je consens au mariage. Oui, faites-vous médecin, je vous
donne ma fille.

CLÉANTE

Très volontiers, Monsieur : s'il ne tient qu'à cela pour être votre gendre, [...]

BÉRALDE

Mais, mon frère, il me vient une pensée : faites-vous médecin vous-même [...]
Le Malade imaginaire, acte III, scène 14.

Par contre la cérémonie est un prétexte au dernier intermède, si l'on en
croit Béralde lui-même : « Tout ceci n'est qu'entre nous. Nous y pouvons aussi *prendre chacun un personnage, et nous donner ainsi la comédie
les uns aux autres. Le carnaval* autorise cela[1]. » Molière utilise donc le
personnage du médecin moins comme objet de critique que comme
silhouette caractéristique. De sa première apparition dans *La Jalousie du
Barbouillé* à sa dernière dans *Le Malade imaginaire*, il n'y a pas si loin. Le
costume de la commedia dell'arte est devenu costume tout court et fait
l'objet d'une multiplication doublée d'une mise en abyme du type
« théâtre dans le théâtre ». Les deux Diafoirus exhibent à l'acte II deux
costumes de médecin, tandis que Fleurant, Purgon et Toinette en présentent trois à l'acte III; dans le dernier intermède quatre personnages
deviennent les icônes du monde médical puisque Béralde, Angélique
et Cléante se déguisent à leur tour *pour voir* Argan devenir un médecin.

Ainsi, Molière, qui refuse pour ses pièces l'angle de l'opinion per-
sonnelle en favorisant certains thèmes, privilégie l'aspect spectaculaire
de la représentation. Cette constatation peut être aisément confirmée

aussi bien par la personnalité de Molière, d'abord et avant tout chef de troupe et comédien, que par l'évolution d'une production qui fait succéder à des œuvres « problématiques » — *Tartuffe, Dom Juan, Le Misanthrope*, un retour aux thèmes et aux silhouettes de la commedia dell'arte.

Le choix du corpus a été effectué en fonction de ces premières remarques. En effet, c'est pour centrer l'analyse sur les données du spectacle que furent privilégiées les pièces dont la représentation offre le plus d'intérêt, ou le plus de problèmes. Ainsi, les deux canevas attribués traditionnellement à Molière permettent de définir le point d'origine de certaines données du spectacle, le message y étant singulièrement mince.

Les Précieuses ridicules, au contraire, qui semble faire prévaloir la satire d'un phénomène strictement contemporain, pose le problème de la « théâtralité » de la satire. *L'École des femmes* et *Amphitryon* sont deux œuvres particulièrement intéressantes dans la mesure où leur déroulement repose sur des procédés qui mettent directement en question la représentation : l'une substitue le récit à l'action, l'autre joue sur une illusion d'optique qui donne à deux acteurs le même rôle, donc la même apparence. *Les Fourberies de Scapin* présente une certaine forme d'accomplissement des ressorts de la commedia et, à ce titre, permet une évaluation de la perfection technique de Molière. *Le Malade imaginaire* enfin, qui renouvelle un des thèmes récurrents, en donne une dimension nouvelle à sa représentation, celle d'un spectacle total où chants, danses et mascarades sont intégrés au texte.

Manquait à ce corpus une « grande comédie de caractère ». Choisir *Le Misanthrope* pour pallier ce manque, c'était réaliser une synthèse périlleuse entre les œuvres de combat (*Tartuffe, Dom Juan*) et les œuvres de genre (*Le Bourgeois gentilhomme, L'Avare*). *Tartuffe*, remanié sous la pression des événements, et *Dom Juan*, pièce épique avant l'heure, ne sauraient s'inscrire dans une première étude synchronique qu'elles devront tempérer ultérieurement. Par ailleurs, *Le Misanthrope*, créé dans la suite de ces deux œuvres, témoigne assez d'une certaine polémique comme d'un écart dramaturgique : sous une apparente fidélité au genre (le mariage d'Alceste et de Célimène semble être l'enjeu de l'intrigue), la pièce s'écarte des conventions du dénouement, le mariage réalisé n'étant pas le mariage annoncé. La misanthropie est une thématique du refus plus que l'avarice qui est en outre reprise dans *Les Fourberies*. Retenir comme comédie ballet *Le Malade imaginaire* plutôt que *Le Bourgeois gentilhomme* permet de renouer avec le thème de la médecine et de privilégier un mode d'insertion des intermèdes mieux lié à la thématique : si le mamamouchi tombe des nues et de la mode, la cérémonie d'intronisation du médecin est une apothéose de l'entreprise satirique moliéresque.

Deux autres caractéristiques sont venues appuyer le choix d'un tel corpus : son étalement dans le temps (*Les Précieuses ridicules*, 1659; *L'École des femmes*, 1662, Le Misanthrope, 1666; Amphitryon, 1668; *Les Fourberies de Scapin*, 1671; *Le Malade imaginaire*, 1673) et le grand nombre de représentations des œuvres qui le constituent, selon la classification de Sylvie Chevalley, bibliothécaire archiviste de la Comédie-Française[2].

Les Précieuses ridicules	1328 fois
L'École des femmes	1544 fois
Le Misanthrope	2001 fois
Amphitryon	1118 fois
Les Fourberies de Scapin	1301 fois
Le Malade imaginaire	1887 fois

Le choix des objets d'analyse relève donc bien ici de l'échantillonnage. Ni exhaustif, ni systématique, le corpus ne peut susciter en lui-même les a priori d'une quelconque méthodologie.

Sémiologiques ou sémiotiques, les analyses formalistes, qui semblent seules susceptibles de rendre compte des possibilités formelles du texte moliéresque, s'intéressent peu au découpage scénique et, d'une manière plus globale, à la dramaturgie que, souvent, elles rejettent dans un mépris conjugué du normatif, de l'historique et du textuel.

On lui préfère les constellations d'Étienne Souriau[3], modernisées en structures actantielles greimassiennes qui ressuscitent le personnage et le point de vue et négligent totalement la donnée spectaculaire, l'inscription nécessairement spatio-temporelle du texte. Pour *l'École des femmes*, par exemple, pièce pour laquelle la méthode Souriau suggère ce premier schéma des tensions entre les personnages qui s'énonce comme suit : Arnolphe veut épouser Agnès; il a pour adversaire Horace qui obtiendra finalement Agnès grâce à l'intervention conjuguée de son père et du père d'Agnès.

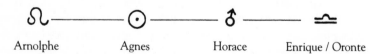

| Arnolphe | Agnes | Horace | Enrique / Oronte |

Il est manifeste que ce schéma ne peut accueillir tous les personnages de la pièce. Car s'il est assez simple d'y inclure Alain et Georgette comme auxiliaires (ℂ) d'Arnolphe, que faire du Notaire et de Chrysalde ? Le Notaire pourrait être considéré comme un arbitre attributeur du bien, auxiliaire d'Arnolphe ; comment expliquer, si telle est sa fonction, la scène de l'acte IV au cours de laquelle le Notaire joue un divertissement construit autour du comique de l'absurde : la non-communication ? Cela signifierait que Molière n'a pas utilisé le personnage du Notaire comme sa situation sociale et l'importance de son rôle fictif (soulignée par la hâte qu'a Arnolphe de le rencontrer) le laissaient supposer ; non comme agent de l'intrigue, mais comme agent du comique, le plan spectaculaire l'emportant sur le plan narratif. De la même manière Chrysalde semble être un redoublement de la fonction paternelle (≏) en sa qualité de beau-frère d'Enrique et de co-attributeur du bien Agnès à Horace :

ENRIQUE

J'aurais tort de vouloir disposer de ce gage.   1665
Le choix du fils d'Oronte est glorieux de soi ;
Mais il faut que ce choix vous plaise comme à moi.

CHRYSALDE

C'est de mon jugement avoir mauvaise estime
Que douter si j'approuve un choix si légitime.

L'École des femmes, acte V, scène 7.

Mais quelle est sa fonction en ce qui concerne les quatre premiers actes : adjuvant d'Arnolphe ? Son scepticisme, les critiques qu'il adresse à ce dernier, interdisent ce genre d'assimilation. De plus, il n'aide en rien au déroulement de l'action et sert en quelque sorte de « témoin », fonction qui n'a aucune « orientation », suivant les termes de Souriau. Pour résumer, il faut conclure que Chrysalde ne trouverait, comme personnage, de justification — et fort artificiellement — qu'au dénouement, que ses apparitions aux scènes 1 de l'acte I et 8 de l'acte IV ne seraient que des préparations à la situation finale ! Il semble difficile de réduire à une maladresse fonctionnelle la présence d'un personnage dont on peut mesurer par ailleurs l'importance discursive. C'est à lui que revient clairement, en effet, la charge de préciser la norme sociale et morale par rapport à laquelle l'outrance d'Arnolphe se déclare. On peut songer, dans le même ordre de réflexion au personnage de Philinte, dans son rapport à Alceste, qui, tout en étant l'ami du misanthrope (ℂ), est aussi son adversaire (♂) par rapport à Éliante, et enfin le porte-parole d'un certain type de norme, de juste milieu. La crédibilité de ces deux porte-parole est, comme celle du Chrysale des Femmes savantes, « entachée » de comique (Chrysalde fut un cocu notoire) ou de conflit implicite dans Le Misanthrope (Philinte est rival d'Alceste à plus d'un titre)[4].

Enfin, et surtout, ce schéma est conçu en fonction d'un centre de gravité, qui renvoie au point de vue d'Arnolphe. Dans cette optique, la pièce s'achève dysphoriquement, c'est- à-dire négativement par rapport à l'attente du personnage central. Au contraire, le schéma « euphorique » de *L'École des femmes*, plus en accord avec le genre de la comédie, serait le schéma d'Horace qu'on peut décliner :

$$\text{♌ ♂} \text{———} \text{☉ ☽ (♌)} \text{———} \text{☉ ♎}$$

Horace obtient Agnès qui l'aime contre l'autorité du tuteur-amant de celle-ci.

ou

$$\text{♌ ♂ ☽ (♎)} \text{———} \text{☉ ☽ (♌)} \text{———} \text{♂}$$

Horace obtient Agnès qui l'aime contre son rival grâce au père de celle-ci.

L'ambiguïté de ces schémas rend compte de l'ambiguïté de la fonction paternelle dans *L'École des femmes*, assumée successivement par Arnolphe puis par Enrique, mais néglige un autre aspect ambigu de la pièce: la double identité d'Arnolphe qu'il faudrait figurer ♌ ☽ (♎) (♂) , en un schéma qui ne vaut que pour le spectateur — le seul à connaître le quiproquo dont est victime Horace, — alors qu'un seul schéma conçu du point de vue d'Horace serait ☽ (♎) …

Aucun de ces schémas ne fait donc intervenir la clé du fonctionnement de la pièce : le quiproquo et les récits qui en découlent.

L'application des six fonctions de Souriau à *L'École des femmes* en souligne les faiblesses : elles ne sauraient rendre compte des éléments « spectaculaires » de l'œuvre, ni de l'ambiguïté de ses récits[5], ni surtout du mécanisme présidant à son déroulement ce que Souriau appelle, sans jamais en donner d'exemples, « le macrocosme théâtral » ou un « système où tout est corrélatif[6] ».

Pour ce qui est, enfin, de l'application du modèle de Souriau à l'ensemble des œuvres de Molière, un autre obstacle se présente : celui du genre.

En effet, il semble qu'il existe pour toutes les œuvres de Molière, à l'exception près du « monstre » *Dom Juan*, la même répartition des fonctions autour d'une thématique unique, qui est aussi celle de la comédie, le mariage ou le couple. Les trois fonctions centrales, ♌ ☉ ♂ , recoupent presque toujours, l'amant, la femme, le père ou le mari, pour peu que l'on sacrifie au code du genre concerné à savoir : un dénouement heureux — euphorique — le schéma sera peu ou prou du type :

$$\mathcal{SL} \; \delta \text{———} \odot \; \mathbb{C} \; (\mathcal{SL}) \text{———} \delta \; \rightleftharpoons .$$

Certes, c'est un schéma superficiel qui est ici mis en évidence. Mais un schéma superficiel qui tiendrait compte de la thématique spécifique de chaque pièce (critique de la médecine, de la préciosité, attitude morale particulière, jeu de la double apparence, du mensonge) n'inclurait pas tous les aspects des personnages de la pièce et ne rendrait, en aucun cas, compte du comique ou de l'ironie présidant à leur choix. Quelques exemples préciseront ce point.

Comment figurer la différence entre Scapin et Silvestre dans *Les Fourberies de Scapin*? Plus largement, comment montrer que la situation des amoureux n'est qu'un prétexte au jeu des valets?

Comment figurer la situation du *Malade imaginaire* du point de vue d'Argan pour qui le bien est la médecine (représentée, certes, par les Diafoirus) en y incluant la situation des scènes finales, justifiée seulement par l'enjeu de l'intrigue codifiée de la comédie : le mariage? La scène 11 de l'acte III pose clairement le dénouement et le subterfuge qui le provoque comme un éclaircissement du conflit entre Angélique et le couple Argan-Béline.

BÉRALDE

Oh çà, mon frère, puisque voilà votre Monsieur Purgon brouillé avec vous, ne voulez-vous pas bien que je vous parle du parti qui s'offre pour ma nièce ?

Le Malade imaginaire, acte III, scène 11.

Ce qu'on peut traduire par : « Laissons les médecins de côté, et parlons mariage. »

De plus, lorsque, à la scène 14, Cléante accepte de devenir « $\odot$ », c'est-à-dire « un gendre médecin », ce qui serait un dénouement en accord avec le fonctionnement général de l'œuvre, Molière élude cette situation au profit d'un spectacle à l'intérieur duquel il n'existe plus aucun antagonisme puisque : $\mathcal{SL} = \odot$

Là encore, il y a pluralité des récits, ambiguïté narrative dont ne peut rendre compte un schéma prétendant n'inclure que les personnages principaux.

Aux constellations de Souriau ont succédé les géométries dramatiques de Paul Ginestier[7] et les structures actantielles de Greimas.

Paul Ginestier définit une typologie de la géométrie dramatique, de la « géométrie essentielle de chacune des situations[8] ». Il distingue ainsi des situations simples à géométrie ouverte (en ligne droite, en ligne parallèle), des situations simples à géométrie fermée (en triangles simples, en carré), des situations simples à géométrie semi-ouverte (en éventail, des combinaisons de géométrie fermée)[9]. Cette géométrie est, en fait, une représentation formelle des rapports existant entre les personnages ou du statut d'apparition du personnage en fonction de l'intrigue. Ainsi la géométrie d'*Amphitryon*, selon ce modèle, peut être figurée comme deux situations triangulaires mises en parallèle :

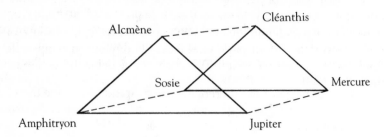

(les pointillés figurent le rapport valet / maître et les traits pleins, le rapport amoureux).

Cette schématisation — comme celle de Souriau — n'introduit que les personnages principaux, et ne permet pas de traduire les péripéties de la pièce, autrement dit les modifications de situations ; par exemple, que Sosie soit amené à nier le rapport valet / maître à l'égard d'Amphitryon, que Mercure refuse le parallélisme amoureux en repoussant Cléanthis.

Limité par le caractère univoque et rudimentaire de cette géométrie plane, Paul Ginestier en vient à définir « la surexistence théâtrale » qui est une tentative de mise à jour des structures profondes. Il existe, pour chaque pièce, une polysémie de l'interprétation à plusieurs niveaux : celui du cadre (plan personnel et plan universel de signification), celui de la matrice (les héros), celui du principe dynamique (le déséquilibre transcendantal). D'où l'intervention d'entités, telles la « pureté », « Dieu », la « mort », qu'on retrouve dans les structures actantielles greimassiennes selon la dichotomie actant-acteur qui autorise toutes les intrusions-interventions du point de vue critique et de l'idéologie thématique.

Dans *Du sens*, Greimas rend hommage à deux précurseurs: Propp, dans le domaine du conte, Souriau dans celui du théâtre. Le rapprochement n'est pas fortuit. Le conte et le théâtre ont en commun un type de fonctionnement narratif qui a permis, bien avant la sémiotique, de les décrire comme des systèmes repérables et de les définir comme des genres fortement codifiés. Cette codification est renforcée par l'effacement du narrateur dans le conte (« il était une fois... »), par son occultation complète au théâtre. Elle a pour corollaire la réduction du personnage au faire qui, au théâtre, est aussi un dire univoque. Ce que résume Greimas, en les associant dans une même classe, celle des « récits dramatisés » définie « par une propriété structurelle commune : la dimension temporelle sur laquelle ils se trouvent situés et dichotomisés en un avant versus un après[10] ».

Cependant ces préalables très explicites semblent négligés dans les applications des schémas actantiels au théâtre. Le schéma, qui opère une réduction paradigmatique et achronique du récit, abolit la « propriété structurelle » dont parle Greimas, « la dimension temporelle » qui, au théâtre, n'est pas réduite à la dichotomie début-fin de l'œuvre, mais constamment utilisée dans son cours. Les termes de péripéties, retournements de situation, coups de théâtre, pour être dramaturgiques, n'en traduisent pas moins une modalité consubstantielle au récit théâtral : le déroulement temporel.

Par ailleurs, ainsi que le souligne Anne Ubersfeld[11], le récit théâtral du fait de la pluralité de ses instances discursives, repose sur une pluralité de structures actantielles concurrentes, par nature conflictuelles. L'analyse doit certes se garder d'en privilégier certaines aux dépens d'autres. Anne Ubersfeld renvoie d'ailleurs la responsabilité d'un tel choix au metteur en scène potentiel. Mais pourquoi, alors, élire comme destinateurs ces présupposés forcément idéologiques que sont Dieu pour les uns, le pouvoir pour les autres ?... Ainsi, sous le formalisme initial, renoue-t-on, en fait, avec l'analyse thématique et son complément obligé qu'est le choix du sujet[12].

L'attitude critique qui préside au présent ouvrage veut se démarquer des emprunts, certes stimulants mais aussi forcés, qui contraignent l'objet théâtral, leur préférant ce préalable, énoncé dès 1938 par Petr Bogatyrev[13] dans le cadre d'une analyse des signes du théâtre :

> Nous pouvons transposer les notions de *langue* et de *parole*, du domaine des phénomènes linguistiques, dans l'art. De la même manière que l'auditeur pour comprendre une manifestation verbale individuelle, doit connaître la langue ou plus précisément, la langue comme fait social, de la même manière, en ce qui concerne l'art, l'observateur doit être préparé à saisir la manifestation individuelle, le langage particulier d'un acteur ou de n'importe quel autre artiste, en possédant la langue de cet art, ses normes sociales. C'est le point où se rencontrent le domaine linguistique et le domaine de l'art[14].

À partir de l'analyse d'une contrainte dramaturgique — le découpage scénique —, dans la production d'un auteur, en l'occurrence Molière, l'enjeu et non l'a priori méthodologique de cet ouvrage se circonscrit comme suit : décrire la spécificité d'une écriture *scénique* qui utilise le formalisme normatif de son temps comme structuration du sens et partition du spectacle. Que l'efficacité de ce théâtre ait reçu une confirmation dans sa pérennité ne saurait interdire une extrapolation dans laquelle les phénomènes mis à jour fonderaient quelques définitions de la spécificité du récit théâtral.

Choisir le théâtre classique comme objet référentiel, n'est-ce pas, au regard de l'histoire du théâtre, renouer avec l'attitude implicite de tous les novateurs qui ont inscrit leur dramaturgie dans un refus systématique dont la face cachée est l'imitation et le respect de formes « classiques » peut-être à jamais référentielles?

NOTES

1. *Le Malade imaginaire*, acte III, scène 14. C'est nous qui soulignons.

2. Cette classification figure dans *Le Petit Molière* réalisé par Jacqueline CARTIER avec les conseils de J. CHARRON, édité par Guy AUTHIER à l'occasion du tricentenaire de Molière, p. 181-186.

3. Étienne SOURIAU attribue aux personnages théâtraux un nombre limité de variables possibles désignées par des symboles astraux, l'astre étant pour lui le symbole d'une force dynamique orientée par rapport à d'autres forces et en fonction d'un système totalisant :

    ♌ le lion ou la force thématique orientée
    ☉ le soleil ou le représentant du bien souhaité de la valeur orientante
    ♁ la terre ou l'obtenteur virtuel de ce bien (celui pour lequel ♌ travaille)
    ♂ Mars ou l'opposant
    ♎ la balance ou l'arbitre attributeur du bien
    ☾ la lune ou la rescousse, redoublement d'une des forces précédentes (à spécifier selon le cas).

À partir de ces six fonctions, Souriau envisage la possibilité de 210 141 dispositifs qu'il définit comme des situations dramatiques, c'est-à-dire comme : « La figure structurale dessinée, dans un moment donné de l'action, par un système de forces ; — par le système des forces présentes au Microcosme, centre stellaire de l'univers théâtral, et incarnées, subies ou animées par les principaux personnages de ce moment de l'action. » (*Les deux cent mille situations dramatiques*, p. 117.) — Patrice PAVIS, reprend, en les simplifiant et les débarassant de leur terminologie astrale, ces fonctions qu'il applique au récit théâtral dans une perspective qui reste très proche de celle qui est critiquée ici. (*Problèmes de sémiologie théâtrale*, p. 87 et 89.)

4. Anne UBERSFELD, *Lire le théâtre*, p. 146.

5. F. RASTIER, « Les niveaux d'ambiguïtés des structures narratives », dans *Sémiotica III*, 4, p. 289-342.

6. SOURIAU, *Les deux cent...*, p. 31 et 142.

7. Paul GINESTIER, *Le Théâtre contemporain dans le monde*.

8. GINESTIER, *Le Théâtre...*, p. 11.

9. GINESTIER, *Le Théâtre...*, p. 27.

10. A. J. GREIMAS, *Du sens*, p. 187.

11. Anne UBERSFELD, *Lire...*, p. 101 et 59.

12. Pour une critique plus approfondie de l'usage du schéma actantiel, voir mon article « Modèle et analyse : de l'application du schéma actantiel au récit théâtral », dans *Incidences*, Éditions de l'Université d'Ottawa, vol. VI, n°s 1-2, janvier-août 1982, p. 83-93.

13. Petr BOGATYREV, « Les signes du théâtre » dans *Poétique 8*, p. 517-530, publié originellement dans la revue tchèque *Slovo a Slovenost*, 4, 1938, p. 138-149.

14. Petr BOGATYREV, « Les signes... », p. 527. Les mots soulignés sont en français dans le texte.

PREMIÈRE PARTIE

DRAMATURGIE ET MATHÉMATIQUES

1

LA MESURE SCÉNIQUE

LA « LANGUE THÉÂTRALE » du XVIIᵉ siècle, et tout particulièrement « ses normes sociales », pour reprendre les termes de Petr Bogatyrev, a été l'objet d'une description fort rigoureuse dans *La Dramaturgie classique en France* de Jacques Schérer. La présentation fixe d'emblée l'orientation technique de l'ouvrage et en situe l'objet :

> Nous étudierons les problèmes *techniques* qui se sont posés aux auteurs et les solutions qui ont été apportées à ces problèmes [...]
> Notre constante et unique préoccupation a été de mettre en lumière les ressources du *métier* d'auteur dramatique à l'époque classique.
> La dramaturgie classique naît donc à la fois d'une littérature, d'une philosophie de la littérature, et d'une réalité sociale et matérielle [...]
> Mais de chacun de ces éléments, la dramaturgie ne retient, et ne peut retenir que ce qui est *technique*[1].

Les reproches adressés à cette méthode rendent compte, par ailleurs, des impasses théoriques auxquelles peut conduire la minutie de ses analyses.

> Bientôt [...] les techniques de la dramaturgie fragmentèrent la matière théâtrale : à la tension des désirs se substituait un mécanisme de l'écriture, un jeu de construction dramatique à un nombre indéterminé d'éléments : typologie fonctionnelle de scènes, de personnages, de topoï, de modèles d'assemblage[2].

Au-delà de la polémique sous-jacente, la critique demeure pertinente : il est vrai que l'unité de mesure apparaît mal sous la pluralité des éléments mis à jour par la dramaturgie. Néanmoins, il semble que cet argument ne suffise pas à justifier son refus radical d'autant plus que, très souvent, les analyses qui l'ignorent la font réapparaître sous une autre forme.

Un examen de la table des matières de *La Dramaturgie classique* en révèle, cependant, le noyau implicite. Jacques Schérer se propose d'étudier :

- les personnages,
- les topoï (exposition, nœud, dénouement),
- les règles (trois unités : lieu, temps, action),
- les formes externes (longueur, nombre d'actes),
- les formes internes (scènes, liaisons des scènes)[3].

Ces éléments, à première vue, sont disparates puisqu'ils renvoient aussi bien à des composantes narratives (les topoï) qu'à des composantes formelles (la mesure des actes). Les règles et les liaisons scéniques relèvent d'une analyse de la convention théâtrale, alors que le statut des personnages appartient aussi bien à l'analyse non spécifiquement théâtrale de la narrativité. Cependant, et de cette disparité même, la nécessité d'une unité de mesure s'impose ; une unité qui doit être tout à la fois imposée par la convention, la narrativité et la technique scénique. Elle doit aussi permettre de distinguer la nature du personnage théâtral de celle des personnages des autres formes de récit. Il apparaît à l'énoncé de ces exigences que seule la scène permet cette hypothétique synthèse. La scène se construit à partir des configurations de personnages *sur le plateau*, selon un mode d'être là qui n'appartient qu'aux récits spectaculaires et, au premier chef, au théâtre. Elle est un outil technique qui sert à mesurer la longueur des actes et à repérer, selon les séquences qu'ils supposent, la chaîne des topoï.

La règle des trois unités rend valide cette analyse en excluant les variations de temps et de lieu et en instaurant une exacte adéquation entre la scène textuelle et la scène spectaculaire. Lorsque l'évolution dramaturgique autorisera la discontinuité spatio-temporelle, c'est au héros seul que reviendra la fonction narrative : certains personnages seront épisodiques ; à l'acte ou à la scène, se substituera le tableau dont les marques sont soit narratives, soit spatio-temporelles. Il n'y aura plus ce que Souriau appelait un « système où tout est corrélatif », le code étant utilisé de façon dérisoire ou absurde[4].

De plus la scène constitue, pour reprendre la perspective « situationnelle » de Souriau, une instance particulière des tensions, des situations successives qui regroupent *tous* les personnages ; la succession scénique rend compte des variations de ces situations, donc du déroulement et du dynamisme de l'œuvre. C'est pourquoi il semble aisé de lever l'objection de Patrice Pavis :

> Lorsqu'on veut structurer un texte non dramatique, on s'efforce d'en retrouver les grandes articulations, le moment où l'on passe d'un développement à un autre.

Il s'agit de déceler dans l'apparente linéarité du texte le nœud et les aiguillages qui font passer d'un niveau à l'autre. La tâche est plus difficile au théâtre, car le texte n'est pas livré d'un seul bloc, mais délivré par divers personnages. Le problème a été résolu de façon claire mais insatisfaisante en partageant le texte en scènes, chaque scène commençant avec l'entrée ou la sortie d'un personnage. Ce critère trop arbitraire ne satisfait guère, car l'entrée ou la sortie d'une figure ne coïncide pas nécessairement avec un changement qualitatif du texte[5].

Deux mots résument ici le refus de l'unité scénique : « arbitraire » et « changement qualitatif ». Au premier, on peut répondre que l'arbitraire est ici convention pleinement consentie par l'auteur au moment même de l'élaboration textuelle. Il y a arbitraire scénique comme il y a arbitraire du signe dans un code. Au regard de la langue théâtrale du XVIIe siècle, négliger cet arbitraire c'est lui appliquer des normes narratives qui ne lui sont pas spécifiques. Quant à l'arbitraire du critère entrée / sortie, il est en cela appuyé par Schérer.

Nous parvenons donc au résultat suivant : il y a changement de scène, à partir de 1650 environ, chaque fois qu'un personnage entre ou sort : toutefois, on ne peut pas indiquer de changement de scène à l'entrée d'un personnage dont le rôle est très court, ou à la sortie d'un ou de plusieurs personnages qui laissent un héros prononcer un court monologue[6].

Les conclusions de Pierre Larthomas viennent faire écho à ces réserves :

on s'aperçoit bien vite que cette division en scènes toute formelle est souvent artificielle ; d'abord parce que la limite entre deux scènes est assez souvent imprécise ou notée avec plus ou moins d'exactitude, ensuite parce qu'au cours d'une même scène la situation et le style du dialogue peut changer totalement. [...] Enfin si le changement peut être total au cours d'une scène, il s'en faut de beaucoup que le passage d'une scène à l'autre amène toujours une transformation de la situation et du style[7].

Ces différentes critiques s'énoncent donc de la manière suivante :

– La notation scénique (noms des différents personnages figurant dans la scène) est souvent incomplète.
– La scène n'est pas le signe d'une variation de la situation car elle peut soit l'englober, soit la créer artificiellement.

La première objection ne s'applique dans le cadre du corpus qu'aux *Précieuses ridicules*, pièce pour laquelle il existe une certaine imprécision des notations scéniques. Ce phénomène est dû aux circonstances particulières de leur édition : Molière « imprimé malgré lui » par le libraire Jean Ribou doit, pour contrer cette édition pirate, publier à la hâte l'édition de Luynes. « Mais enfin, comme j'ai dit, on ne me laisse pas le temps de respirer, et Monsieur de Luynes veut m'aller relier de ce pas : à la bonne heure, puisque Dieu l'a voulu[8]. » C'est donc en quelques jours, du 12 au 29 janvier 1660[9] que Molière a dû rendre son premier

« manuscrit » d'auteur. On peut comprendre que, dans ces circons-tances, la notation scénique en soit quelque peu imprécise. Cette im-précision, qui peut être en partie résolue par la « logique » scénique, redevient problématique au niveau de la mise en scène.

Par ailleurs, l'autre « imprécision » de la notation semble, à l'exa-men, sanctionner la pertinence de la perspective scénique. Agnès ne figure pas dans la distribution de la scène 5 de l'acte V. Arnolphe ne s'y adresse qu'à Alain qui, en entrant, a mis fin à la longue scène d'expli-cation Agnès-Arnolphe, seule scène où Agnès exprime ses propres sen-timents à l'égard d'Horace et d'Arnolphe. Quand Arnolphe dit « vous », il ne s'adresse qu'à Alain puisqu'il le vouvoie dans toute la pièce. C'est donc qu'il néglige la présence d'Agnès pourtant évoquée dans un très explicite « La voici » au vers 1614. C'est le seul cas où un personnage est tout à la fois muet et nié par les autres personnages de la configuration scénique. Alain, en entrant, ne dit-il pas aux vers 1612 et 1613 : « Je ne sais ce que c'est, Monsieur, mais il me semble qu'Agnès et le corps mort s'en sont allés ensemble ». « Corps mort » d'Agnès aussi dans cette scène, qu'Arnolphe traite en objet et qui perd son statut de per-sonnage : elle a cessé de réagir et est escamotée dans le texte et dans la notation. C'est pourquoi la notation scénique a pu, dans les analyses ultérieures, ne pas être portée au compte du personnage.

La seconde objection relève davantage d'un point de vue théo-rique. Pour ce qui est des variations internes de la scène, la définition de Schérer y répond pour une part : un court monologue final fera partie de la scène. Larthomas donne des exemples de variations internes qui, selon lui, devraient impliquer un changement de scène.

Exemple 1
Ainsi, à la scène 3 de l'acte I des *Fourberies de Scapin*, il est bien évident que Scapin renvoie Hyacinthe : « Allez-vous-en, vous, et soyez en repos ». Il n'y a plus dès lors sur la scène que les deux valets et Octave, mais Molière n'a pas jugé bon d'indiquer un changement de scène.

Exemple 2
Les Fourberies de Scapin, acte I, scène 4
Scapin et Silvestre, « au fond du théâtre », écoutent Argante à qui « son affaire tient si fort en tête que tout seul il en parle haut » [...] Ce jeu subtil d'alternance entre le soliloque et le dialogue ne cesse qu'après une quinzaine de répliques, au moment où Argante aperçoit enfin son valet [...] C'est donc là que s'établit, du point de vue stylistique, la véritable coupure, ce que n'indique pas la division en scènes[10].

Ces objections sont levées si l'on considère ces deux exemples avec le regard du metteur en scène ou du spectateur. Pour l'exemple 1, en effet, il dépend uniquement du premier de faire sortir Hyacinthe de la scène (et / ou du plateau), car ce « Allez-vous-en, vous... » n'est que

la première partie d'une tirade à deux mouvements qui se termine par :
« Et vous, préparez-vous à soutenir avec fermeté l'abord de votre père. »
Scapin a donc, par ces mots, clos la scène et c'est Octave qui relance
la situation en demandant à Scapin de lui faire répéter sa rencontre avec
Argante, répétition à laquelle Hyacinthe peut assister[11].

Quant à l'exemple 2, il constitue bien pour le spectateur une seule
et même unité de jeu puisqu'il est le récepteur privilégié de toutes les
modalités du discours pourvu qu'elles soient présentes simultanément
sur le plateau. En effet, c'est considérer le point de vue d'Argante, seul,
que de faire débuter une nouvelle instance de jeu avec le début de la
conversation entre les trois personnages.

Le dernier argument porte sur l'aspect qualitatif du changement
de scène. Il faut écarter le critère stylistique, impertinent dans le théâtre
classique où les valets s'expriment comme leur maître, à quelques ex-
ceptions près (les paysans dans *Dom Juan*, Martine dans *Les Femmes
savantes*) et dans un contexte fort précis de dérision *linguistique*, de citation. Au-delà du stylistique, l'analyse discursive permet au contraire
d'affirmer qu'à chaque sortie ou entrée d'un personnage, il y a modification qualitative. La gamme des possibilités de modifications des configurations scéniques reste, sinon limitée, du moins classifiable dans le
contexte du théâtre de Molière :

Premier cas

La modification concerne une configuration réunissant des personnages majeurs au regard de l'intrigue. À l'évidence, c'est toute la
situation qui s'en trouve modifiée, car ce sont ces scènes qui constituent
la dynamique narrative de la fiction. Plus encore, s'il arrive qu'un des
personnages soit présent mais négligé par les autres, seul le spectateur
sera à même de juger la variation qualitative de la situation. Ainsi dans
L'École des femmes, lorsque Horace confie Agnès à Arnolphe, celui-ci
se *tait*, donc ne modifie pas « fictivement » la nature du dialogue amoureux échangé par les amants. Cependant, le spectateur, auquel il est
donné pour la première fois d'assister à une rencontre Agnès-Horace
(les autres étant médiatisées par les récits, la lettre), perçoit le dialogue
au travers des réactions d'Arnolphe. Par une mise en abyme subtile des
narrataires interne et externe, Arnolphe, de sa seule présence et sans
modifier la nature du dialogue, en oblitère la réception par le spectateur.

Second cas

La modification fait intervenir des personnages « épisodiques »,
essentiellement des valets, et se résume à ce qu'on appelle une scène de
liaison qui est, en fait, l'annonce de l'arrivée d'un tiers. Ces scènes sont
capitales dans l'économie du récit de certaines œuvres, *Le Misanthrope*

en particulier. Mais avant que d'en venir à ces analyses ponctuelles, une première fonction peut leur être attribuée qui relève non point tant de la qualification discursive que de la qualification scénique. Le rythme d'apparition du personnage est fort différent selon qu'il fait intrusion dans le discours des autres ou qu'il est annoncé, médiatisé par un valet : il y a accélération et donc accentuation de son statut narratif dans un cas, retard et donc atténuation dans l'autre.

Le découpage scénique, parce qu'il réunit les instances spectaculaires et narratives du texte, est donc une mesure de structuration du récit théâtral. Assez curieusement, la démonstration de cette affirmation peut être découverte chez Patrice Pavis lui-même qui, reconnaissant au personnage un statut « d'icône et d'index, de signifié et de signifiant, d'énoncé et d'énonciation[12] » affirme, par ailleurs, que « le principe de structuration du texte dramatique » peut être formulé « comme suit » : « La théâtralité des icônes se projette dans la narrativité des index[13]. » La succession des personnages, le découpage scénique, appartient bien à ce principe, car pour le théâtre classique qui réduit à leur plus simple expression les signes de la représentation autres que le personnage (à savoir décor, costumes, accessoires), le point de rencontre entre énoncé et énonciation est bien le personnage dans ses apparitions / disparitions successives dont seul le découpage scénique permet une mesure tangible.

Steen Jansen dans « Esquisse d'une théorie de la forme dramatique[14] » en arrive à identifier la scène à la notion de situation qu'il définit comme le point de convergence des unités du plan textuel et du plan scénique (scénique étant compris ici au sens du plateau) suivant les catégories suivantes :

Plan textuel	répliques
	régies (notations scéniques)
Plan scénique	personnage
	décor

La scène apparaît donc comme l'unité de mesure privilégiée du récit théâtral et tout particulièrement du récit théâtral classique, parce qu'elle est le point de convergence des données textuelles et des données de la représentation et ce, quelle que soit sa longueur ou sa fonction.

2

LA MATRICE BINAIRE
DE LA PIÈCE

en dulce. S. Marcus.

IL NE SUFFIT PAS de poser la scène comme unité de mesure du récit théâtral, encore faut-il l'inscrire dans un système cohérent de rapports qui permette à la fois une évaluation des phénomènes internes de la pièce et une comparaison des différents éléments du corpus choisi.

Ce système a été conçu par un groupe de chercheurs roumains sous la direction du professeur Solomon Marcus qui, dans son « cours de poétique mathématique » durant l'année universitaire 1966-1967, présenta pour la première fois la théorie des matrices binaires associées à une pièce de théâtre. Elle est reprise dans son livre *Poetica matematica*[15], ouvrage qui attend toujours sa traduction en français et qui a fait l'objet d'une présentation de son auteur dans *Sémiologie de la représentation*[16] :

> L'idée de base de ces études est la suivante : on attache à toute pièce de théâtre un tableau ayant *m* lignes et *n* colonnes (*m* étant le nombre des personnages et *n* étant le nombre des scènes). À l'intersection de la ligne de rang *i* avec la colonne de rang *j* on met 1 si le personnage de rang *i* est présent dans la scène de rang *j* et on met 0 dans le cas contraire. Toute étude ultérieure repose sur le traitement de l'information fournie par ce tableau[17].

Dans *Poetica matematica*, sous le titre d'« un spectateur original », Solomon Marcus relie ce tableau aux conditions même du spectacle. Il imagine un spectateur qui :

> assistant à la représentation d'une pièce n'est pas en mesure de saisir autre chose que les entrées et les sorties de l'acteur, mais peut reconnaître chaque personnage et donc, distinguer entre deux personnages différents. L'ensemble d'informations perçues par ce spectateur constitue ce que nous appellerons *la structure scénique de la pièce*[18].

L'hypothèse du « spectateur original », qui désigne, de fait, le statut même d'une représentation « fidèle » du texte, a pour mérite de lever de manière flagrante l'opposition du textuel et du scénique. La structure scénique textuelle est *aussi* une donnée fondamentale du spectacle. Certes, les metteurs en scène peuvent jouer avec cette structure et introduire, par exemple, des variations de lieu ou d'occupation scéniques. Mais ces variations constitueront la lecture propre du metteur en scène qui pourra être ignorée ou refusée par ses successeurs, alors que la structure scénique, au-delà des lectures circonstanciées qu'on pourra en faire, reste immuable. La structure scénique n'est donc pas tant la tradition respectueuse de l'œuvre que la gamme de ses possibilités scéniques, sa partition.

Si ces recherches ont été poursuivies par « un grand nombre de chercheurs en Roumanie, Canada, Union soviétique, Allemagne et Belgique[19] », on peut remarquer que leur application en France reste pour le moins limitée, bien que les œuvres de Marcus figurent dans certaines bibliographies[20]. C'est qu'il existe deux obstacles majeurs à l'application de cette méthode. Le premier, et le plus aisément surmontable, est la langue. Très peu de ces travaux sont traduits en français et les revues dans lesquelles ils ont paru sont de diffusion très limitée[21]. Le second obstacle est plus radical au sens où il pose le problème d'une connaissance très avancée des mathématiques (calcul des probabilités, théorie des ensembles, théorie des graphes).

Pour étudier les matrices binaires, Solomon Marcus et son principal disciple Mihaï Dinu ont mis au point une série de formules mathématiques. De ces formules, dûment démontrées et justifiées dans leurs ouvrages, le « littéraire » ne peut qu'envisager une application. Son champ d'investigations est donc limité aux découvertes de ces chercheurs. La méfiance obligée des littéraires à l'égard des mathématiciens se trouve ainsi renforcée par la relative dépendance dans laquelle ils sont tenus. Par contre, Solomon Marcus et Mihaï Dinu tirent très peu de conclusions ou d'analyses de leurs calculs, ce qui ouvre la voie à un très grand nombre de possibilités d'investigations. Il y a quelque aridité à ne travailler que sur des chiffres qui semblent de prime abord ne signifier que leur propre existence. Ce n'est que dans l'effort de compilation et de comparaison, qu'apparaissent peu à peu les voies d'une analyse qui ne se justifie que sur un corpus de plusieurs œuvres. À la différence des autres descriptions formelles qui peuvent être soumises au point de vue, l'approche mathématique rend compte de données quantifiables qui, même si l'on néglige d'en analyser les implications, permettraient de mesurer globalement des composantes précises de l'œuvre. Plus qu'une théorie de la forme dramatique c'est un instrument de travail fiable peu galvaudé et ouvert qu'offrent les recherches roumaines dont les préliminaires théoriques prennent en compte la dramaturgie, ce qui en autorise l'usage dans le cadre d'une investigation systématique de la spécificité théâtrale.

Solomon Marcus envisage « la situation dramatique » d'après Jansen comme « l'intervalle maximum de temps où il n'y a pas de changement en ce qui concerne le décor ou la configuration de personnages[22]. » Il indique, par la suite[23], onze critères propres à la détermination du « statut » du personnage dont les uns sont d'ordre textuel :

a)   présence ou absence de la réplique;

d'autres d'ordre scénique :

d)   présence ou absence d'un acteur,
j)   manière d'envisager le plateau;

d'autres enfin de l'ordre de la caractérisation :

b)   caractère humain ou non humain,
c)   caractère animé ou inanimé,
k)   caractère obligatoirement individuel ou admission des personnages collectifs aussi.

Parmi ces trois ordres, seul le critère *a* est pertinent dans le cadre d'une étude du théâtre classique. Cinq autres critères semblent, par ailleurs, assez contestables au regard même de la méthode de Marcus :

e)   participation ou non participation à l'action,
f)   adoption du point de vue du spectateur ou du point de vue du personnage,
g)   constance ou variabilité du statut du personnage,
h)   importance dramatique,
i)   manière de perception.

En effet, le « spectateur original » selon l'hypothèse de départ de la matrice ne peut juger des critères *e*, *f* et *g*; quant aux critères *h* et *i* leur définition seule suffit à les mettre en question : à l'aide de quels instruments mesure-t-on l'« importance dramatique[24] » ? Si le critère *i* précise le sens de l'expression « présence sur scène », quelle est sa nécessité par rapport au critère *d*? Par ailleurs, et comme « preuve » interne du peu de pertinence de ces critères, Marcus les abandonne vite et ne les fait *jamais* intervenir dans les démonstrations et les analyses dont les matrices font l'objet.

C'est pourquoi, dans les différentes matrices présentées, seul le critère présence ou absence de la réplique a été retenu et dans le cas seulement où ce phénomène prenait une valeur extraordinaire (Arnolphe dans *L'École des femmes*) ou traduisait un problème d'établissement du texte (*Les Précieuses ridicules* dont le cas a été envisagé).

Un autre problème s'est posé toutefois à l'établissement des matrices. Celui de l'insertion du prologue d'*Amphitryon* et des intermèdes du *Malade imaginaire*. Si, en définitive, on a choisi de les négliger *temporairement*, c'est que ces éléments du spectacle ne sont pas insérés par l'auteur dans le cadre du découpage scénique. Par ailleurs, ils font intervenir des personnages qui se distinguent des autres personnages de la pièce, par leur caractère soit allégorique — la Nuit —, soit codifié — Bergers, Bergères, Polichinelle. De plus, ces personnages n'apparaissent que dans ces parties de la pièce. Néanmoins la présence de Mercure dans le prologue d'*Amphitryon* ou celle d'Argan — bien qu'il ne soit pas désigné nominalement — dans le ballet final du *Malade imaginaire* demeurent des données du spectacle que l'analyse ne saurait négliger. Du fait de la nature explicitement « spectaculaire » du prologue (qui relève d'une esthétique de la pièce à machines : Mercure est sur un nuage, la Nuit sur son char) et des ballets dans lesquels s'insèrent des Violons, ces deux données seront envisagées dans un questionnement des possibilités de mise en scène telles qu'elles auront été posées par l'analyse préliminaire des matrices.

Les matrices de chacune des pièces du corpus sont présentées dans un ordre chronologique afin de mettre en évidence l'évolution du récit théâtral chez Molière. C'est aussi en fonction de l'hypothèse d'une évolution que sont menés les premiers traitements des informations fournies par les différents tableaux.

Tableau I								*La Jalousie du Barbouillé*							
Scènes	1	2	*3	4	5	6	*7	*8	*9	*10	11	12	13	α'	fi
Le Barbouillé	1	1	0	1	1	1	0	0	1	0	1	1	1	9	0,692
Le Docteur	0	1	0	0	0	1	0	0	0	0	0	0	1	3	0,231
Angélique	0	0	1	1	1	1	0	1	0	1	1	1	1	9	0,692
Valère	0	0	1	1	0	0	1	0	0	0	0	0	0	3	0,231
Cathau	0	0	1	1	1	1	0	0	0	0	0	0	0	4	0,308
Gorgibus	0	0	0	0	1	1	0	0	0	0	0	1	1	4	0,308
Villebrequin	0	0	0	0	1	1	0	0	0	0	0	1	1	4	0,308
La Vallée	0	0	0	0	0	0	1	0	0	0	0	0	0	1	0,077
α	1	2	3	4	5	6	2	1	1	1	2	4	5		

*hiatus réel.

Tableau II   *Le Médecin volant*

Scènes	1	2	*3	4	5	*6	7	8	*9	10	11	12	13	14	15	16	α'	fi
Valère	1	1	0	0	0	0	0	0	1	1	0	0	1	0	0	1	6	0,375
Sabine	1	0	0	1	1	0	0	0	0	0	0	0	0	0	0	0	3	0,187
Sganarelle	0	1	0	1	1	0	0	1	0	1	1	1	1	1	1	1	11	0,687
Gorgibus	0	0	1	1	1	0	1	1	0	0	1	1	0	1	1	1	10	0,625
Gros René	0	0	1	0	0	0	0	0	0	0	0	0	0	0	1	0	2	0,125
Lucile	0	0	0	0	1	0	0	0	0	0	0	0	0	0	0	1	2	0,125
Avocat	0	0	0	0	0	1	1	1	0	0	0	0	0	0	0	0	3	0,187
α	2	2	2	3	4	1	2	3	1	2	2	2	2	2	3	4		

*hiatus réel.

Tableau III   *Les Précieuses ridicules*

Scènes	1	2	3	4	5	6	*7	8	9	10	11	12	13	14	15	16	17	α'	fi
La Grange	1	1	0	0	0	0	0	0	0	0	0	0	1	0	1	0	0	4	0,235
Du Croisy	1	1	0	0	0	0	0	0	0	0	0	0	1	0	1	0	0	4	0,235
Gorgibus	0	1	1	1	0	0	0	0	0	0	0	0	0	0	0	1	1	5	0,294
Magdelon	0	0	0	1	1	1	0	0	1	1	1	1	①	1	1	1	1	12	0,705
Cathos	0	0	0	1	1	1	0	0	1	1	1	1	①	1	1	☐1	1	12	0,705
Marotte	0	0	1	0	0	1	0	1	0	1	1	1	①	①	①	①	①	11	0,647
Almanzor	0	0	0	0	0	0	0	0	1	0	☐1	①	0	0	0	0	0	3	0,176
Mascarille	0	0	0	0	0	0	1	1	1	1	1	1	1	1	1	1	0	10	0,588
Jodelet	0	0	0	0	0	0	0	0	0	0	1	1	1	1	1	☐1	0	6	0,352
Voisines	0	0	0	0	0	0	0	0	0	0	0	1	①	①	①	①	①	6	0,352
Violons	0	0	0	0	0	0	0	0	0	0	0	☐1	①	①	①	①	1	6	0,352
Porteurs	0	0	0	0	0	0	1	0	0	0	0	0	0	0	0	0	0	1	0,058
α	2	3	2	3	2	3	2	2	4	4	6	8	9	7	9	6	4		

① Personnage muet, absent de la distribution en tête de scène.
☐ Personnage muet, absent de la distribution en tête de scène, auquel on s'adresse.
① Personnage absent de la distribution en tête de scène.
*hiatus réel.

Tableau IV   *L'École des femmes*

	Acte I				Acte II					Acte III				
					(1)	(2)	(3)	(4)	(5)	(1)	(2)	(3)	(4)	(5)
Scènes	1	2	3	4	5	6	7	8	9	10	11	12	13	14
Arnolphe	1	1	1	1	1	1	0	1	1	1	1	1	1	1
Agnès	0	0	1	0	0	0	0	1	1	1	1	0	0	0
Horace	0	0	0	1	0	0	0	0	0	0	0	0	1	0
Alain	0	1	1	0	0	1	1	1	0	1	0	0	0	0
Georgette	0	1	1	0	0	1	1	1	0	1	0	0	0	0
Chrysalde	1	0	0	0	0	0	0	0	0	0	0	0	0	0
Enrique	0	0	0	0	0	0	0	0	0	0	0	0	0	0
Oronte	0	0	0	0	0	0	0	0	0	0	0	0	0	0
Notaire	0	0	0	0	0	0	0	0	0	0	0	0	0	0
α	2	3	4	2	1	3	2	4	2	4	2	1	2	1

Tableau V   *Le Misanthrope*

	Acte I			Acte II						Acte III				
				(1)	(2)	(3)	(4)	(5)	(6)	(1)	(2)	(3)	(4)	(5)
Scènes	1	2	3	4	5	6	7	8	9	10	11	12	13	14
Alceste	1	1	1	1	1	1	1	1	1	0	0	0	0	1
Philinte	1	1	1	0	0	0	1	1	1	0	0	0	0	0
Oronte	0	1	0	0	0	0	0	0	0	0	0	0	0	0
Célimène	0	0	0	1	1	1	1	1	1	0	1	1	1	0
Eliante	0	0	0	0	0	0	1	1	1	0	0	0	0	0
Acaste	0	0	0	0	0	0	1	1	1	1	1	1	0	0
Clitandre	0	0	0	0	0	0	1	1	1	1	1	1	0	0
Arsinoé	0	0	0	0	0	0	0	0	0	0	0	0	1	1
Basque	0	0	0	0	1	1	1	1	0	0	0	1	0	0
Du Bois	0	0	0	0	0	0	0	0	0	0	0	0	0	0
Garde	0	0	0	0	0	0	0	0	1	0	0	0	0	0
α	2	3	2	2	3	3	7	7	7	2	3	4	2	2

*hiatus réel

Tableau IV

Acte IV									Acte V										
(1)	(2)	(3)	(4)	(5)	(6)	(7)	(8)	(9)	(1)	(2)	(3)	(4)	(5)	(6)	(7)	(8)	(9)		
15	16	17	18	19	20	21	22	23	24	25	26	27	28	29	30	31	32	α'	fi
1	1	①	1	1	①	1	1	1	1	1	①	1	1	1	1	1	1	31	0,968
0	0	0	0	0	0	0	0	0	0	0	1	1	⓪	0	0	0	1	8	0,250
0	0	0	0	0	1	0	0	0	0	1	1	0	0	1	1	1	1	9	0,281
0	0	1	1	0	0	0	0	1	1	0	0	0	1	0	0	0	①	12	0,375
0	0	1	1	0	0	0	0	1	①	0	0	0	0	0	0	1	①	12	0,375
0	0	0	0	0	0	0	1	0	0	0	0	0	0	0	1	①	1	5	0,156
0	0	0	0	0	0	0	0	0	0	0	0	0	0	0	1	1	1	3	0,093
0	0	0	0	0	0	0	0	0	0	0	0	0	0	0	1	1	1	3	0,093
0	1	1	0	0	0	0	0	0	0	0	0	0	0	0	0	0	0	2	0,062
1	2	4	3	1	2	1	2	3	3	2	3	2	2	2	5	6	8		

① Personnage muet figurant dans la distribution scénique
⓪ Personnage muet, absent de la distribution en tête de scène, dont on parle comme s'il était absent.

Tableau V

Acte IV				Acte V					
(1)	(2)	(3)	(4)	(1)	(2)	(3)	(4)		
*15	16	17	18	19	20	21	22	α'	fi
0	1	1	1	1	1	1	1	17	0,772
1	1	0	0	1	0	1	1	11	0,500
0	0	0	0	0	1	1	1	4	0,181
0	0	1	1	0	1	1	1	14	0,636
1	1	0	0	0	0	1	1	7	0,318
0	0	0	0	0	0	0	1	7	0,318
0	0	0	0	0	0	0	1	7	0,318
0	0	0	0	0	0	0	1	3	0,136
0	0	0	0	0	0	0	0	5	0,227
0	0	0	0	0	0	0	0	1	0,045
0	0	0	0	0	0	0	0	1	0,045
2	3	2	3	2	3	5	8		

Tableau VI *Amphitryon*

| | Acte I | | | | (1) | (2) | (3) | (4) | (5) | (6) | (7) |
| | | | | | Acte II | | | | | | |
Scènes	1	2	3	4	*5	6	7	8	9	10	11
Sosie	1	1	0	0	1	1	1	1	1	1	1
Mercure	0	1	1	1	0	0	0	0	0	0	0
Jupiter	0	0	1	0	0	0	0	1	0	1	0
Alcmène	0	0	1	0	0	1	0	0	0	1	0
Cléanthis	0	0	1	1	0	1	1	1	1	1	1
Amphitryon	0	0	0	0	1	1	0	0	0	0	0
Naucratès	0	0	0	0	0	0	0	0	0	0	0
Polidas	0	0	0	0	0	0	0	0	0	0	0
Posiclès	0	0	0	0	0	0	0	0	0	0	0
Argatiphontidas	0	0	0	0	0	0	0	0	0	0	0
α	1	2	4	2	2	4	2	3	2	4	2

*hiatus réel.

Tableau VII *Les Fourberies de Scapin*

| | Acte I | | | | | (1) | (2) | (3) | (4) | (5) | (6) | (7) | (8) |
| | | | | | | Acte II | | | | | | | |
Scènes	1	2	3	4	5	*6	7	8	9	10	11	12	13
Octave	1	1	1	0	0	0	0	1	1	0	0	0	1
Silvestre	1	1	1	1	1	0	0	0	0	0	1	0	0
Scapin	0	1	1	1	1	0	0	1	1	1	1	1	1
Hyacinthe	0	0	1	0	0	0	0	0	0	0	0	0	0
Argante	0	0	0	1	0	1	0	0	0	1	1	0	0
Géronte	0	0	0	0	0	1	1	0	0	0	0	1	0
Léandre	0	0	0	0	0	0	1	1	1	0	0	0	1
Zerbinette	0	0	0	0	0	0	0	0	0	0	0	0	0
Nérine	0	0	0	0	0	0	0	0	0	0	0	0	0
Carle	0	0	0	0	0	0	0	0	0	1	0	0	0
α	2	3	4	3	2	2	2	3	4	2	3	2	3

*hiatus réel.

Tableau VI

Acte III											
(1)	(2)	(3)	(4)	(5)	(6)	(7)	(8)	(9)	(10)		
*12	13	14	15	16	17	18	19	20	21	α'	fi
0	0	0	1	1	1	1	1	1	1	16	0,761
0	1	0	0	0	1	0	0	1	0	6	0,285
0	0	0	0	1	0	0	0	0	1	5	0,238
0	0	0	0	0	0	0	0	0	1	3	0,142
0	0	0	0	0	0	0	1	1	1	11	0,523
1	1	1	1	1	0	1	1	1	1	11	0,523
0	0	0	1	1	0	0	1	1	1	5	0,238
0	0	0	1	1	0	0	1	1	1	5	0,238
0	0	0	0	0	0	1	1	1	1	4	0,190
0	0	0	0	0	0	1	1	1	1	4	0,190
1	2	1	4	5	2	4	7	8	8		

Tableau VII

Acte III														
(1)	(2)	(3)	(4)	(5)	(6)	(7)	(8)	(9)	(10)	(11)	(12)	(13)		
14	15	16	17	18	19	20	21	22	23	24	25	26	α'	fi
0	0	0	0	0	0	0	0	0	1	1	1	1	10	0,384
1	0	0	1	1	1	1	1	1	1	1	1	1	17	0,653
1	1	0	0	0	0	0	1	0	0	0	0	1	14	0,538
1	0	0	0	0	0	0	0	1	1	1	1	1	7	0,269
0	0	0	0	1	1	1	0	1	1	1	1	1	12	0,461
0	1	1	0	0	1	1	0	1	1	1	1	1	12	0,461
0	0	0	0	0	0	0	0	0	0	1	1	1	7	0,269
1	0	1	1	0	0	0	0	0	1	1	1	1	7	0,269
0	0	0	0	0	0	1	0	1	1	1	1	1	6	0,230
0	0	0	0	0	0	0	0	0	0	0	1	1	3	0,115
4	2	2	2	2	3	4	2	5	7	8	9	10		

Tableau VIII   *Le Malade imaginaire*

Scènes	Acte I								Acte II								
									(1)	(2)	(3)	(4)	(5)	(6)	(7)	(8)	(9)
	1	2	3	4	5	6	7	*8	9	10	11	12	13	14	15	16	17
Argan	1	1	1	0	1	1	1	0	0	1	1	1	1	1	1	1	1
Toinette	0	1	1	1	1	1	0	1	1	1	0	1	1	1	0	0	0
Angélique	0	0	1	1	1	1	0	1	0	0	1	1	1	1	0	0	0
Béline	0	0	0	0	0	1	1	0	0	0	0	0	0	1	1	0	0
Notaire	0	0	0	0	0	0	1	0	0	0	0	0	0	0	0	0	0
Cléante	0	0	0	0	0	0	0	0	1	1	1	1	1	0	0	0	0
Monsieur Diafoirus	0	0	0	0	0	0	0	0	0	0	0	0	1	1	0	0	0
Thomas Diafoirus	0	0	0	0	0	0	0	0	0	0	0	0	1	1	0	0	0
Louison	0	0	0	0	0	0	0	0	0	0	0	0	0	0	0	1	0
Béralde	0	0	0	0	0	0	0	0	0	0	0	0	0	0	0	0	1
Fleurant	0	0	0	0	0	0	0	0	0	0	0	0	0	0	0	0	0
Purgon	0	0	0	0	0	0	0	0	0	0	0	0	0	0	0	0	0
α	1	2	3	2	3	4	3	2	2	3	3	4	6	6	2	2	2

*hiatus réel.

Tableau VIII

							Acte III								
(1)	(2)	(3)	(4)	(5)	(6)	(7)	(8)	(9)	(10)	(11)	(12)	(13)	(14)		
18	19	20	21	22	23	24	25	26	27	28	29	30	31	α'	fi
1	0	1	1	1	1	1	1	1	1	1	1	1	1	27	0,870
1	1	0	0	1	0	1	1	1	1	1	1	1	1	22	0,709
0	0	0	0	0	0	0	0	0	0	0	0	1	1	11	0,354
0	0	0	0	0	0	0	0	0	0	0	1	0	0	5	0,161
0	0	0	0	0	0	0	0	0	0	0	0	0	0	1	0,032
0	0	0	0	0	0	0	0	0	0	0	0	0	1	6	0,193
0	0	0	0	0	0	0	0	0	0	0	0	0	0	2	0,064
0	0	0	0	0	0	0	0	0	0	0	0	0	0	2	0,064
0	0	0	0	0	0	0	0	0	0	0	0	0	0	1	0,032
1	1	1	1	①	1	1	1	1	1	1	1	1	1	15	0,483
0	0	0	1	0	0	0	0	0	0	0	0	0	0	1	0,032
0	0	0	0	1	0	0	0	0	0	0	0	0	0	1	0,032
3	2	2	3	4	2	3	3	3	3	3	4	4	5		

① Personnage muet figurant dans la distribution scénique

3

PREMIÈRES ANALYSES DU CORPUS
À PARTIR DES MATRICES

Le premier traitement de l'information des matrices porte sur ce qu'elles révèlent de plus extérieur, à savoir le nombre des cellules qu'elles comportent. Cette analyse, qui relève d'un calcul très simple, permet de mesurer la complexité relative des pièces du corpus les unes par rapport aux autres. On obtient le nombre de cellules par la multiplication du nombre de lignes de rang i (ou nombre de personnages) avec le nombre de colonnes de rang j (ou nombre de scènes); dans un premier temps, on négligera de distinguer les intersections vides (figurées par un 0) de celles marquées par la présence du personnage (figurée par un 1). En effet, la matrice est conçue, à ce moment de l'étude, comme la structure de tous les choix possibles de l'auteur.

Si l'on se reporte au tableau IX, on remarque une certaine progression du nombre des cellules des pièces. En effet, celui-ci s'accroît suivant une courbe qui, bien qu'irrégulière, n'en est pas point marquée. Tout se passe comme si Molière au cours de son œuvre, reprenait les mêmes thèmes en leur donnant, au fil du temps, une plus grande complexité scénique. On peut vérifier cette affirmation en comparant deux à deux des œuvres qui présentent des caractéristiques communes telles *Le Médecin volant* 112 et *Le Malade imaginaire* 372 [25]; ou deux pièces fortement thématiques comme *Les Précieuses ridicules* 204 et *Le Misanthrope* 242; ou deux pièces fortement spectaculaires et construites sur la duplication comme *Amphitryon* 210 et *Les Fourberies de Scapin* 260.

Le même phénomène marque la généalogie de l'œuvre saisie dans le rapprochement de certaines pièces du corpus avec d'autres pièces qui leur ont servi de modèles ou d'ébauches, ou au contraire pour lesquelles elles furent des modèles ou des ébauches.

Ainsi, *L'École des maris* comporte-t-elle 207 cellules, *L'École des femmes* 288, *La Jalousie du Barbouillé* 104, *George Dandin* 184 ; *Les Précieuses ridicules* 204 et *Les Femmes savantes* 336.

L'évolution de l'œuvre de Molière apparaît bien dans ce jeu de rapprochement entre pièces thématiquement parallèles ou successives. L'auteur semble rechercher une multiplication des données du jeu sans corrélation explicite avec une variation du point de vue ou du traitement thématique.

Tableau IX   **Évolution structurelle du corpus**

Titres	Nombre de cellules	Degré d'occupation scénique	Hiatus réels	Indice de continuité
La Jalousie du Barbouillé	104	$0,36 \simeq (1/3)+$	5	0,8 %
Le Médecin volant	112	$0,32 \simeq (1/3)$	3	64 %
Les Précieuses ridicules	204	$0,39 \simeq (1/3)+$	1	50 %
L'École des femmes	288	$0,30 \simeq (1/3)-$	0	100 %
Le Misanthrope	242	$0,32 \simeq (1/3)-$	1	82 %
Amphitryon	210	$0,33 \simeq (1/3)$	2	71,3 %
Les Fourberies de Scapin	260	$0,37 \simeq (1/3)+$	1	92 %
Le Malade imaginaire	372	$0,25 \simeq (1/4)$	1	79 %

Sur ce même tableau figure l'évolution du degré d'occupation scénique dont la mesure s'obtient en établissant le rapport entre le nombre total des cellules et le nombre des intersections 1. On remarque immédiatement que le degré d'occupation scénique demeure plus ou moins constant et égal à 1/3[26]. Cette constance peut être lue, avant tout, comme la marque de l'auteur, et ce à plusieurs titres. Pour affirmer qu'il s'agit d'un trait distinctif de Molière, il conviendrait de comparer ces chiffres à ceux qui ont été obtenus en pratiquant une analyse semblable sur d'autres pièces, de préférence des comédies de la même époque.

En effet, quel que soit le nombre d'actes ou de personnages des pièces considérées, le degré d'occupation obtenu par un calcul de proportion reste un outil de comparaison valable. L'obstacle, avancé par Schérer à ce type de comparaison, est donc levé : « Il est malaisé de comparer ces résultats [ceux qui portent sur l'éventail du nombre de scènes chez Corneille et Racine] avec ceux que pourrait fournir Molière, puisque ses comédies ont généralement moins de cinq actes[27]. »

Sans faire de comparaison, il est difficile d'éviter de faire un rapprochement avec l'œuvre comique de Corneille d'où il ressort les chiffres suivant :

Mélite 1/4	*La Place royale* 1/4
La Suivante 1/5	*La Galerie du palais* 1/4
Le Menteur 1/4	*L'Illusion comique* 1/6
La Veuve 1/5	

Ces mêmes calculs appliqués à une pièce plus tardive, comme *Turcaret* de Lesage (1/4), permettent de souligner que Molière pratique un resserrement de sa matière dramatique, qui reste un trait caractéristique de sa composition[28]. Il est remarquable, par ailleurs, que ce resserrement se trouve plus fréquemment dans la tragédie où la proportion 1/3 est fréquente (*Phèdre* 1/3, *Andromaque* 1/3, *Polyeucte* 1/3, *Rodogune* 1/3). Or on peut distinguer le genre tragique du genre comique à partir de la notion de resserrement de l'action. La comédie présente souvent des confrontations de personnages dont le rapport au conflit principal peut être assez faible pourvu qu'il soit comique. Au contraire, la tragédie évoque l'engrenage impitoyable soit de la fatalité, soit du destin, construit essentiellement sur une imbrication très serrée des rapports entre personnages : chacun étant pour l'autre l'objet de son désir et de sa souffrance. Molière, dans un autre registre, pratique une construction des rapports qui a pour effet de ne laisser aucun personnage en retrait du conflit.

Au-delà de ces tentatives de comparaison, la constance du rapport 1/3 n'en est pas moins le signe d'un choix, donc le signe d'un dessein. Autrement dit, de la totalité du nombre des combinaisons possibles de personnages en fonction du nombre de scènes, Molière ne retient qu'un tiers. Ce fait souligne que chacune des combinaisons retenues doit être particulièrement significative dans la mesure où Molière pratique une véritable « économie du récit ». Cette économie est construite, avant tout, sur le petit nombre d'apparitions uniques de tel ou tel personnage et sur le grand nombre de scènes comportant trois personnages.

On peut vérifier cette récurrence des scènes trio en établissant pour chaque pièce le rapport entre le nombre d'intersections 1 et le nombre total des scènes de chaque pièce. On obtient alors le tableau suivant :

Tableau X	Moyenne d'occupation scénique	
La Jalousie du Barbouillé	37/13	2,8
Le Médecin volant	37/16	2,3
Les Précieuses ridicules	76/17	4,4
L'École des femmes	85/32	2,6
Le Misanthrope	77/22	3,5
Amphitryon	70/21	3,3
Les Fourberies de Scapin	95/26	3,6
Le Malade imaginaire	94/31	3,0
Moyenne totale	571/178	3,21

Ainsi, moins que l'économie des personnages, c'est le resserrement des rapports que Molière privilégie en réduisant le poids des configurations scéniques[29].

Solomon Marcus fournit un outil pour mesurer la valeur de ce resserrement des rapports entre les personnes. C'est le diamètre scénique qu'il définit ainsi :

> Une chaîne de personnages entre les personnages x et y est une séquence de personnages $Z1, Z2, ..., Zn$ où $x = Z1, y = Zn$ et où deux personnages consécutifs Zi et $Zi + j$ ($1 \leq i \leq n - 1$) ont toujours une scène où tous les deux sont présents. Le nombre $n - 1$ est la longueur de la chaîne envisagée. La longueur de la plus petite chaîne entre x et y est la distance scénique entre les personnages d'une pièce est, par définition, le diamètre de la pièce[30].

Le diamètre scénique se mesure donc à partir de la chaîne maximale qui unit entre eux deux personnages qui n'ont aucune scène en commun, donc qui n'ont pas de « rapport » entre eux. Voici les différentes valeurs du diamètre de chacune des pièces du corpus et les chaînes susceptibles de les constituer.

La Jalousie du Barbouillé : diamètre scénique 3

  [La Vallée — Valère — Angélique — Le Docteur]

Le Médecin volant : diamètre scénique 2

$$\left[\text{Avocat} - \left\{ \begin{array}{c} \text{Sganarelle} \\ \text{ou} \\ \text{Gorgibus} \end{array} \right\} - \text{tous les autres personnages} \right]$$

Les Précieuses ridicules : diamètre scénique 2

  [Porteurs — Mascarille — tous les autres personnages]

ou

$$\left[\text{Almanzor} - \left\{ \begin{array}{c} \text{Mascarille} \\ \text{ou} \\ \text{Cathos} \\ \text{ou} \\ \text{Magdelon} \end{array} \right\} - \text{tous les autres personnages} \right]$$

L'École des femmes : diamètre scénique 2

$$\left[\text{Notaire} - \left\{ \begin{array}{c} \text{Arnolphe} \\ \text{ou} \\ \text{Alain} \\ \text{ou} \\ \text{Georgette} \end{array} \right\} - \text{tous les autres personnages} \right]$$

Le Misanthrope : diamètre scénique 2

$$\left[\begin{array}{c} \text{Arsinoé} \\ \text{ou} \\ \text{Oronte} \end{array} - \left\{ \begin{array}{c} \text{Célimène} \\ \text{ou} \\ \text{Alceste} \end{array} \right\} - \begin{array}{c} \text{Basque} \\ \text{ou} \\ \text{Le Garde} \\ \text{ou} \\ \text{Dubois} \end{array} \right]$$

Amphitryon : diamètre scénique 2

$$\left[\text{Alcmène} - \text{tous les autres personnages} - \begin{array}{c} \text{Argatiphontidas} \\ \text{ou} \\ \text{Naucratès} \\ \text{ou} \\ \text{Polidas} \\ \text{ou} \\ \text{Posiclès} \end{array} \right]$$

Les Fourberies de Scapin : diamètre scénique 1. La scène finale réunit *tous* les personnages.

Le Malade imaginaire : diamètre scénique 2

$$\left[\text{Notaire} - \left\{ \begin{array}{c} \text{Argan} \\ \text{ou} \\ \text{Béline} \end{array} \right\} - \text{tous les autres personnages} \right]$$

[Louison — Argan — tous les autres personnages]

$$\left[\left\{ \begin{array}{c} \text{Fleurant} \\ \text{ou} \\ \text{Purgon} \end{array} \right\} - \left\{ \begin{array}{c} \text{Argan} \\ \text{ou} \\ \text{Béralde} \end{array} \right\} - \text{tous les autres personnages} \right]$$

Les intrigues des pièces du corpus se caractérisent par un reserrement marqué des relations entre les personnages.

Même les personnages « isolés », qui sont à l'origine des chaînes supérieures à deux personnages, représentent des rôles certes secondaires (La Vallée, l'Avocat, le Porteur, Almanzor, le Notaire, Du Bois, Louison, par exemple), mais non inutiles. Un premier type de fonction peut leur être attribué, qui mime en quelque sorte leur position « excentrique ». Celui d'agent du réel, du vraisemblable. C'est le cas des porteurs des *Précieuses ridicules* ou de l'Avocat du *Médecin volant* qui authentifient et menacent tout à la fois le masque et le mensonge du personnage principal. Il en va de même du Notaire de *L'École des femmes* ou de celui du *Malade imaginaire*. L'intervention de ces deux figures sociales de la loi et du contrat sanctionnent le déséquilibre potentiel de l'intrigue à laquelle ils appartiennent, en menaçant d'en résoudre la situation initiale. C'est au premier qu'il revient de conclure le contrat de mariage entre Arnolphe et Agnès, c'est au second de passer l'acte par lequel Argan déshérite ses enfants au profit de Béline. Révélatrice de la situation (Arnolphe est si troublé qu'il en oublie l'urgence du contrat, Argan est victime de l'hypocrite sollicitude de sa femme), l'excentrique présence de ces personnages sert aussi de relais au dénouement : c'est parce que Béline sait l'étendue des biens d'Argan qu'elle se trahira à la scène 12 de l'acte III.

Quant au fait qu'Alcmène et Arsinoé soient des personnages « en retrait » des relations normales de la pièce, il s'accorde bien avec les intentions de Molière dont le texte attribue à l'une la modestie, à l'autre la pruderie, attitudes morales du retrait.

C'est en fonction de ces constatations qu'on peut apporter une nuance à l'affirmation de Schérer suivant laquelle Molière « n'emploie presque pas de personnages inutiles ; mais chaque fois qu'un caractère épisodique peut lui permettre une nouvelle nuance de psychologie, il ne se prive pas du plaisir de le mettre en scène[31] ». Les seuls indices de ce « plaisir » de Molière pourraient être représentés par Fleurant, Purgon et Louison du *Malade imaginaire*, les premiers en fonction du comique, la dernière en raison de la nuance psychologique qu'elle ajoute à Argan. Cependant, on a pu remarquer plus haut que la double apparition Fleurant / Purgon prépare le dédoublement Argan / Médecin. Donc les deux silhouettes grotesques seraient, au niveau du spectacle, une préfiguration des déguisements à venir. Quant à Louison, bien que sa présence puisse être lue, en un premier temps, comme une « faiblesse » de la pièce que certaines mises en scène effacent, elle n'assure pas moins pour Argan une mise au point essentielle, à savoir que Cléante est plus qu'un maître à chanter pour Angélique. Cette révélation aurait pu aisément être faite par Béline qui, à la scène 7 de l'acte II, a déjà annoncé la révélation de la scène 8 :

> BÉLINE
>
> Je viens, mon fils, avant que se sortir, vous donner avis d'une chose à laquelle il faut que vous preniez garde. En passant par devant la chambre d'Angélique, j'ai vu un jeune homme avec elle, qui s'est sauvé d'abord qu'il m'a vue.
>
> ....
>
> Oui. Votre petite fille Louison était avec eux, qui pourra vous en dire des nouvelles.
>
> *Le Malade imaginaire*, acte II, scène 7.

L'intervention de Louison correspond, sans doute, à un autre dessein de Molière.

Le calcul du degré d'occupation et du diamètre scéniques permet donc de mesurer la rigueur et la cohésion du récit théâtral chez Molière qui relève d'une organisation rigoureuse du découpage scénique. Ses caractéristiques formelles corroborent les lectures qu'on peut faire de certains personnages ou en soulignent l'ambiguïté. Dans une perspective synchronique, il apparaît que la structure narrative évolue vers une complexité croissante due à l'accroissement du nombre de ses éléments sans pour autant perdre une certaine forme d'équilibre, mis en évidence par le degré d'occupation scénique. Ainsi, bien que les intrigues s'y compliquent, la densité scénique du théâtre de Molière reste plus ou moins constante. Tout se passe comme si l'auteur avait pris la mesure du degré d'occupation scénique optimal et le reproduisait de création en création.

D'autres informations vérifient ces conclusions. La première consiste à effectuer les calculs du degré d'occupation scénique non pas sur la totalité de la pièce, mais en fonction de chaque acte. On obtient alors le tableau suivant :

Tableau XI	Degré d'occupation scénique relatif				
Actes	I	II	III	IV	V
L'École des femmes	0,31	0,27	0,22	0,23	0,41
Le Misanthrope	0,21	0,44	0,24	0,23	0,31
Amphitryon	0,23	0,27	0,42		
Les Fourberies de Scapin	0,28	0,26	0,46		
Le Malade imaginaire	0,21	0,31	0,31		

La constance du degré d'occupation scénique est construite, pour chaque pièce du corpus, dans des modalités variables mais unifiées par un même phénomène qui va en s'accentuant au cours de l'évolution de l'œuvre : l'acte de dénouement est toujours plus « peuplé » que tous les autres actes et, en particulier, que l'acte d'exposition. Les graphiques suivants permettent de matérialiser cette constatation :

L'École des femmes
actes

I	II	III	IV	V
0,31	0,27	0,22	0,23	0,41

Le Misanthrope
actes

I	II	III	IV	V
0,21	0,44	0,24	0,23	0,41

Amphitryon
actes

I	II	III
0,23	0,27	0,42

Les Fourberies de Scapin
actes

I	II	III
0,28	0,26	0,46

Le Malade imaginaire
actes

I	II	III
0,21	0,28	0,26

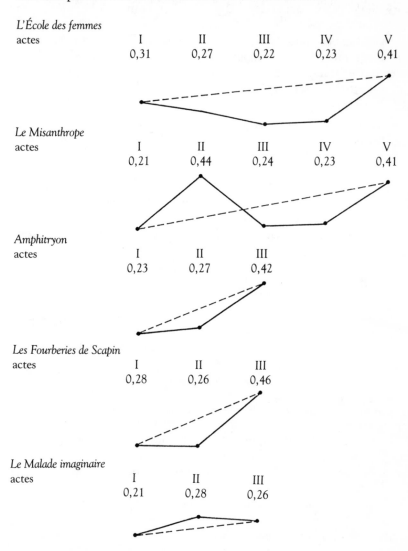

Le schéma du *Malade imaginaire* doit être pondéré par la prise en compte du divertissement final qui regroupe tous les personnages de la pièce indépendamment des « figurants ». Cette présence scénique qui s'apparente à la configuration de la dernière scène des *Fourberies de Scapin*, celle d'une parade finale, permet de corriger la progression « anormale » de la dernière pièce du corpus. De fait, le divertissement est partie prenante du dénouement ; le degré d'occupation scénique obéit donc à la loi générale.

Molière pose donc le conflit initial à partir d'un nombre restreint de relations entre les personnages. Ce nombre devient maximal au dénouement et traduit une accélération du rythme de la pièce qui peut toutefois être mesurée à partir de la progression du nombre de scènes.

Ainsi que le précise Schérer, le nombre des scènes :

> définit en effet, à un certain point de vue, la rapidité de la pièce. Si les scènes sont nombreuses, c'est que les allées et venues des personnages sont fréquentes, et que les apparitions des personnages sont assez courtes, puisque la durée de la pièce est à peu près constante ; si au contraire le nombre de scènes est peu élevé, ces scènes seront longues et le mouvement des personnages sera lent[32].

Appliquée à l'acte, cette analyse permet de constater que le mouvement des pièces s'accélère d'acte en acte proportionnellement au degré d'occupation scénique. Seul, *Le Misanthrope* est, à ce titre, une exception :

Tableau XII	Mesure de l'accélération scénique				
Actes	I	II	III	IV	V
L'École des femmes	4	5	5	9	9
Le Misanthrope	3	6	5	4	4
Amphitryon	4	7	10		
Les Fourberies de Scapin	5	8	13		
Le Malade imaginaire	8	9	14		

Ainsi Molière suit-il, pour le déroulement de ces pièces, un principe relevant du spectacle : pour tenir en haleine ses spectateurs, il multiplie les données initiales en les faisant se succéder à un rythme de plus en plus rapide.

Reste à savoir si cette accélération est continue, autrement dit, si le spectateur peut être véritablement « pris », entraîné par une représentation sans heurt et sans rupture. Le calcul de l'indice de continuité scénique permet de mesurer ce phénomène dont la perception demeure plus ou moins subjective pour le public. Sa formule, élaborée par Mihaï Dinu, est la suivante[33] :

$$C\% : 100 \left(1 - \frac{D}{2D1} \right)$$

dans laquelle D est le nombre de hiatus scéniques réels et $D1$ le nombre de hiatus scéniques probables. Par hiatus scénique, on entend une situation « où deux scènes consécutives sont caractérisées par des configurations disjointes[34] ». Dans le tableau IX, l'indice de continuité des pièces du corpus évolue avec le temps et tend à se rapprocher de la valeur maximale, à savoir 100 %. Molière prend donc un soin tout particulier à assurer l'enchaînement des scènes, donc la continuité du spectacle. Ce souci de la linéarité de la représentation n'est pas sans conséquence sur la dynamique scénique. Mihaï Dinu propose de mesurer ce dernier à l'aide du paramètre I, « nombre moyen de scènes nécessaires pour un renouvellement complet de l'ensemble des personnages à un moment donné », dont les

valeurs se trouvent dans une relation de proportionnalité inverse avec la vitesse des changements scéniques ; pour un I réduit, le renouvellement des configurations de personnages est très rapide. C'est pourquoi on peut prendre ce paramètre comme une mesure du dynamisme scénique[35].

Bien que Mihaï Dinu ne précise pas ce qu'il entend par « dynamisme scénique », on peut déduire de sa démonstration que sa conception relève de la définition courante. La dynamique d'une pièce peut donc être mesurée en fonction du mouvement des personnages. Celui-ci est à son maximum lorsqu'une configuration scénique 1 (ou ensemble de personnages présents à un moment donné) cède la place à une configuration scénique 2 telle qu'elle n'a aucun élément commun avec la première. La situation 2 est, par nature, radicalement différente de la situation 1 puisque les forces en présence — Souriau dirait « constellation » —, sont différentes. Les valeurs du paramètre I pour les différentes pièces du corpus telles qu'elles sont présentées dans la première colonne du tableau XIII semblent aberrantes. Qu'on en juge par le dynamisme tout mathématique de l'*École des femmes* (0,41) qui nie l'omniprésence d'Arnolphe tout au long d'une œuvre dont la critique de l'époque fustigea le caractère statique. De fait, le paramètre I ne saurait s'appliquer adéquatement au découpage scénique d'une pièce dont plus de la moitié des scènes ne se renouvelle pas. Dans l'*École des femmes*, 28 scènes sur 32 ne trouvent pas de configuration disjointe jusqu'au baisser de rideau, c'est-à-dire jusqu'à la fin.

Tableau XIII   *Dynamique scénique*

Titres des oeuvres	Nombre moyen réel de scènes nécessaires pour un renouvellement	Nombre moyen probable de scènes	Rapidité	Nombre probable de renouvellements complets	Nombre réel de renouvellements
La Jalousie du Barbouillé	1,92 (5/13)	11	+	1,2	8
Le Médecin volant	1,06 (7/16)	7	+	2,28	9
Les Précieuses ridicules	1,47 (10/17)	63	+	0	7
L'École des femmes	0,41 (28/32)	54	+	0,6	4
Le Misanthrope	2,4 (10/22)	19	+	1,16	12
Amphitryon	1,81 (10/21)	13	+	1,6	11
Les Fourberies de Scapin	2,26 (11/26)	13	+	2	15
Le Malade imaginaire	1,19 (23/31)	31	+	1	8

Le calcul de la moyenne qui prend en compte la totalité des unités en est singulièrement faussé. Cette constatation s'applique à presque toutes les pièces retenues, à l'exception des canevas. Le nombre de configuration non renouvelées figurant en marge des valeurs du paramètre *I* permet d'en pondérer la lecture. Néanmoins, le calcul du paramètre *I* permet de mettre au jour une caractéristique de la construction scénique qu'on pourrait décrire comme un ralentissement du dynamisme récurrent dans l'élaboration du dénouement.

Ainsi, dans *Les Précieuses ridicules*, les renouvellements s'interrompent à la huitième scène, dans *Le Misanthrope* à la seizième, dans *Amphitryon* à la quinzième, dans *Les Fourberies de Scapin* à la dix-septième et enfin, dans *Le Malade imaginaire* à la dix-septième. Le phénomène est plus global dans *L'École des femmes* où, dès la huitième scène, le statisme l'emporte et il est totalement absent de *La Jalousie du Barbouillé* où le renouvellement intervient jusqu'à l'avant-dernière scène. Tout passe comme si la technique scénique se modifiait dans la seconde moitié du déroulement. Succède à une conception scénique dynamique plus proche de la farce ou de la commedia, une conception plus statique où le discursif l'emporte sur le gestuel, le héros sur la situation.

Il n'en demeure pas moins qu'une comparaison des probabilités aux faits scéniques réalisés prouve que, globalement, la rapidité scénique est supérieure à ce que la fréquence d'apparitions des personnages autorisait (colonnes 2, 4, 5 du tableau XIII). Le calcul du paramètre *I* en mesure l'inégale répartition.

Ces différentes analyses permettent donc d'affirmer que le rythme de chaque pièce repose sur deux constantes, la continuité et la rapidité scéniques; toutefois, le dynamisme du renouvellement des configurations, propre au genre comique, est abandonné dans le dernier tiers du déroulement au profit d'une focalisation sur un ou deux personnages qui, par leur présence simultanée ou alternée, cimentent la cohésion du déroulement jusqu'au dénouement.

Ces caractéristiques, toutes d'ordre spectaculaire, n'en sont pas moins indépendantes des représentations diverses auxquelles le texte a pu donner lieu. Néanmoins, il existe, au niveau de la représentation, deux éléments sur lesquels l'action du metteur en scène est primordiale : il s'agit du jeu des acteurs, d'une part, et du « tempo » de la représentation, d'autre part. En ce qui concerne le jeu des acteurs, c'est le metteur en scène qui accordera à chaque rôle un poids, un accent différent ; quant au « tempo », Larthomas souligne qu'

> on peut emprunter ce terme à la musique [...] pour désigner la plus ou moins grande rapidité à laquelle une scène doit être jouée [...] Et il faudrait distinguer le tempo général de l'œuvre et celui de chaque pièce, et souvent de chaque partie d'une scène donnée [...] Ce travail qui fait ensuite ressembler le texte de la pièce à une partition, est un des plus difficiles qui soient [...] Le plus souvent, c'est le metteur en scène et l'acteur qui devront définir le tempo, ce qui n'est pas toujours facile[36].

C'est le « tempo » général qu'on se propose de mettre au jour ici en élaborant une gamme de personnages que modulerait la partition scénique de chacune des œuvres concernées dans l'approche conjuguée de la description et de l'interprétation.

NOTES

1. Jacques SCHÉRER, *La Dramaturgie classique en France*, p. 479-488.

2. Jean ALTER, « Vers la mathématexte au théâtre ; en codant Godot » dans *Sémiologie de la représentation*, p. 42.

3. SCHÉRER, *La Dramaturgie...*, p. 479-488.

4. Quelques exemples préciseront ce point :
La Cantatrice chauve de Ionesco présente un découpage scénique rendu strictement inopérant par la confusion des identités, les fausses sorties et les fausses entrées. *En attendant Godot* retarde à l'infini une entrée — celle de Godot — alors que les deux autres personnages semblent prisonniers de la scène : les coulisses sont menaçantes et s'y rendre c'est s'y faire battre. Implicitement, c'est la *présence scénique* qui est mise en question dans ces deux œuvres désormais classiques de l'anticlassique.

5. Patrice PAVIS, *Problèmes de sémiologie théâtrale*.

6. SCHÉRER, *La Dramaturgie...*, p. 218.

7. Pierre LARTHOMAS, *Le Langage dramatique*, p. 133.

8. Préface des *Précieuses ridicules*.

9. 12 janvier 1660 : Présentation à la Chambre syndicale des libraires du privilège obtenu par le Sʳ Jean Ribou. 19 janvier 1660 : Enregistrement du privilège pour l'impression des *Précieuses ridicules* au libraire G. de Luynes. 29 janvier 1660 : Date de la préface de la première édition, dates citées par G. Mongrédien dans le *Recueil des textes et des documents du* XVIIᵉ *siècles relatifs à Molière*, 2ᵉ édition, p. 119 et 120.

10. LARTHOMAS, *Le Langage...*, p. 133, n. 22.

11. La présence de Hyacinthe peut même ajouter une dimension comique. Octave pour paraître à son avantage aux yeux de celle-ci pourrait, dans un premier temps, se redresser, prendre des poses qui, par contraste, donneraient à sa déconfiture finale devant Scapin une plus grande efficacité. Aux mots « Voilà votre père » chacun de disparaître de son côté ou ensemble.

12. PAVIS, *Problèmes...*, p. 101.

13. PAVIS, *Problèmes...*, p. 109.

14. Steen JANSEN, « Esquisse d'une théorie de la forme dramatique » dans *Langages*, nº 12, décembre 1968, p. 71-93.

15. Solomon MARCUS, *Pœtica matematica*, p. 257-357.

16. MARCUS, « Stratégie des personnages dramatiques » dans *Sémiologie de la représentation*, p. 73-95.

17. MARCUS, « Stratégie... », p. 73.

18. MARCUS, « Stratégie... », p. 259.

19. MARCUS, « Stratégie... », p. 89.

20. PAVIS, *Problèmes...*, p. 158.

21. Par exemple, *Les Cahiers de linguistique théorique et appliquée* et la *Revue roumaine de linguistique*.

22. MARCUS, « Stratégie... », p. 74.

23. MARCUS, « Stratégie... », p. 79.

24. Solomon Marcus prend comme exemple le personnage de Godot dans *En attendant Godot*. Mais Godot n'est pas un personnage de théâtre. C'est une fonction, un thème du discours des personnages. Pourrait-on envisager « la fatalité » du théâtre grec comme un personnage ?

25. *L'Amour médecin* (315 cellules) comporte des ballets comme *Le Malade imaginaire* ; *Le Médecin malgré lui* (231 cellules).

26. Ce degré d'occupation reste constant si l'on examine les autres œuvres de Molière telles *L'École des maris*, *George Dandin*, *Les Femmes savantes*, *Tartuffe*, *L'Avare*. Par contre, *Dom Juan* présente un indice bien en accord avec sa réputation « monstrueuse » à savoir 1/6. Quant au *Bourgeois gentilhomme*, pièce à spectacle comme *Le Malade imaginaire*, il présente un indice supérieur, à savoir 1/4.

27. SCHÉRER, *La Dramaturgie...*, p. 198.

28. La modestie de ces calculs ne saurait prétendre donner à cette affirmation un caractère exhaustif. Ils ont permis de confirmer les premiers jalons d'une recherche qui est actuellement en cours.

29. Jacques Schérer souligne la « prodigalité » de Molière en ce qui concerne le nombre des personnages de ses pièces. Si la moyenne du nombre

des personnages est, en général au XVIIᵉ siècle, comprise entre 7 et 8, celle de notre corpus se tient aux alentours de 11 si on exclut les canevas, de 10 en les comptant. Ces calculs sont faits en réduisant au minimum les personnages anonymes des *Précieuses ridicules* : deux violons, deux porteurs, deux voisines. On peut remarquer enfin que la proportion entre le nombre des personnages et le nombre de scènes de la pièce est constant, à savoir

$$\frac{x \text{ pers}}{n \text{ scène}} = \frac{1}{2},$$

exception faite des *Précieuses ridicules* où le rapport s'équilibre. Voir *La dramaturgie...*, p. 38.

30. MARCUS, « Stratégie... », p. 75 et 76.

31. SCHÉRER, *La Dramaturgie...*, p. 38.

32. SCHÉRER, *La Dramaturgie...*, p. 198.

33. Mihaï DINU, « Continuité et changement dans la stratégie des personnages dramatiques » dans *Cahiers de linguistique théorique et appliquée*, vol. 10, 1973, p. 5-26. Le nombre de hiatus probables s'obtient par la formule suivante :

$$D_1 = (n-1) \; \underset{x_i \in p}{\mathit{II}} \; \left[1 - \frac{mi \, (mi - 1)}{n \; (n-1)} \right]$$

où *n* est le nombre total de scènes, x_i l'ensemble des personnages, m_i le nombre respectif de scènes pour chaque personnage.

34. MARCUS, « Stratégie... », p. 79 et 80. Pour la démonstration de cette formule, voir DINU, « Continuité... ». Les hiatus réels de chacune des pièces du corpus sont représentés sur les matrices.

35. DINU, « Continuité ». La formule qui permet « le calcul du nombre moyen de scènes nécessaires pour qu'ait lieu un renouvellement complet des configurations des personnages » est

$$\bar{l} = \underset{x_i \in p}{\mathit{II}} \; \left(1 + \frac{fi^2}{1 - fi} \right)$$

où x_i est l'ensemble des personnages, *fi*, l'indice de probabilité de chaque personnage $\frac{(ni)}{N}$; le nombre de renouvellements complets étant (théoriquement) $= \frac{N}{\bar{l}}$.

36. LARTHOMAS, *Le Langage...*, p. 72 et 73.

DEUXIÈME PARTIE

LA GAMME DES PERSONNAGES

La matière binaire présente, pour chacune des œuvres, la mise à plat des configurations scéniques successives. Elle sanctionne une vision synthétique des modalités scéniques de tous les personnages, vision théorique que la pratique du récit théâtral, lu ou joué, infirme. En effet, le personnage théâtral est doublement individualisé par le discours et par la personne du comédien. Son statut relève d'une dialectique qui lui est spécifique : autonome et univoque, il est aussi nécessairement inscrit dans des situations qui le soumettent à la réciprocité de l'échange ou de l'antagonisme. Ce paradoxe est perceptible dans les discours sur le théâtre. La tradition entérine la liste des « grands rôles » comme la notion d'utilité, alors que la pratique glorifie la « troupe », tout comme l'analyse greimassienne fait voisiner structures actantielles concurrentes et homogénéité fonctionnelle « d'acteurs ». Il faut donc rendre compte aussi bien de l'unité spectaculaire que de sa démultiplication narrative qui équivaut à l'image des pions sur un échiquier dont les déplacements obéiraient à des règles sans cesse réinventées. Déplacements et positions, telles sont bien les données que permet de mesurer la matrice en abolissant, par la schématisation, les contraintes syntagmatiques du déroulement scénique. Le poids et les modalités de chaque personnage par rapport à l'ensemble sont susceptibles d'être évalués dans la globalité de chaque œuvre et d'être répertoriés dans l'évolution du corpus d'une production. Il s'agit alors de mettre au jour des hiérarchies non plus concurrentes, mais complémentaires qui évacuent la problématique du choix, la reconnaissance implicite du héros.

Cette recherche du héros, quand elle est systématique, fournit des repères au champ d'investigation du personnage. Philippe Hamon[1] propose ainsi une série de critères propres à la reconnaissance du héros, reconnaissance dont il souligne tout d'abord la difficulté :

> Nous retrouvons ici, directement, le problème de la lisibilité de l'ambiguïté d'un texte. On peut dire qu'un texte est lisible (pour telle société à telle époque donnée) quand il y aura coïncidence entre le héros et un espace moral valorisé.
> D'où les distorsions très fréquentes dans les lectures, accentuées à l'époque moderne par l'extension et l'hétérogénéité du public, donc par la pluralité des codes culturels de référence : pour tel lecteur, à telle époque, Pantagruel ou Horace, seront les héros ; pour tel autre, à telle autre époque, ce sera Panurge ou Curiace[2].

Ce préalable permet de saisir deux points essentiels. Tout d'abord, il éclaire les ambiguïtés des schémas de Souriau, inévitables au sens où ils reflètent l'ambiguïté du texte même. D'autre part, il souligne qu'une enquête portant sur les personnages ne peut s'appuyer sur des données exclusivement culturelles (ou thématiques) qui reposeraient le problème de l'actualité de tel ou tel élément, et ne sauraient mettre en évidence les modalités scéniques du fonctionnement de l'œuvre.

Les critères retenus par Philippe Hamon sont donc d'un autre ordre. Il reconnaît au héros cinq caractéristiques relevant de « constantes générales » à savoir :

1. Une qualification différentielle
2. Une distribution différentielle
3. Une autonomie différentielle
4. Une fonctionnalité différentielle
5. Une prédésignation conventionnelle[3].

Ces « constantes générales » sont aussi des constantes disparates. « La qualification différentielle » et la « prédésignation conventionnelle » relèvent d'une problématique du genre, c'est-à-dire d'une problématique extérieure aux œuvres. Les contraintes dramaturgiques dans leurs impératifs esthétiques ou sociologiques déterminent-elles des hiérarchies préétablies, telle est la première vérification dont le corpus devra faire l'objet. « La fonctionnalité différentielle », telle que Philippe Hamon la définit, appartient tout entière à une problématique strictement actantielle :

> personnage médiateur (résout les contradictions)
> personnage non médiateur
> victorieux de l'opposant
> en échec devant l'opposant[4].

Cette problématique syntagmatique ne concerne pas la perspective des matrices. De plus, elle reste très sommaire dans son élaboration. « La fonctionnalité différentielle » doit être recherchée dans les matrices en deçà de la narrativité, celle-ci pouvant corroborer ou infirmer les mesures scéniques. « La distribution et l'autonomie différentielles » sont inscrites dans la matrice et seront donc envisagées tout naturellement mais dans des perspectives beaucoup plus précises que celle de la répartition sommaire proposée par Philippe Hamon (au début, à la fin de l'œuvre...), quantifiées par le découpage scénique.

Ces hiérarchies et surtout l'addition de leurs résultats pour chaque personnage, tout en résolvant le problème des concurrences et donc du choix qui existe dans les modèles strictement narratifs, autorisent un traitement systématique du personnage. Envisagé comme la somme particulière de composantes générales du récit théâtral, le personnage-acteur trouve sa place sur une gamme qui n'est plus une échelle de valeurs, mais une échelle de valences, c'est-à-dire, pour développer la terminologie scientifique, une échelle fonction du « nombre des liaisons » qu'il peut avoir avec les autres personnages « dans une combinaison ».

1

HIÉRARCHIE DU GENRE

POUR LE CORPUS ÉTUDIÉ, la qualification des personnages s'inscrit dans un genre théâtral unique, la comédie. La question posée par l'étude du genre peut se concevoir comme une collusion de deux critères. N'y a-t-il pas, pour tous les personnages, prédésignation conventionnelle, auquel cas le problème d'une qualification différentielle serait résolue d'emblée. En effet, si c'est « le genre qui définit a priori le héros[5] », peu importe que le personnage serve « de support à un certain nombre de qualifications que ne possèdent pas, ou que possèdent à un degré moindre, les autres personnages de l'œuvre[6] ». De la même manière, certains phénomènes relevant de la distribution ou de l'autonomie peuvent-ils être appliqués et justifiés par les contraintes ou les habitudes du genre ? Ces questions sont les préalables obligés de toute analyse ultérieure.

LE RÔLE

Les personnages de théâtre ont la particularité d'être non seulement représentés, mais encore pré-présentés ; que ce soit dans l'édition, sur le programme ou sur l'affiche, la liste des rôles informe le lecteur ou le spectateur du nombre des personnages et très souvent de leurs rapports.

Plus encore, à l'époque classique, l'ordre de présentation ne relève pas de l'apparition scénique (donc pas du critère de la distribution), mais d'une hiérarchie que souligne Schérer :

> La liste des personnages ou, comme on disait au XVIIe siècle, des « acteurs », qui figure généralement en tête d'une pièce classique nous fait connaître les rôles dans un ordre qui est déjà une hiérarchie [...]

On nomme d'abord, s'il y en a dans la pièce, les rois, empereurs ou autres personnages doués d'autorité ou de prestige ; les suppléent ou les suivent d'autres
personnages qui peuvent être, à leur défaut, les véritables héros de la pièce, ceux
dont les tourments vont émouvoir ou les aventures amuser le spectateur ; après
eux, leurs frères, sœurs, parents, « maîtresses » ou « amants », dont la présence
autour des héros est déjà un commencement d'exposé de la situation ; enfin les
comparses, gouverneurs, valets et suivantes, pages et la troupe des « Gardes »,
soldats, geôliers, hommes du peuple ou paysans, qui n'ont pas l'honneur d'être
nommés, mais dont la présence est requise sur scène et qui pourront avoir à dire
quelques répliques. […] Cette hiérarchie, on le voit, s'inspire de l'échelle sociale
du XVIIᵉ siècle et ne coïncide *pas nécessairement avec l'ordre des préoccupations
techniques de l'auteur dramatique*[7].

Au XVIIᵉ siècle, la hiérarchie présentée par la liste des personnages
relève donc de données sociales et / ou fonctionnelles. Si l'on considère
la liste des acteurs pour les pièces du corpus étudié, on remarque qu'elles
sont loin de répondre aux caractéristiques précédemment décrites[8].

La hiérarchie sociale, tout d'abord, ne semble pas y jouer un rôle
déterminant. Le meilleur exemple est, à ce titre, le cas d'*Amphitryon*
dont la liste fait précéder le maître (Jupiter) du valet (Mercure). De
même dans *L'École des femmes*, Alain et Georgette sont-ils placés avant
Chrysalde.

La hiérarchie fonctionnelle est, elle aussi, très difficilement dis-
cernable.

Tableau XIV   **Listes d'acteurs et poids discursif**

	Répliques	Créateur du rôle
La Jalousie du Barbouillé		
Le Barbouillé, mari d'Angélique	38	
Le Docteur	35	
Angélique, fille de Gorgibus	22	
Valère, amant d'Angélique	4	
Cathau, suivante d'Angélique	4	
Gorgibus, père d'Angélique	20	
Villebrequin	10	
La Vallée	1	
	134	

	Répliques	Créateur du rôle
Le Médecin volant		
Valère, amant de Lucile	11	
Sabine, cousine de Lucile	8	
Sganarelle, valet de Valère	49	
Gorgibus, père de Lucile	40	
Gros René, valet de Gorgibus	10	
Lucile, fille de Gorgibus	2	
Un Avocat	5	
	127	
Les Précieuses ridicules		
La Grange, amant rebuté	15	
Du Croisy, amant rebuté	10	
Gorgibus, bon bourgeois	16	L'Espy (?)
Magdelon, fille de Gorgibus, Précieuses ridicules	71	Madeleine Béjart
Cathos, nièce de Gorgibus, Précieuses ridicules	47	Catherine de Brie
Marotte, servante des Précieuses ridicules	12	Marie Ragueneau
Almanzor, laquais des Précieuses ridicules	2	De Brie (?)
Le Marquis de Mascarille, valet de La Grange	96	Molière
Le Vicomte de Jodelet, valet de Du Croisy	22	
Deux Porteurs de chaises	8	
Voisines [Célimène (?) Lucile (?) éd. 1734]	1	
Violons	3	
	303	

Tableau XIV (suite)   **Listes d'acteurs et poids discursif**

	Répliques	Créateur du rôle
L'École des femmes		
Arnolphe, autrement M. de la Souche	245	Molière
Agnès, jeune fille innocente élevée par Arnolphe	91	Mlle de Brie
Horace, amant d'Agnès	76	La Grange
Alain, paysan, valet d'Arnolphe	44	Brécourt
Georgette, paysanne, servante d'Arnolphe	39	Mlle La Grange
Chrysalde, ami d'Arnolphe	37	
Enrique, beau-frère de Chrysalde	2	
Oronte, père d'Horace et grand ami d'Arnolphe	16	
Notaire	15	De Brie (?)
	565	
Le Misanthrope		
Alceste, amant de Célimène	185	Molière
Philinte, ami d'Alceste	69	La Thorillière
Oronte, amant de Célimène	44	Du Croisy
Célimène, amante d'Alceste	78	Mlle Molière
Eliante, cousine de Célimène	17	Mlle Du Parc
Arsinoé, ami de Célimène	20	Mlle De Brie (?)
Acaste, marquis	23	La Grange
Clitandre, marquis	25	Hubert (?)
Basque, valet de Célimène	6	
Un Garde de la Maréchaussée de France	3	De Brie (?)
Du Bois, valet d'Alceste	14	Béjart (?)
	484	

	Répliques	Créateur du rôle
Amphitryon		
Mercure	114 + 13	(Prologue)
		La Grange / Du Croisy
		(?)
La Nuit	13	
Jupiter sous la forme d'Amphitryon	28	La Thorillière
Amphitryon, général des Thébains	120	La Grange
Alcmène, femme d'Amphitryon	59	Mlle Molière
Cléanthis, suivante d'Alcmène, femme de Sosie	46	Madeleine Béjart (?)
Sosie, valet d'Amphitryon	156	Molière
Argatiphontidas, capitaine thébain	1	
Naucratès, capitaine thébain	13	
Polidas, capitaine thébain	2	
Posiclès, capitaine thébain	2	
	567	

Les Fourberies de Scapin		
Argante, père d'Octave et de Zerbinette	91	Hubert (?)
Géronte, père de Léandre et de Hyacinthe	130	Du Croisy (?)
Octave, fils d'Argante et amant de Hyacinthe	65	Baron
Léandre, fils de Géronte et amant de Zerbinette	63	La Grange
Zerbinette, crue Égyptienne, et reconnue fille d'Argante et amante de Léandre	22	Jeanne Beauval
Hyacinthe, fille de Géronte et amante d'Octave	16	Mlle Molière / De Brie (?)
Scapin, valet de Léandre, et fourbe	230	Molière
Silvestre, valet d'Octave	51	La Thorillière (?)
Nérine, nourrice de Hyacinthe	6	De Brie (?)
Carle, fourbe	7	
(Deux porteurs)		
	681	

Tableau XIV (fin)   Listes d'acteurs et poids discursif

	Répliques	Créateur du rôle
Le Malade imaginaire		
Argan, Malade imaginaire	422	Molière
Béline, seconde femme d'Argan	49	Mlle de Brie
Angélique, fille d'Argan et amante de Cléante	71	Mlle Molière
Louison, petite fille d'Argan et sœur d'Angélique	35	Louise Beauval
Béralde, frère d'Argan	72	Du Croisy
Cléante, amant d'Angélique	34	La Grange
Monsieur Diafoirus, médecin	32	Hubert
Thomas Diafoirus, son fils et amant d'Angélique	20	Beauval
Monsieur Purgon, médecin d'Argan	28	De Brie (?)
Monsieur Fleurant, apothicaire	2	
Monsieur Bonnefoy, notaire	7	
Toinette, servante	176	Mlle Beauval
	948	

On peut remarquer la place de Toinette dans *Le Malade imaginaire* ou celle de Scapin et Silvestre dans *Les Fourberies de Scapin*; personnages essentiels au déroulement de l'action, ils n'en sont pas moins situés au bas d'une échelle qui pourrait être ici qualifiée de « sociale » (ce sont des valets) si l'on n'avait pas constaté dans d'autres pièces le peu de rôle d'une telle classification. La même ambiguïté apparaît si l'on considère le rôle situé en tête de liste; pour trois pièces dans lesquelles le rapport titre et rôle principal est respecté (*La Jalousie du Barbouillé, Le Misanthrope, Le Malade imaginaire*), il existe cinq pièces dans lesquelles il n'est pas respecté. Les exemples les plus « étonnants » en sont *Les Précieuses ridicules, Amphitryon* et *Les Fourberies de Scapin*. Le cas de *L'École des femmes* est moins pertinent dans la mesure où Arnolphe semble bien, dès la première lecture, être, de par l'importance scénique, le personnage principal de la pièce.

Ainsi, à l'exception des canevas et des *Précieuses ridicules* qui présentent une distribution rangée plus ou moins suivant l'ordre d'entrée en scène, et cela en raison des conditions particulières de leur édition, chaques pièce présente une « pré-qualification » particulière qui peut être envisagée sur un plan stylistique par l'étude des précisions qui suivent le nom propre des personnages. On remarque ainsi qu'il existe un jeu de rapports (qu'ils soient familiaux ou affectifs) dénotés par le rôle des compléments de noms et qui désignent, au-delà de la place qu'ils occupent dans la liste, une figure centrale, référentielle.

Ainsi, pour l'*École des femmes*, cette figure est :

Arnolphe	——	Agnès, élevée par
	——	Alain, valet d'
	——	Georgette, servante d'
	——	Chrysalde, ami d'
	——	Oronte, grand ami d'

pour *Le Malade imaginaire* :

Argan	——	Béline, seconde femme d'
	——	Angélique, fille d'
	——	Louison, fille d'
	——	Béralde, frère d'
	——	Monsieur Purgon, médecin d'

Néanmoins, cette analyse ne vaut que pour deux pièces, car si l'on examine *Le Misanthrope* (1) ou *Les Fourberies de Scapin* (2) les figures se multiplient et l'ambiguïté s'installe.

(1)	Alceste	——	Philinte, ami d'
		——	Célimène, amante d'
		——	Du Bois, valet d'
	Célimène	——	Alceste, amant de
		——	Oronte, amant de
		——	Eliante, cousine de
		——	Arsinoé, ami de
		——	Basque, valet de
(2)	Octave	——	Argante, père d'
		——	Hyacinthe, amante d'
		——	Silvestre, valet d'
	Hyacinthe	——	Géronte, père de
		——	Octave, amant de
		——	Nérine, nourrice de

Léandre	——	Géronte, père de
	——	Zerbinette, amante de
	——	Scapin, valet de
Zerbinette	——	Argante, père de
	——	Léandre, amant de

Si, pour certaines pièces, on peut, dès la lecture de la liste de personnages, en reconnaître la figure centrale, pour d'autres cette reconnaissance s'avère donc impraticable. Les listes d'acteurs dans le théâtre de Molière ne semblent pas répondre à un souci de pré-qualification constant interdisant une hiérarchisation des personnages strictement générique.

Un autre aspect de hiérarchisation qui joue un grand rôle au théâtre est le nombre de répliques. Traditionnellement, les grands rôles se distinguent par la longueur du texte que les acteurs doivent prononcer. C'est un des critères que Maurice Descotes utilise pour mesurer le « poids » d'un rôle[9]. On a préféré le compte du nombre des répliques au compte du nombre des vers, afin de pouvoir d'abord appliquer cette étude à toutes les pièces du corpus uniformément et, surtout, parce que ce calcul représente une mesure comparable au découpage scénique. L'intervention à l'intérieur de la scène étant un affinement de la présence à l'intérieur de l'acte. On remarque, de plus, que les chiffres obtenus par cette méthode recoupent ceux qu'a révélés le compte des vers[10]. Appliqué aux pièces du corpus, le calcul des répliques de l'ensemble des personnages (tableau XIV) désigne nettement les « grands rôles » du répertoire, comme Arnolphe, Alceste, Argan, Scapin, mais ne permet pas de distinguer nettement les rapports des personnages secondaires.

De ce premier examen, confirmé par les distributions des créations se dégage une première constatation : la plupart des pièces sont construites sur un déséquilibre des rôles qui fait porter le poids du texte sur un seul personnage (Arnolphe, Alceste, Scapin, Argan) créé par Molière lui-même. Cette constatation ne saurait surprendre : aussi bien la tradition que la première lecture font pressentir ce fait. Néanmoins et au regard de notre question initiale, ce phénomène demeure problématique. Chacun de ces « héros textuels » possède une originalité propre qui ne saurait être réduite à une définition du genre de la comédie. En effet, si la prédésignation du genre peut être envisagée sous l'angle du comique (chacune des figures centrales est la plus comique), l'histoire des interprétations qui ont été appliquées à ces rôles dément cette assimilation. Il suffit, pour s'en convaincre, de lire l'histoire des interprétations de rôles comme celui d'Arnolphe, d'Alceste ou d'Argan[11].

Tantôt on présente un Arnolphe grotesque, tantôt il prend une dimension tragique ou romantique. La polémique faite à leur propos est donc révélatrice.

Les adversaires se regroupent autour de deux partis pris : soit celui de la fidélité au jeu du créateur, soit celui de l'autobiographie. Ces deux critères sont, par nature, trop fragiles, pour qu'on puisse les retenir, mais prouvent que les explications de telle ou telle conception sont toujours recherchées hors de l'œuvre elle-même. C'est donc qu'il n'y a pas d'uniformité du ton et qu'il serait absurde de vouloir enfermer l'œuvre de Molière dans les limites étroites du genre. De plus, si l'on considère le rapport du rôle et du créateur du rôle (tableau XIV) malgré les incertitudes des informations à ce sujet, on remarque qu'il n'existe pas de prédésignation à l'intérieur de la distribution : mademoiselle De Brie, par exemple, jouant aussi bien les « ingénues » (Agnès) que les prudes (Arsinoé) ; La Grange aussi bien les « jeunes premiers » (Horace) que les caricatures (les Marquis du *Misanthrope*). En outre, et *La Dramaturgie classique* en est la preuve, la définition du genre est bien trop large pour s'énoncer en règles de fonctionnement si précises qu'elles pourraient être érigées en grilles d'analyse.

LA DOMINATION

La présentation des matrices permet de mesurer d'une manière plus concrète les rapports de force qui existent entre les personnages en fonction de leur présence scénique.

Solomon Marcus propose une méthode qui permet de préciser les indices fournis par les analyses précédentes en comparant la présence scénique de chaque personnage par rapport aux autres selon un critère de domination.

Le personnage x est scéniquement dominé par le personnage y si l'opposition entre Ax et Ay est privative en faveur de Ay (c'est-à-dire si $Ax \subset Ay$)[12].

Étant donné que $A(x)$ et $A(y)$ désignent l'ensemble des scènes dans lesquelles les personnages x et y sont présents, le personnage y domine le personnage x dans la mesure où, pour toute scène de x, y est présent.

Ce rapport de domination, applicable à tous les personnages ne fonctionne que pour un certain nombre d'entre eux. Le tableau XV présente l'ensemble des couples dominant > dominé du corpus et les classe selon trois catégories :

1. Celle des conventions regroupe les couples qui peuvent être attribués à des données externes à la pièce (règles sociales ou rap-

ports familiaux) garantes de la vraisemblance. Exemple : père >
fille, mari > femme, maître > valet. Y sont inclus également, les
couples qui inversent ces rapports usuels de domination.
2. La seconde catégorie, celle du déroulement, recense les couples
    de personnages présents dans le cours de l'œuvre.
3. La troisième catégorie, celle du dénouement, fait mention de per-
    sonnages qui n'apparaissent qu'au dénouement dont ils sont les
    agents fonctionnels.

L'examen de la première catégorie confirme que les conventions
sociales et dramaturgiques ne sont pas des règles impératives régissant
les modalités de confrontation. Ainsi, Arnolphe qui domine scéniquement la quasi-totalité des personnages, ne « réussit » pas à dominer ses

Tableau XV	Domination et soumission scéniques
Titres	Conventions
La Jalousie du Barbouillé	Valère > La Vallée; Angélique > Cathau
Le Médecin volant	Gorgibus > Gros René, Lucile
Les Précieuses ridicules	Cathos, Magdelon > Almanzor Mascarille > Porteurs
L'École des femmes	Arnolphe > Agnès, Notaire
Le Misanthrope	Alceste > Dubois < Célimène Philinté > Éliante Célimène > Basque
Amphitryon	Cléanthis > Alcmène
Les Fourberies de Scapin	
Le Malade imaginaire	Louison < Argan > Béline Argan > Le Notaire < Béline

propres serviteurs Alain et Georgette. Il en va de même pour Argan à l'autorité duquel Toinette échappe complètement. Plus logique est la soumission de Lucile ou celle d'Hyacinthe aux valets Sganarelle et Silvestre qui sanctionne la mainmise de ceux-ci sur l'intrigue, le protectorat qu'ils exercent sur « l'amante de leur maître ». Plus surprenant est le rapport de domination qu'exerce Cléanthis sur Alcmène.

On ne saurait, en effet, comparer ce rapport au précédent, car Cléanthis, au contraire de Silvestre, ne joue dans *Amphitryon* aucun rôle dans la résolution de l'intrigue. Témoin plus qu'agent de l'action, elle se voit même refuser par Mercure le rapport nocturne et illicite sur lequel est construite la pièce. C'est donc Alcmène qui se trouve affectée du signe particulier que révèle cette formule. Alcmène apparaît donc

Tableau XV

Déroulement	Dénouement
Le Barbouillé > Docteur	Angélique > $\genfrac{}{}{0pt}{}{\text{Villebrequin}}{\text{Gorgibus}}$ < Le Barbouillé
	Sganarelle > Lucile < Gorgibus
Cathos, Magdelon⟩ Jodelet Mascarille	Cathos, Magdelon > Voisins, Violons
Arnolphe > Horace Arnolphe > Chrysalde	Arnolphe⟩ Enrique, Oronte < Chrysalde Horace
Alceste > Oronte $\genfrac{}{}{0pt}{}{\text{Alceste}}{\genfrac{}{}{0pt}{}{\text{Célimène}}{\genfrac{}{}{0pt}{}{\text{Acaste, Clitandre}}{\text{Eliante, Philinte}}}$ ⟩Garde	Philinte > Éliante
	Amphitryon > $\genfrac{}{}{0pt}{}{\text{Nacratès, Polidas}}{\text{Posiclès, Argatiphontidas}}$
Silvestre > Hyacinthe	Octave, Léandre > Carle $\genfrac{}{}{0pt}{}{\text{Argante}}{\genfrac{}{}{0pt}{}{\text{Géronte}}{\text{Silvestre}}}$ ⟩Nérine
Toinette > Purgon Argar > Diafoirus $<\genfrac{}{}{0pt}{}{\text{Toinette}}{\text{Angélique}}$ Argan > $\genfrac{}{}{0pt}{}{\text{Fleurant}}{\text{Purgon}}$ < Béralde	

non seulement comme un personnage en retrait, constatation corro-
borée par l'analyse du diamètre scénique, mais aussi comme un personnage soumis à son entourage.

Néanmoins, les implications de ce phénomène sont aussi spectaculaires. Tous les personnages de la pièce ayant un double, Alcmène se
devait d'avoir un reflet en la personne de Cléanthis — reflet atténué,
reflet caricatural surtout —, mais que le découpage scénique souligne.
S'il est nécessaire que Jupiter ressemble à Amphitryon, de même Cléanthis doit-elle, par son costume, ressembler quelque peu à Alcmène dont
elle serait — dans tous les sens du terme —, la « suivante ». Cette
hypothèse est confirmée par l'histoire de la pièce : Cléanthis est en effet
le seul personnage que Molière ait ajouté aux modèles dont il s'est
inspiré[13]. Ainsi, la soumission d'Alcmène, à ce double dégradé que lui
impose la structure scénique, en fait-elle à son tour une victime. Même
si, au regard de la fiction, elle est inconsciente de la substitution[14], son
dédoublement scénique la met spectaculairement au même plan que les
autres.

Cette « duplicité » de l'œuvre, qui repose sur une mise en parallèle, explique la rareté des rapports de domination ou de soumission qui
y figurent. Emblématiquement, c'est à Amphitryon, victime au premier
chef du dédoublement, que revient la seule domination scénique qui est
aussi une démultiplication : deux fois deux couples lui sont soumis.

Pertinent encore, le rapport Philinte > Éliante du *Misanthrope*
qui vient compenser la promptitude du revirement d'Éliante qui, au
cours de l'intrigue, s'était vu proposer le mariage par Alceste (acte IV,
scène 2), proposition à laquelle son cœur s'intéresse (acte IV, scène 1),
mais qui s'offre à Philinte par dépit sans doute de voir Alceste revenir
en termes assez embarrassés sur ses premières intentions.

ÉLIANTE

Vous pouvez suivre cette pensée;   1795
Ma main de se donner n'est pas embarrassée;
Et voilà votre ami, sans trop m'inquiéter,
Qui, si je l'en priais, la pourrait accepter.

Le Misanthrope, acte V, scène 4.

Sans vouloir enlever à cette réplique l'ambiguïté d'une déception
secrète qui donne au personnage une complexité psychologique qui
contraste avec l'image raisonnable et raisonneuse qui lui était échue
jusque-là, on peut remarquer que le couple préexistait *scéniquement* (cy-
niquement) à son énoncé discursif. Ce qui ouvre quelques possibilités
à la mise en scène qui peut, seule, souligner une liaison scénique qui
soumet Éliante aux assiduités de Philinte, qui la protège des assauts
d'Alceste.

De la même manière, l'examen des rapports de *L'École des femmes* souligne-t-il l'ambiguïté de l'amitié Arnolphe-Chrysalde. Le ton d'Arnolphe par rapport à Chrysalde doit se situer à la limite de la courtoisie. On n'en veut pour preuve précise que le nombre de répliques que Chrysalde ne peut achever au cours de sa discussion de la scène 1 de l'acte I, Arnolphe lui coupant sans cesse la parole :

CHRYSALDE

Car vos plus grands plaisirs sont, partout où vous êtes,   19
De faire cent éclats des intrigues secrètes...

ARNOLPHE

Fort bien...

CHRYSALDE

Gare qu'aux carrefours on ne vous tympanise,   72
Et...

ARNOLPHE

Mon Dieu, notre ami, ne vous tourmentez point...

CHRYSALDE

Et que prétendez-vous qu'une sotte, en un mot...   81

ARNOLPHE

Épouser une sotte est pour n'être point sot.

CHRYSALDE

L'esprit et la beauté...   106

ARNOLPHE

L'honnêteté suffit.

CHRYSALDE

Je ne vous dis plus mot.   123

L'École des femmes, acte I, scène I.

De la même manière, Chrysalde, à la scène 8 de l'acte IV, est fort incivilement éconduit par Arnolphe, alors qu'il se rendait à son invitation à souper. Sous le couvert des amitiés fictives, se tissent les rivalités scéniques les plus explicites.

Ainsi, dans la dernière section du tableau, la situation :

Arnolphe >	Enrique Oronte	< Chrysalde	
	∧ Horace		

montre-t-elle le bouleversement du rapport de domination absolue exercée par Arnolphe durant tout le cours de la pièce et l'émergence des rivalités implicites (Horace-Arnolphe, Chrysalde-Arnolphe) dont l'enjeu est la maîtrise du dénouement. N'est-ce pas à Chrysalde, d'ailleurs, que revient le privilège de « régler son compte » à Arnolphe :

CHRYSALDE

Si n'être point cocu vous semble un si grand bien,   1762
Ne vous point marier en est le vrai moyen.

Allons dans la maison débrouiller ces mystères,   1775
Payer à notre ami ces soins officieux,
Et rendre grâce au Ciel qui fait tout pour le mieux.
L'École des femmes, acte V, scène 9.

Certains de ces rapports conventionnels manifestent les tensions qu'incarnent des présences scéniques dont le rôle n'est pas très explicite au niveau du récit. C'est le cas, par exemple, de Béline et Louison dans *Le Malade imaginaire*, conjointement soumises à Argan :

Louison	<	Argan	>	Béline

Cette pièce, dans le même ordre de constatation présente des rapports de soumission fort explicitement conflictuels, tels

Argan	>	Notaire	<	Béline
Béralde	>	Fleurant Purgon	<	Argan
Argan	>	Diafoirus	<	Toinette Angélique

Ces rapports semblent se multiplier (un dans *La Jalousie du Barbouillé*, trois dans *Le Malade imaginaire*) avec le nombre de personnages secondaires dont l'effacement et la soumission restent stratégiques.

Le deuxième type de classification en fonction du déroulement met en évidence le statut de certains de ces personnages secondaires. Ainsi, le Docteur par rapport au Barbouillé; Jodelet par rapport à Mascarille; Fleurant et Purgon par rapport à Argan. Ces personnages sont en quelque sorte les surenchères qu'apporte Molière au comique des personnages principaux, soit par la répétition (le Docteur), soit par le redoublement (Jodelet), soit par la caricature (Fleurant, Purgon). Placés dans un rapport de domination thématique, ils se doivent de jouer en force les ridicules de leur inséparable modèle. C'est ainsi que la tradition a enregistré leur jeu. Jodelet, par exemple, est un acteur de farce qui a déjà une histoire avant *Les Précieuses* :

> Scarron (qui disait de lui qu'il avait un museau de blaireau) et Thomas Corneille lui écrivent des comédies avant Molière. [...]
> Entre dans la troupe du Petit Bourbon avec son répertoire (*Jodelet maître et valet, Jodelet prince, le menteur*, etc.)[15].

On sait que Molière lui conserve son apparence, puisque Mascarille tente d'excuser la face enfarinée du farceur par ces mots : « Ne vous étonnez pas de voir le Vicomte de la sorte; il ne fait que sortir d'une maladie qui lui a rendu le visage pâle comme vous le voyez[16]. » Jodelet est donc plus *drôle* que Mascarille. Or, lors des reprises de la pièce, on assiste souvent à un déséquilibre de la mise en scène qui privilégie le poids du texte, c'est-à-dire Mascarille, dont Jodelet n'est qu'un pâle doublet.

Cette analyse est confirmée par un rapprochement avec *La Jalousie du Barbouillé*, pièce dans laquelle il est aisé de reconnaître que le rôle du Docteur exige de l'acteur plus d'habileté verbale et plus d'imagination dans l'improvisation que celui du Barbouillé. Le Docteur est donc un « numéro » d'acteur, comme Jodelet était une « citation » farcesque. En effet, au regard de l'action, le Docteur témoigne de la même impuissance que le Barbouillé à se rendre maître des événements; il apparaît bien comme une fonction redoublée de celui-ci, comme Jodelet pour Mascarille. Le rapport de domination met ici en évidence la fonction spectaculaire des personnages dominés.

En ce qui concerne Fleurant et Purgon, leur soumission s'écrit en deux temps.

1. Argan, Béralde > Fleurant;
2. Argan, Béralde, Toinette > Purgon.

La surenchère du comique se mesure, ici, à la surenchère du nombre de personnages dominants. Il est modulé à trois niveaux : celui de la caricature (Argan), celui de la contestation (Béralde), de l'acquiescement ironique (Toinette). Toinette et Béralde qui échappent à la domination d'Argan, introduisent ainsi une perspective nouvelle dans le comique. L'intervention de Béralde, par laquelle il s'oppose au « lavement » de Monsieur Fleurant, est une joute comique dont Molière suggère le ton par la fameuse réplique :

BÉRALDE

Allez, Monsieur, on voit bien que vous n'avez pas accoutumé de parler à des visages.

Le Malade imaginaire, acte III, scène 4.

Selon Boursault, elle s'énonçait lors de la première : « Allez, Monsieur, allez, on voit bien que vous avez coutume de ne parler qu'à des culs[17]. »

Les autres relations sont, elles aussi, révélatrices du déroulement de la fiction :

Sganarelle > Lucile ; Arnolphe > Horace
Alceste > Oronte

En effet, les trois personnages « dominés » représentent soit l'enjeu de l'intrigue, soit l'adversaire du personnage principal.

Le cas de Sganarelle est le plus simple à envisager dans la mesure où celui-ci est le maître du déguisement, donc du subterfuge. Lucile n'est alors qu'un « objet » soumis à deux autorités contraires : celle de Gorgibus et celle de Sganarelle selon un antagonisme fréquent. L'autorité paternelle est couramment contrebalancée, dans la comédie, par le savoir-faire du valet (rapport Silvestre > Hyacinthe). Le rapport de domination Arnolphe > Horace, dans ce contexte, est surprenant et ne trouve sa justification que dans la double désignation du personnage principal qui permet à Monsieur de la Souche, l'adversaire, d'exercer une autorité paternelle sous le nom d'Arnolphe. La scène 3 de l'acte V, au cours de laquelle Horace remet Agnès à Arnolphe pour la protéger, est l'illustration du rapport de domination :

Arnolphe > Horace et Agnès

L'attitude d'Horace trouve sa justification dans cette domination qui est le poids et l'assurance d'une autorité quasi parentale.

Le rapport de domination Alceste > Oronte pose le problème de leur rivalité qui apparaît ici affaiblie par la soumission scénique d'Oronte. Cette soumission est explicite dans la pièce. Oronte ne demande-t-il pas à Alceste son amitié en ces termes.

ORONTE

Oui, de ma part, je vous tiens préférable   269
À tout ce que j'y vois de plus considérable.

Le Misanthrope, acte I, scène 2.

Dans la scène qui les confronte à Célimène, Oronte conclut en ces termes :

ORONTE

Je vous sais fort bon gré, Monsieur, de ce courroux,   1647
Et je lui dis ici même chose que vous.

Le Misanthrope, acte V, scène 2.

Il y a une soumission fonctionnelle d'Oronte à l'égard d'Alceste, qui n'existe pas entre ce dernier et les petits marquis. Oronte est donc, d'une certaine façon, et plus que Philinte, moins le rival que le comparse d'Alceste. Un indice à ce titre : Oronte utilise la même « arme » polémique qu'Alceste en l'accusant, à son tour, d'avoir écrit un « mauvais livre » pour soutenir son adversaire devant les tribunaux :

ALCESTE

Il court parmi le monde un livre abominable,   1501

Dont le fourbe a le front de me faire l'auteur !   1504
Et là-dessus, on voit Oronte qui murmure,
Et tâche méchamment d'appuyer l'imposture !

Le Misanthrope, acte V, scène 1.

Ce faisant, il se met dans une position symétrique à celle d'Alceste qui lui avait interdit, malgré (ou à cause) d'un procès, la reconnaissance de la valeur de son livre :

PHILINTE

« Monsieur, je suis fâché d'être si difficile,   1158
Et pour l'amour de vous, je voudrais, de bon cœur,
Avoir trouvé tantôt votre sonnet meilleur. »
Et dans une embrassade, on leur a, pour conclure,
Fait vite envelopper toute la procédure.

Le Misanthrope, acte IV, scène 1.

↓ Les autres rapports fonctionnels lient des groupes à un individu et relèvent aussi de la troisième catégorie, celle du dénouement :

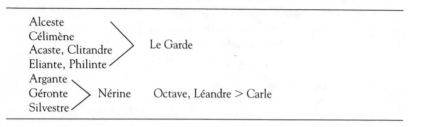

Alceste
Célimène
Acaste, Clitandre   Le Garde
Eliante, Philinte

Argante
Géronte   > Nérine   Octave, Léandre > Carle
Silvestre

La configuration présente à l'arrivée du garde est à mettre en parallèle avec celle de Du Bois (colonne des conventions). En effet, dans ces deux cas, les conventions ne sont pas respectées. Le Garde fait irruption dans une société devant laquelle il donne une information qui devrait être, sinon secrète, du moins discrète. Il y a là une certaine forme de scandale ou de ridicule dont Alceste doit faire les frais et qui, aussi, « dénoue » la scène des portraits, comme l'arrivée de Du Bois (soumis ici à Célimène comme à Alceste) dénoue la scène de confrontation entre Célimène et Alceste.

La dernière catégorie met en évidence les personnages qui sont liés au dénouement par le fait même de leur apparition en fin de pièce. Les rapports sont, ici, toujours pluriels. Cette résolution est marquée de deux façons : soit par une nouvelle forme de conflit

Angélique > Gorgibus – Villebrequin < Le Barbouillé
Arnolphe > Enrique – Oronte < Chrysalde Horace

soit par un regroupement qui témoigne d'un cours nouveau de l'action :

Cathos, Magdelon   > Voisines, Violons
Amphitryon   > Naucratès, Polidas
                    Argatiphontidas, Posiclès
Octave, Léandre   > Carle
Argante, Géronte, Silvestre   > Nérine

Dans les deux premiers cas, les personnages dominés, fonctions de personnages antagonistes, représentent bien le point central du dénouement, dans la mesure où c'est leur ralliement à l'une ou l'autre des forces en présence qui en valide la domination. Dans le second cas (Voisines, les capitaines thébains), les groupes dominés jouent plus comme une surenchère des figures dominatrices dont l'hypertrophie est la marque de leur affaiblissement fonctionnel au regard de l'intrigue.

Dans le cas des personnages uniques (Nérine, Carle), le phénomène est différent. L'apparition du dominé est lié à une surenchère fictive qui est plus sensible pour Nérine que pour Carle. Ce dernier, en effet, apparaît dans la scène 4 de l'acte II pour « relancer » l'action par la fiction de la rançon que doit payer Léandre pour sauver Zerbinette. Son ultime intervention, à l'avant-dernière scène, a été ainsi annoncée et validée par sa première apparition comme messager. La fonction de Nérine, au contraire, s'exerce en un seul temps, comme *deux ex machina* de la filiation, selon un topos fort utilisé dans la comédie.

Les rapports de domination scénique mettent en évidence des rapports parfois peu explicites, qui ne sauraient être portés au compte des conventions. Surtout pertinente du côté de la soumission, donnée intrinsèque qui sanctionne la *dépendance* scénique, l'analyse de la domination reste une caractéristique relative, puisqu'elle n'interdit pas au personnage d'accéder à une certaine autonomie pas plus qu'à une autre soumission. Ces rapports permettent donc d'affiner la notion de « personnages secondaires » en « personnages soumis » à des stratégies conflictuelles ou spectaculaires qui ne sont pas nécessairement liées au poids textuel ou au poids narratif. Par ailleurs, ils mettent en question, en les ignorant, certains a priori de lecture. L'absence de Scapin et de Jupiter, en position de dominateurs, ouvre certaines pistes à l'analyse des configurations.

LE COUPLE

Les couples précédemment recensés ne sont pas définitifs dans le cours du déroulement, car le dominant y est autonome. Cependant, il existe, dans presque toutes les pièces du corpus, des personnages qui ne se présentent qu'en couple et qui sont, suivant la formule de Solomon Marcus, des personnages concomitants[18], mais qu'on peut désigner plus simplement comme des doubles, dans la mesure où l'un n'apparaît jamais sans l'autre.

Par exemple :
A (Gorgibus) = A (Villebrequin) = scènes 5,6,12,13
A (Enrique)   = A (Oronte)   = scènes 7,8,9, acte V

A (Naucratès) = A (Polidas)   = scènes 4,5,8,9,10,
                                          acte III
A (Posiclès)   = A (Argatiphontidas) = scènes 7,8,9,10, acte III

On peut remarquer que tous ces couples sont, suivant l'analyse précédente, liés au dénouement. C'est cette caractéristique qui unit personnages concomitants et personnages fonctionnels du dénouement qui permet d'adopter, pour *Les Précieuses ridicules*, une configuration scénique comprenant les Voisines jusqu'à l'avant-dernière scène, les violons jusqu'à la scène finale[19]. Bien que l'édition de 1734 indique le départ de ces dernières dès la scène 16[20], il semble plus en accord avec les autres dénouements de l'œuvre, d'une part, plus spectaculaire, d'autre part, de laisser sur la scène les témoins de l'imposture des valets et des Précieuses jusqu'à la fin, d'autres éditions laissant par ailleurs le choix. On a ainsi :

A (Voisines) = A (Violons) = scènes 12 à 17

D'autres personnages se présentent doublés d'un acolyte bien qu'ils ne participent pas seulement au dénouement, à savoir :

A (La Grange / Du Croisy)	=	scènes 1, 2, 13, 15
A (Cathos / Magdelon)	=	scènes 4 à 17
	=	scènes 4, 5, 6 ?, acte II
A (Acaste / Clitandre)	=	scènes 1, 2, 3, acte III
	=	scène 4, acte V
A (Thomas Diafoirus / Diafoirus père)	=	scènes 5 et 6, acte II

Ces personnages doubles sont, selon Philippe Hamon, « le signe d'une structure dégradée[21] ». Jacques Schérer décrit ce phénomène comme archaïque :

> Cette inséparabilité de personnages de même fonction, parents ou autres, est un signe infaillible de l'inutilité de l'un d'entre eux. On la retrouvera dans la jeunesse de Molière, qui montre Ascagne et Frosine toujours ensemble dans les sept scènes du *Dépit amoureux* où ils paraissent, et même dans le *Don Sanche* de Corneille. [...] Le goût pour les couples de personnages secondaires persistera, mais apprendra à se nuancer d'un désir de différenciation : l'un des deux personnages osera quitter son compagnon et se risquer seul dans une scène[22].

Inutile sacrifice au goût du public, la présence de personnages concomitants présente une évolution à l'intérieur du corpus en particulier au regard de la logique fictive. En effet, alors que, dans *La Jalousie du Barbouillé*, le couple Gorgibus / Villebrequin repose sur une amitié mutuelle qui laisse de côté les rapports que peut entretenir Villebrequin avec tous les autres personnages, dans *L'École des femmes*, le couple Enrique / Oronte est mis en relation avec tous les protagonistes suivant un schéma qui allie liens familiaux et liens affectifs :

Enrique
{ père d'Agnès, amante d'
  ami d'Oronte, père d'Horace et ami d'
  beau-frère de Chrysalde, lui-même ami d' }
Arnolphe

De la même manière, le couple des Diafoirus est lié aux règles de la présentation officielle du prétendant agréé par la famille de la jeune fille. Mais la présence de Diafoirus père est surtout exploitée pour la caractérisation comique de Thomas Diafoirus qui apparaît non seulement comme un fils appliqué et soumis, mais surtout, suivant l'éloge de son père, comme un imbécile. Le couple est ici exploité à la fois aux niveaux scénique et fictif[23].

S'il est vrai que la redondance des couples dans *Les Précieuses ridicules* peut apparaître inutile, dans *Amphitryon* elle semble liée aux conditions même du fonctionnement : le dédoublement. Le double couple des capitaines thébains joue alors comme un redoublement du double, donc comme surenchère spectaculaire des données initiales. Cette constatation pourrait, par ailleurs, permettre de donner aux couples des *Précieuses* une fonction identique : la duplicité de l'intrigue étant le contrepoids indispensable à la théâtralisation de la satire. Il en va de même pour les marquis du *Misanthrope* dont le couple assure conjointement la force caricaturale et le dénouement de la pièce.

Le couple Acaste / Clitandre est en effet l'un des plus élaborés du corpus. Partie prenante de l'intrigue, citation sociale, il sert à la résolution finale par sa binarité même : c'est en confrontant les lettres de Célimène, en étant complices que les marquis la confondent dans sa « duplicité »...

Les personnages concomitants, figures couplées du spectacle qu'on retrouve au cirque chez les clowns ou dans l'histoire du cinéma comique, ne sont pas fréquents dans le corpus qui les insère de plus en plus dans la problématique narrative. Liés à la satire ou au comique, ils servent surtout aux dénouements[24].

Le rencensement des couples permet d'évaluer et de quantifier le rôle des configurations scéniques dans les résolutions des tensions narratives. Les dénouements moliéresques, qu'on a dit « artificiels[25] », sont, au regard de la vraisemblance, compensées par une accentuation du comique, selon un retour à la tradition populaire dont les couples sont les repères.

Les premiers traitements des données matricielles permettent d'ores et déjà de discerner certains degrés dans l'échelle des personnages et quantifient, au-delà des ambiguïtés, des listes d'acteurs et du poids textuel, les conditions préalables à l'identification d'un statut « secondaire ».

Certains regroupements recouvrent en partie les définitions classiques qu'a rappelées Jacques Schérer. Une première catégorie rassemble certains valets ou apparentés :

Gros René	*Le Médecin volant*
La Vallée Cathau	*La Jalousie du Barbouillé*
Almanzor Les Porteurs	*Les Précieuses ridicules*
Du Bois, Le Garde Basque	*Le Misanthrope*
Carle, Nérine	*Les Fourberies de Scapin*

Mais on y trouve aussi des personnages impliqués dans l'intrigue comme Jodelet, Oronte ou les Diafoirus ; certains qu'une structure actantielle désignerait à l'évidence comme « objet », c'est-à-dire au centre de l'enjeu narratif :

Lucile	*Le Médecin volant*
Agnès	*L'École des femmes*
Alcmène	*Amphitryon*
Hyacinthe	*Les Fourberies de Scapin*

On y trouve enfin des personnages couplés, liés aux conventions du dénouement :

Villebrequin, Gorgibus	*Le Médecin volant*
Voisines et Violons	*Les Précieuses ridicules*
Enrique et Oronte	*L'École des femmes*
Naucratès, Polidas ⎱ Posiclès, Argatiphontidas ⎰	*Amphitryon*
Acaste et Clitandre	*Le Misanthrope*

Si elles sont peu pertinentes pour les personnages qui n'ont qu'une scène et que tout — poids scénique, longueur du texte — désigne à l'évidence comme secondaires (Louison, Purgon, Fleurant), ces données n'en dessinent pas moins alors des stratégies conflictuelles ou spectaculaires qui sont à envisager au côté du dominé. En aucun cas, elles ne peuvent être négligées, même si les hiérarchies qu'elles esquissent restent lacunaires : les critères qui président à leur élaboration n'impliquent pas la totalité des personnages.

2

HIÉRARCHIE SCÉNIQUE

LES CRITÈRES DE DISTRIBUTION d'autonomie et de mobilité sont des outils spécifiques au récit théâtral. Philippe Hamon le pressent qui le donne en exemple aux définitions fort générales qu'il propose :

> La distribution différentielle : il s'agit là d'un mode d'accentuation purement quantitatif et tactique jouant essentiellement sur :
> - apparition aux moments marqués du récit (début et fin des séquences et du récit);
> - apparition fréquente.
>
> L'autonomie différentielle : certains personnages apparaissent toujours en compagnie d'un ou de plusieurs autres personnages, en groupes fixes à implication unilatérale ($P_1 \longrightarrow P_2$ et $P_2 \longrightarrow P_1$), alors que le héros apparaît seul, ou conjoint avec n'importe quel autre personnage; cette autonomie est souvent soulignée par le fait que le héros seul dispose du monologue (stances), alors que le personnage secondaire est voué au dialogue (voir dans théâtre classique)[26].

Les matrices permettent de quantifier ces modalités pour tous les personnages de la pièce et de les évaluer en fonction de toutes les données alors que les rapports de domination et de concomitance ne sanctionnaient que des phénomènes limités. Une évaluation non mathématique des deux données, que sont la distribution et l'autonomie, se révèle extrêmement pauvre. En effet, les personnages semblent également distribués dans le cours de l'œuvre à l'exception des couples qui sont le plus souvent liés au dénouement. De même, le monologue est extrêmement rare dans les pièces de Molière. Le cas du rôle d'Arnolphe est, à ce titre, une exception sur laquelle les commentateurs se sont arrêtés pour souligner la difficulté qu'il pose à l'interprète :

> D'autre part, les monologues sont nombreux, souvent fort longs et dangeureusement placés en début ou en fin d'acte (I, 4; II, 1 et 4; III, 3 et 5; IV, 1, 5 et 7) : plus de 180 vers, presque l'étendue du rôle même d'Agnès[27].

Les formules de Solomon Marcus, qui supposent une confrontation de tous les personnages, permettent de dépasser cette constatation initiale et d'établir une véritable hiérarchie. Dès les premières analyses des matrices, et surtout en ce qui concerne les personnages dominés, on a pu remarquer que les phénomènes qui se présentaient ne pouvaient être explicités qu'au regard de la somme des autres données. Seule une hiérarchie qui tienne compte de l'ensemble des personnages sera susceptible de fournir une information liée à la nature même du texte théâtral : l'imbrication de tous les éléments que Souriau et Ginestier désignent explicitement comme cibles de leurs analyses.

DISTRIBUTION

Le premier aspect de la distribution est la fréquence. Dans le texte théâtral, la fréquence du personnage peut être aisément estimée à l'aide du nombre de scènes dans lesquelles il figure. Ce chiffre a été indiqué sur les matrices de chacune des pièces du corpus sous le symbole α' [28]. Ce nombre peut être traduit différemment par l'indice de probabilité du personnage (fi) qui s'obtient en divisant le nombre d'apparitions du personnage par le nombre total de scènes [29]. Ces deux chiffres permettent de distinguer des groupes de personnages qui ont en commun le poids de leur présence scénique.

Les sous-ensembles de personnages ont été établis en fonction de deux données complémentaires : le premier chiffre après la virgule et l'écart entre ces décimales. Un exemple fera comprendre l'application de ces critères. Si, dans Le Misanthrope, Philinte figure dans le groupe I et non dans le groupe II, c'est que l'écart avec le personnage qui le précède dans la hiérarchie est moins grand qu'avec celui qui le suit ($0,636 - 0,500 = 0,136$ $0,500 - 0,318 = 0,182$). Parfois, la distribution entre deux groupes contraint à l'arbitraire lorsqu'un personnage est dans une position équidistante de deux autres. C'est le cas d'Argante et de Géronte équidistants du groupe I et du groupe II.

Pour sommaires que soient ces premières hiérarchisations, ces différents tableaux soulignent la diversité des configurations du groupe I qui recensent les figures centrales des relations conflictuelles. On y retrouve tous les protagonistes ordinaires des topoï de la comédie : le couple marié (topos du cocuage), le couple d'amants (topos du mariage), le couple de valets ou maître-valet (topos de la commedia).

Ce sont donc les situations qui commandent ces hiérarchies, le héros scénique moliéresque n'y étant presque jamais individualisé. Il s'inscrit dans une configuration conflictuelle ou bien est à lui-même son propre conflit. Il n'est pas question ici de tensions intimes ou psychologiques, mais d'un clivage spectaculaire : un acteur pour deux rôles ou deux acteurs pour un rôle. Sosie et Arnolphe figurent seuls en tête de la hiérarchie du poids scénique représentant des figures synthétiques d'un tel conflit. Pour Sosie, le clivage s'énonce dans la paronomase du dédoublement ; pour Arnolphe, et dès la liste d'acteurs, c'est la duplicité nominale : « Arnolphe, autrement Monsieur de la Souche ».

On remarque également un phénomène récurrent qui regroupe les antagonistes et les auxiliaires, respectivement dans les groupes II et III, le dernier groupe étant constitué par des personnages dominés garants de la vraisemblance ou du spectacle.

Tableau XVI   **Fréquence et probabilité scéniques**

	Groupes	Personnages	α'	fi
La Jalousie du Barbouillé	I	Le Barbouillé, Angélique	9	0,692
	II	Cathau, Gorgibus, Villebrequin	4	0,308
	III	*Le Docteur*, Valère	3	0,231
	IV	La Vallée	1	0,077
Le Médecin volant	I	Sganarelle	11	0,687
		Gorgibus	10	0,625
	II	<u>Valère</u>	6	0,375
	III	Sabine, Avocat	3	0,187
		Lucile, Gros René	2	0,125
Les Précieuses ridicules	I	Cathos, <u>Magdelon</u>	12	0,705
		Marotte	11	0,647
		Mascarille	10	0,588
	II	*Voisines, Violons*, Jodelet	6	0,352
	III	Gorgibus	5	0,294
		La Grange, Du Croisy	4	0,235
	IV	Almanzor	3	0,176
		Porteurs	1	0,058
L'École des femmes	I	<u>Arnolphe</u>	31	0,968
	II	*Alain, Georgette*	12	0,375
	III	*Agnès*	9	0,281
		Horace	8	0,250
	IV	Chrysalde	5	0,156
	V	Enrique, Oronte	3	0,093
		Notaire	2	0,062

	Groupes	Personnages	α'	fi
Le Misanthrope	I	Alceste	17	0,772
		Célimène	14	0,636
		Philinte	11	0,500
	II	*Éliante* ; Acaste, Clitandre	7	0,318
		Basque	5	0,227
		Oronte	4	0,181
		Arsinoé	3	0,136
	IV	Du Bois, Garde	1	0,045
Amphitryon	I	Sosie	16	0,761
	II	Cléanthis, Amphitryon	11	0,523
	III	*Mercure*	6	0,285
		Jupiter	5	0,238
		Naucratès, Polidas	5	0,238
	IV	Posiclès, Argatiphontidas	4	0,190
		Alcmène	3	0,142
Les Fourberies de Scapin	I	*Silvestre*	17	0,653
		Scapin	14	0,638
	II	Argante, Géronte	12	0,461
		Octave	10	0,384
	III	Hyacinthe		
		Léandre	7	0,269
		Zerbinette		
		Nérine	6	0,230
	IV	Carle	3	0,115
Le Malade imaginaire	I	Argan	27	0,870
		Toinette	22	0,709
	II	Béralde	15	0,483
		Angélique	11	0,354
	III	Cléante	6	0,193
		Béline	5	0,161
	IV	Les Diafoirus	2	0,064
		Notaire, *Louison*	1	0,032
		Fleurant, Purgon		

Cette hiérarchie prend tout son intérêt dans une confrontation avec la hiérarchie du poids discursif (tableau XIV). Afin de mettre en évidence les confirmations mutuelles, les personnages, qui ont en commun poids scénique et poids discursif, sont soulignés dans le tableau XVI. Les personnages, dont le poids scénique est infirmé par le poids discursif, sont en italique.

Quelques commentaires s'imposent à l'examen de ces confrontations. Le fait que le poids scénique de certains personnages ne soit pas proportionnel à leur nombre de répliques est une mesure du rôle spectaculaire que la mise en scène seule peut accentuer. Le fait, par exemple, qu'Arnolphe soit en première opposition scénique avec le couple Alain-Georgette semble souligner que le rôle a un ton essentiellement comique. La subversion des valets qui est, de plus, due à leur stupidité, est l'un des principes carnavalesques qui a marqué non seulement les pratiques sociales mais aussi la littérature, ainsi que le souligne Mikhaïl Bakhtine :

> Les lois, les interdictions, les restrictions qui déterminaient la structure, le bon déroulement de la vie normale (non carnavalesque) sont suspendues pour le temps du carnaval ; on commence par renverser l'ordre hiérarchique et toutes les formes de peur qu'il entraîne : vénération, piété, étiquette, c'est-à-dire tout ce qui est dicté par l'inégalité sociale ou autre (celle de l'âge, par exemple)[30].

Dans le domaine de l'histoire du théâtre, la commedia dell'arte relève de l'ordre carnavalesque. La présence des masques en est le signe le plus tangible. La commedia repose essentiellement sur l'opposition maître / valet dont on sait l'utilisation qu'en a fait Molière. (Même *Dom Juan* accorde une place essentielle à Sganarelle : son rôle comporte 26 scènes sur 27, celui de Dom Juan 25.) Dans le cas de *L'École des femmes*, les indices, qui viennent confirmer le caractère comique de l'œuvre et, par conséquent, le comique du rôle principal, sont de plusieurs ordres. Pour mémoire, il faut rappeler tout d'abord les témoignages de l'époque sur le jeu de Molière lui-même qui font conclure à Maurice Descotes que « Molière fut ainsi un Arnolphe franchement comique et en tous points ridicule[31] ». De plus, dans l'œuvre elle-même, se trouve un indice particulièrement révélateur : c'est aux valets que revient ce qui est attribué dans *Le Misanthrope*, par exemple, à l'homme sage, Philinte, le commentaire expliquant la nature du héros, son problème intérieur.

GEORGETTE

Mais d'où vient qu'il est pris de cette fantaisie ?   424

ALAIN

Cela vient… cela vient de ce qu'il est jaloux.

GEORGETTE

Oui ; mais pourquoi l'est-il ? et pourquoi ce courroux ?

ALAIN

C'est que la jalousie...

L'École des femmes, acte II, scène 4.

Suit la fameuse comparaison du « potage » qui, jointe à la claque que reçoit Arnolphe, au « le...», au « Veux-tu que je m'arrache un côté de cheveux », au « oh ! » final, permet de confirmer que c'est le rire, plus que les larmes que Molière recherche. Jouvet avait bien mis en valeur l'importance du rôle des valets en leur donnant à la fin de l'acte III un jeu de scène qui les désignaient comme les complices d'Horace : ils le faisaient sortir de la maison. Or, l'intervalle de temps qui sépare l'acte III de l'acte IV est consacré, au regard de la fiction, à une scène qui relève davantage du théâtre de Feydeau que de celui de Molière : Horace, enfermé « dans une grande armoire » ainsi qu'il le confie à Arnolphe à la scène 6 de l'acte IV, a assisté à la scène que Monsieur de la Souche faisait à Agnès; qu'Alain et Georgette interviennent comme auxiliaires d'Horace à ce moment extrême du conflit, donnait à leur action le caractère subversif qui est latent dans toute la pièce. Tout se passe comme si le conflit de *L'École des femmes*, à savoir la rivalité Arnolphe / Horace n'était que le sujet apparent d'un déséquilibre plus profond : la mise en question de l'autorité, de la maîtrise d'Arnolphe.

À l'opposé du cas de *L'École des femmes*, le ton général du *Misanthrope* ne peut être assimilé au registre du comique. On ne possède que très peu de témoignages sur l'interprétation que donnait Molière du rôle d'Alceste. Monsieur Descotes souligne cependant : « Le seul témoignage valable est celui de Donneau de Visé qui admet, dans le rôle, une certaine dose de ridicule : le comportement d'Alceste en face d'Oronte divertissait le spectateur (...) ».

Sa conclusion donne la note juste :

Le héros est plaisant sans être trop ridicule, et il divertit les honnêtes gens, sans dire des plaisanteries fades et basses, comme l'on a accoutumé de voir dans les pièces comiques.
[...] Molière ne reculait donc pas devant les effets directs, appelés à souligner la bizarrerie d'Alceste, mais sans la pousser jusqu'au ridicule [32].

Cet équilibre du rôle d'Alceste qui tient au fait qu'il dit des choses « fort justes bien qu'il paraisse en quelque façon ridicule [33] », apparaît dès la constitution des groupes scéniques dans la mesure où le groupe II

— groupe des antagonistes —, est marqué de deux signes contradictoires : la sagesse d'Éliante qui pastiche à la scène de l'acte II le *De natura rerum* de Lucrèce, mais aussi le comique des personnages — couple Acaste et Clitandre — dont le ridicule ne laisse aucune ambiguïté :

ACASTE

Je suis assez adroit ; j'ai bon air, bonne mine,	797
les dents belles, surtout, et la taille fort fine.	

CLITANDRE

Mais les gens de mon air, Marquis ne sont pas faits	816
Pour aimer à crédit, et faire tous les frais.	

Le Misanthrope, acte III, scène 1.

C'est donc à tout un groupe que s'oppose Alceste, groupe dont l'ambiguïté empêche les rapports simples du comique. La présence de Philinte dans le groupe I renforce ce fait. Ce personnage, en effet, a suscité, à lui seul, beaucoup d'interprétations différentes qui en font tantôt l'homme de la mesure, tantôt un être agressif « raide et sec ». Le ton de la scène 1 de l'acte I demeure aussi très incertain. Anne Ubersfeld remarque par d'autres analyses le rôle spécifique de Philinte dans l'œuvre :

> un repérage des traits distinctifs de l'œuvre fait de Philinte le jumeau structurel d'Alceste. Or, il est le seul personnage dont le texte *ne dise pas* qu'il est amoureux de Célimène ; si on comblait ainsi le trou textuel en supposant des relations ambivalentes de rivalité cachée entre les amis, on éclairerait bien des bizarreries du texte, en particulier l'*agressivité* permanente du discours de Philinte envers Alceste, dès la première scène, toujours à propos de Célimène ou devant elle[34].

La position de Philinte dans le groupe I de personnages permet de confirmer cette analyse de d'Anne Ubersfeld, tout en en tirant des conclusions différentes. Bien que le conflit essentiel repose sur un trio, il semble hasardeux de l'identifier au conflit triangulaire des-dites « comédies de boulevard ». Par ailleurs, le fait que Philinte soit en rapport constant avec Éliante cautionne le dénouement. Il n'en demeure pas moins que Philinte apparaît ici comme une des figures d'un conflit qu'Alceste, et non Célimène, domine. Le personnage d'Alceste, figure centrale du triangle formé par le groupe, dépend donc des deux données qui lui sont adjointes. La confrontation du poids textuel, qui majore le poids d'Oronte et réduit celui d'Éliante, rend plus manifeste la constitution du groupe.

En ce qui concerne *Le Malade imaginaire*, on remarque que le groupe I est constitué d'un couple maître / servante, Argan et Toinette. Cette association donne le ton général de l'œuvre pour autant qu'on la considère dans son rapport au groupe II, Béralde / Angélique. Le conflit est double ici, à la fois traditionnel, le mariage, et thématique, la médecine. C'est le personnage de Toinette qui fait la liaison entre ces deux données dans la mesure où, d'une part, elle est complice d'Angélique pour ce qui est du mariage et, d'autre part, complice de Béralde dans sa caricature de la médecine. Le fait que revienne à la servante une place aussi centrale dans le conflit, si haute dans la hiérarchie, permet de conclure que la pièce se doit d'être comique.

De même, dans *Les Fourberies de Scapin*, seul le poids scénique donne à Silvestre une prépondérance que le texte lui interdit. Il y a la constitution d'un *couple* scénique qui ne relève que du spectacle : à l'un va la maîtrise du discours et de l'intrigue et, à l'autre, la fonction du reflet conçue pour renforcer le comique du héros.

D'autres indications intéressantes : certains personnages du retrait scénique, tel Louison (une scène) et Alcmène, occupent une place relativement importante dans la hiérarchie discursive. C'est sans doute que leur apparition coïncide avec une *information* qui relève plus du message que du code, ou encore que leur présence scénique doit être raréfiée.

Enfin, ces mesures établissent clairement que, bien qu'il utilise la technique du « héros prodigué », Molière n'en abuse pas, contrairement à l'affirmation de Jacques Schérer :

> Objet des désirs convergents du spectateur, de l'acteur, et par suite de l'auteur, le rôle du héros peut s'amplifier jusqu'à écraser les rôles des autres personnages ; d'où un type de pièce, qu'on appellerait aujourd'hui pièce à vedette, où le personnage principal est presque tout le temps en scène et accapare la meilleure partie de l'intérêt du public. [...] L'auteur dramatique qui a le plus constamment conçu ses pièces de cette façon est celui qui jouait dans les œuvres dont il était lui-même la vedette : Molière[35].

La moyenne d'occupation scénique dans le corpus se situe autour du chiffre 3. On en conclut donc qu'une hiérarchie qui mesure l'intensité des rapports respectifs et collectifs rendra compte de la nature d'une écriture théâtrale qui, d'une part, privilégie le groupe et, d'autre part, économise les apparitions des personnages scéniquement dominés. Seul Arnolphe répond à cette description avec une occupation scénique de près de 97 % de la représentation. Les groupes présentés dans la hiérarchie du tableau XVI montrent qu'à cette exception près, les personnages du corpus s'équilibrent même au sommet de la hiérarchie. Alceste (77 %) ne distance que modérément Célimène (64 %) ; il en va de même pour Argan (87 %) et Toinette (71 %) ou Sosie (76 %) et Amphitryon (52 %). L'équilibre l'emporte sur le vedettariat. La caractérisation de Jacques Schérer renvoie, de fait, au *poids textuel*, Alceste, Arnolphe comme Argan, monopolisant le discours par plus de 50 %

d'intervention dans le dialogue (tableau XIV). Les hiérarchies scéniques pondèrent, par la mise en perspective spectaculaire, ce que les lectures textuelles peuvent oblitérer.

Ces regroupements et confrontations permettent donc de distinguer, au travers du poids scénique des personnages, la tonalité différente de chacune des pièces confirmant certaines intuitions, précisant certaines lectures ; encore fragmentaires, ces données doivent être éclairées par une mesure des rapports que chaque personnage entretient avec tous les autres.

CONFRONTATION ET AUTONOMIE

Étant donné la rareté du monologue ou des stances dans le théâtre de Molière, il semble que le mode privilégié du déroulement soit la confrontation. Le calcul du degré de confrontation consiste donc à additionner le nombre de scènes dans lequel un personnage donné est présent conjointement à un autre personnage, et ce, pour tous les personnages[36]. Les résultats de ce calcul sont présentés en ordre décroissant au tableau XVII.

Tableau XVII	Hiérarchie des personnages suivant le degré de confrontation (Paramètre γ)		
La Jalousie du Barbouillé		*Le Médecin volant*	
1. Angélique	18	1. Sganarelle	18
2. Le Barbouillé	17	2. Gorgibus	17
3. Gorgibus / Villebrequin	12	3. Valère	7
3. Cathau	12	4. Sabine	6
5. Le Docteur	8	Lucile	6
6. Valère	6	6. Gros René	3
7. La Vallée	1	Avocat	3
Les Précieuses ridicules		*L'École des femmes*	
1. Marotte	37	1. Arnolphe	49
Cathos / Magdelon	37	2. Georgette	33
3. Mascarille	35	3. Alain	30
4. Jodelet	28	4. Horace	20
5. Violons / Voisines	27	Agnès	20
6. La Grange / Du Croisy	11	6. Chrysalde	15
Gorgibus	11	7. Enrique / Oronte	13
Almanzor	11	8. Notaire	4
9. Porteurs	1		

Tableau XVII (fin) — Hiérarchie des personnages suivant le degré de confrontation (Paramètre γ)

Le Misanthrope		Amphitryon	
1. Alceste	43	1. Sosie	35
2. Célimène	39	2. Cléanthis	29
3. Philinte	33	3. Amphitryon	26
4. Éliante	28	4. Naucratès / Polidas	19
5. Acaste / Clitandre	24	5. Jupiter	16
6. Basque	16	Posiclès / Argatiphontidas	16
7. Oronte	14	7. Mercure	12
8. Arsinoé	8	8. Alcmène	9
9. Garde	5		
10. Du Bois	2		
Les Fourberies de Scapin		Le Malade imaginaire	
1. Silvestre	56	1. Argan	57
2. Argante	46	2. Toinette	50
3. Géronte	44	3. Béralde	31
4. Octave	43	4. Angélique	29
5. Hyacinthe	40	5. Cléante	16
6. Nérine	37	6. Béline	13
7. Zerbinette	35	7. Diafoirus	8
8. Scapin	33	8. Purgon	3
9. Léandre	32	9. Notaire	2
10. Carle	20	Fleurant	2
		11. Louison	1

Ces chiffres corroborent, en général, les indices de probabilité précédemment mis en évidence. Toutefois, ils fournissent une mesure plus précise qui nuance et parfois contredit la première hiérarchie. Ainsi, dans *La Jalousie du Barbouillé*, le personnage d'Angélique se trouve-t-il au sommet de la hiérarchie, alors que son rôle comporte autant de scènes que celui du Barbouillé. Cet accent mis sur le personnage féminin souligne le fait que le canevas reste encore très proche des conventions de la farce et en particulier de la satire des femmes. Au contraire, une pièce comme *George Dandin* présente la hiérarchie suivante : George Dandin 33, Claudine 28, Angélique 27, etc. En donnant la prépondérance à Claudine sur Angélique, Molière a estompé le caractère conventionnel du thème du cocuage et accentué le problème social de la mésalliance pour un héros que sa servante admoneste sans respect.

Par ailleurs, on peut remarquer que si, dans les canevas, les personnages principaux ont un indice de confrontation à peu près équivalent, dès *L'École des femmes*, la hiérarchie isole nettement le personnage principal, à savoir Arnolphe, Alceste, Sosie, Silvestre, Argan. Ils ont tous un indice de confrontation qui est non seulement supérieur à celui des autres personnages mais encore très distinct. On peut en juger en comparant la mesure de l'écart entre premier et second de la hiérarchie, à celle de l'écart entre second et troisième (tableau XVIII).

Tableau XVIII   **Confrontation**

•	γ Arnolphe – γ Georgette	= 16 (49 – 33)
	γ Georgette – γ Alain	= 3
•	γ Sosie – γ Cléanthis	= 6
	γ Cléanthis – γ Amphitryon	= 3
•	γ Silvestre – γ Argante	= 10
	γ Argante – γ Géronte	= 2

Deux cas particuliers se distinguent cependant : *Le Misanthrope* qui présente un indice de confrontation extrêmement serré dans la mesure où les écarts entre les personnages principaux sont compris entre 6 et 4 ; *Le Malade imaginaire*, où ce n'est plus un personnage qui se trouve isolé au sommet de la hiérarchie, mais deux, à savoir Argan et Toinette :

γ Argan – γ Toinette	= 7
γ Toinette – γ Béralde	= 19

On peut en conclure qu'Arnolphe, Sosie et Silvestre, qui sont des personnages fortement confrontés à l'ensemble des personnages, représentent le point de convergence de la pièce à laquelle ils appartiennent. Autrement dit, c'est leur signification et, au-delà, leur représentation qui organisent et concentrent le sens de toute l'œuvre. Dans le cas du *Malade imaginaire*, cette fonction est dédoublée alors que, pour *Le Misanthrope*, elle est dispersée et répartie entre cinq personnages.

Ces constatations s'accordent, pour la plupart, avec les analyses antérieures qui ont été faites sur les pièces. C'est ainsi qu'elles rendent compte, par exemple, de la spécificité du *Malade imaginaire*, comédie de caractère, mais aussi spectacle, mascarade, de celle du *Misanthrope*, pièce qui pose d'abord une problématique du groupe social. Plus surprenante est la position de Silvestre dont le rôle paraît à la lecture beaucoup moins important que celui de Scapin, placé dans cette hiérarchie en huitième position. Surprenante également, celle de Marotte qui semble avoir le même poids scénique que Cathos et Magdelon. Étant donné que son rôle est muet, pour une grande part, on s'interroge sur la nécessité d'un tel poids scénique. D'autant plus que, si l'on compare l'esquisse qu'est Marotte à la figure plus achevée de Martine des *Femmes savantes*, on remarque que la fonction de cette dernière, limitée à la scène 6 de l'acte II, repose essentiellement sur un comique verbal. Il convient donc de préciser le degré de confrontation en fonction du nombre de scènes dans lesquelles le personnage apparaît. En effet, que le personnage possède une place élevée dans la hiérarchie du paramètre γ peut mettre en évidence le fait qu'il n'apparaît que dans les scènes de groupe comportant trois ou plus de trois personnages. Dans ce cas, son poids scénique relève plus de la figuration que de la signification, dans la mesure où il n'entretient aucune relation privilégiée ou sélective. Il n'a, dans la pièce, aucune autonomie, aucune individualité.

C'est à partir d'une analyse similaire du paramètre γ de Marcus qu'Olga Rezvina, sa disciple, remarquant que, dans certaines pièces psychologiques, les scènes peuvent être intimes, – donc un personnage être souvent présent mais avoir peu d'interlocuteurs à chaque fois[37] –, propose un autre paramètre, le paramètre η, mesure de l'individualité d'un personnage dont la formule est :

$$\eta\,(x) = \frac{1}{\alpha(x)} \text{ pour } \alpha(x) = \frac{1}{n} \sum_{i=1}^{n} \delta i(x)$$

Où n est le nombre de scènes dans lesquelles x est présent, $\delta i(x)$ le nombre des personnages présents avec x (x étant inclus) dans la scène de rang i. Le tableau XIX présente les chiffres obtenus pour chacun des personnages des pièces et leur hiérarchie en ordre décroissant. Il faut souligner que cette notion d'« individualité » n'est pas à entendre au sens propre. En effet, on ne saurait parler d'individualité à propos de personnages dominés, dont la présence est liée par définition à la présence d'un autre personnage. Que mesure donc le paramètre η? Si l'on examine la formule qu'en propose Olga Rezvina, ce paramètre a pour objet de pondérer le degré de confrontation puisqu'il fait la moyenne de la confrontation de chaque personnage en fonction du nombre de scènes. Un calcul simple montre qu'une hiérarchie semblable apparaît si l'on fait la moyenne du degré de confrontation en fonction du nombre de scènes, autrement dit, si l'on divise le paramètre γ (x) par le nombre η désignant le nombre de scènes dans lesquelles le personnage x apparaît. L'avantage du paramètre η est qu'il introduit dans la hiérarchie le monologue (scène à un personnage), puisqu'il inclut pour chaque scène la présence du personnage concerné. Pour résumer, le paramètre η permet de rechercher la nature des confrontations : confrontation à de petits groupes ou à de grands ensembles de personnages.

Tableau XIX	Individualité des personnages (paramètre η)	
Titres	Personnages	Individualité
La Jalousie du Barbouillé	La Vallée	0,50
	Le Barbouillé	0,35
	Angélique	0,33
	Valère	0,33
	Le Docteur	0,27
	Cathau	0,25
	Gorgibus / Villebrequin	0,25
Le Médecin volant	Avocat	0,50
	Valère	0,46
	Gros René	0,40
	Sganarelle	0,38
	Gorgibus	0,37
	Sabine	0,33
	Lucile	0,25
Les Précieuses ridicules	Porteurs	0,50
	Gorgibus	0,31
	La Grange / Du Croisy	0,27
	Cathos / Magdelon	0,24
	Marotte	0,22
	Mascarille	0,22
	Almanzor	0,21
	Voisines / Violons	0,18
	Jodelet	0,17
L'École des femmes	Arnolphe	0,39
	Notaire	0,33
	Horace	0,31
	Agnès	0,29
	Alain	0,29
	Georgette	0,27
	Chrysalde	0,25
	Enrique / Oronte	0,19

Titres	Personnages	Individualité
Le Misanthrope	Du Bois	0,33
	Alceste	0,28
	Arsinoé	0,27
	Célimène	0,26
	Philinte	0,25
	Basque	0,24
	Acaste / Clitandre	0,23
	Oronte	0,22
	Éliante	0,20
	Garde	0,17
Amphitryon	Mercure	0,33
	Sosie	0,31
	Amphitryon	0,30
	Cléanthis	0,28
	Alcmène	0,25
	Jupiter	0,24
	Naucratès / Polidas	0,21
	Argatiphontidas / Posiclès	0,20
Les Fourberies de Scapin	Scapin	0,30
	Silvestre	0,23
	Argante	0,21
	Géronte	0,21
	Octave	0,19
	Léandre	0,18
	Zerbinette	0,16
	Hyacinthe	0,15
	Nérine	0,14
	Carle	0,13

Tableau XIX (fin)	Individualité des personnages (paramètre η)	
Titres	Personnages	Individualité
Le Malade imaginaire	Louison	0,50
	Béralde	0,33
	Notaire	0,33
	Fleurant	0,33
	Argan	0,32
	Toinette	0,31
	Angélique	0,28
	Béline	0,28
	Cléante	0,27
	Purgon	0,25
	Diafoirus	0,20

Chaque pièce s'organise désormais selon trois hiérarchies qui sont des mesures de plus en plus précises de la nature du rapport qu'entretient chaque personnage avec l'ensemble, donc avec le conflit. Le tableau XX permet une comparaison de ces données. Ce tableau doit se lire, de gauche à droite : la première colonne (paramètre α′) indique le poids scénique et désigne les personnages accentués scéniquement, accentuation de groupes plus que d'individus. La deuxième colonne confirme et affine la première, au sens où elle permet de préciser le degré d'implication au conflit dont la colonne trois, le paramètre η, évalue la sélectivité et donc l'intensité. Plus les rapports sont sélectifs, plus le personnage s'inscrit dans une confrontation orientée et donc active.

L'exemple de Scapin et Mercure vérifie cette hypothèse. Bien que leur poids scénique soit relativement élevé, ils ont un rapport aux autres restreint qui les situe au bas de l'échelle du paramètre γ. Le paramètre η permet d'éclaircir cette singularité : ce sont les personnages forts de l'intrigue, les « organisateurs », les démiurges. Chacune de leur apparition est sélective, donc essentielle. Ce point peut être confirmé par la place qu'occupent, dans la hiérarchie η, des personnages secondaires comme Du Bois et La Vallée, par exemple. On a vu comment ces personnages obligeaient la pièce à une construction plus large, à un diamètre scénique supérieur à 1. Or, ces deux personnages sont essentiels au rebondissement du conflit. On peut donc ainsi justifier leur situation dans la hiérarchie en soulignant qu'elle correspond à leur importance fonctionnelle. S'il était évident que le grand organisateur des *Fourberies* est Scapin, il est plus difficile de distinguer le poids conflictuel de certains personnages dont La Vallée et Du Bois sont les manifestations les plus singulières. On pourrait objecter qu'une telle position dans la hiérarchie η s'explique par le petit nombre de scènes, à savoir une, dans laquelle ils apparaissent. Or si l'on compare, à l'intérieur même du *Misanthrope*, la position de Du Bois et celle du Garde, qui n'a lui aussi qu'une seule scène, on remarque qu'elles se situent aux deux extrêmes. Le critère de l'apparition unique ne suffit donc pas à placer le personnage au sommet de la hiérarchie. Si l'on se reporte au texte, cette fois, il apparaît que ces deux interventions n'ont pas le même poids, et ce, à tout point de vue.

Tableau XX **Hiérarchisation des personnages**

Titres	α′ : probabilité	γ : confrontation	η : individualité
La Jalousie du Barbouillé	1. Angélique, Le Barbouillé	1. Angélique	1. La Vallée
	3. Cathau, Gorgibus / Villebrequin	2. Le Barbouillé	2. Le Barbouillé
		3. Gorgibus / Villebrequin	3. Valère Angélique
		4. Cathau	5. Le Docteur
	5. Le Docteur Valère	5. Le Docteur	6. Cathau
	7. La Vallée	6. Valère	7. Gorgibus / Villebrequin
		7. La Vallée	
Le Médecin volant	1. Sganarelle	1. Sganarelle	1. Avocat
	2. Gorgibus	2. Gorgibus	2. Valère
	3. Valère	3. Valère	3. Gros René
	4. Sabine, L'Avocat	4. Sabine, Lucile	4. Sganarelle
	6. Gros René, Lucile	6. Gros René, L'Avocat	5. Gorgibus
			6. Sabine
			7. Lucile

Tableau XX (suite)   **Hiérarchisation des personnages**

Titres	α' : probabilité	γ : confrontation	η : individualité
Les Précieuses ridicules	1. Cathos, Magdelon	1. Marotte	1. Porteurs
	2. Marotte	Cathos / Magdelon	2. Gorgibus
	3. Mascarille	3. Mascarille	3. La Grange / Du Croisy
	4. Jodelet	4. Jodelet	
	Voisines / Violons	5. Violons / Voisines	4. Cathos / Magdelon
	6. Gorgibus	6. La Grange / Du Croisy	5. Marotte, Mascarille
	7. La Grange / Du Croisy	Gorgibus	
	8. Almanzor	Almanzor	7. Almanzor
	9. Porteurs	9. Porteurs	8. Voisines, Violons
			9. Jodelet
L'École des femmes	1. Arnolphe	1. Arnolphe	1. Arnolphe
	2. Alain, Georgette	2. Georgette	2. Notaire
	4. Horace	3. Alain	3. Horace
	5. Agnès	4. Horace, Agnès	4. Alain, Agnès
	6. Chrysalde	6. Chrysalde	6. Georgette
	7. Enrique / Oronte	7. Enrique / Oronte	7. Chrysalde
	8. Notaire	8. Notaire	8. Enrique / Oronte
Le Misanthrope	1. Alceste	1. Alceste	1. Du Bois
	2. Célimène	2. Célimène	2. Alceste
	3. Philinte	3. Philinte	3. Arsinoé
	4. Éliante	4. Éliante	4. Célimène
	Acaste / Clitandre	5. Acaste / Clitandre	5. Philinte
	6. Basque	6. Basque	Basque
	7. Oronte	7. Oronte	7. Oronte
	8. Arsinoé	8. Arsinoé	8. Acaste / Clitandre
	9. Du Bois, Garde	9. Garde	9. Éliante
		10. Du Bois	10. Garde

Titres	α' : probabilité	γ : confrontation	η : individualité
Amphitryon	1. Sosie	1. Sosie	1. Mercure
	2. Cléanthis,	2. Cléanthis	2. Sosie
	Amphitryon	3. Amphitryon	3. Amphitryon
	4. Mercure	4. Naucratès /	4. Cléanthis
	5. Jupiter	Polidas	5. Alcmène
	Naucratès /	5. Jupiter	6. Jupiter
	Polidas	Posiclès /	7. Naucratès /
	7. Argatiphontidas /	Argatiphontidas	Polidas
	Posiclès	7. Mercure	8. Posiclès /
	8. Alcmène	8. Alcmène	Argatiphontidas
Les Fourberies	1. Silvestre	1. Silvestre	1. Scapin
de Scapin	2. Scapin	2. Argante	2. Silvestre
	3. Argante	3. Géronte	3. Argante
	Géronte	4. Octave	Géronte
	5. Octave	5. Hyacinthe	5. Octave
	6. Hyacinthe	6. Nérine	6. Léandre
	Léandre	7. Zerbinette	7. Zerbinette
	Zerbinette	8. Scapin	8. Hyacinthe
	9. Nérine	9. Léandre	9. Nérine
	10. Carle	10. Carle	10. Carle
Le Malade	1. Argan	1. Argan	1. Louison
imaginaire	2. Toinette	2. Toinette	2. Notaire,
	3. Béralde	3. Béralde	Fleurant
	4. Angélique	4. Angélique	Béralde
	5. Cléante	5. Cléante	5. Argan
	6. Béline	6. Béline	6. Toinette
	7. Les Diafoirus	7. Les Diafoirus	7. Angélique
	8. Fleurant, Purgon	8. Purgon	Béline
	Notaire, Louison	9. Notaire,	9. Cléante
		Fleurant	10. Purgon
		10. Louison	11. Les Diafoirus

L'arrivée du Garde est « discrète » au sens où elle est médiatisée par l'annonce de Basque (acte II, scène 5) et la réaction d'Alceste est assez modérée, dans la mesure où il accepte de suivre celui-ci sans trop de façons. Au contraire, l'arrivée intempestive de Du Bois non seulement interrompt un « duo » avec Célimène, mais encore et surtout, relève de la sommation :

DU BOIS

Il faut d'ici déloger sans trompette. 1442

Je vous dis qu'il faut quitter ce lieu. 1443

Il faut partir, Monsieur, sans dire adieu. 1444

Le Misanthrope, acte IV, scène 4.

C'est d'ailleurs après cette scène, au début de l'acte V, qu'Alceste décide de quitter « ce bois et ce coupe-gorge » qu'est le monde. L'arrivée de Du Bois, pourtant structurellement semblable à celle du Garde (même position en fin d'acte, même objet : un procès) est donc majorée par rapport à son poids conflictuel. La position de Du Bois au sommet de la hiérarchie η indique clairement ce que l'analyse textuelle confirme. Plusieurs catégories qui sont fonctions de la totalité des données, c'est-à-dire fonctions des trois hiérarchies proposées, se dessinent alors :

1. le personnage *x* domine dans les trois hiérarchies,
2. le personnage x ne domine que dans les deux premières,
3. le personnage x ne domine que dans la troisième.

Relève du cas 1 Arnolphe qui, seul, domine au sens strict du terme, les trois ordres de classification. Les personnages qui répondent à la définition du cas 2, à savoir Sganarelle, Cathos et Magdelon; Alceste, Sosie, Silvestre et Argan représentent aussi des figures particulièrement importantes, au regard de la thématique de la pièce à laquelle ils appartiennent, sans pour autant avoir la maîtrise de l'action. Ainsi Sganarelle est-il démasqué, Cathos et Magdelon ridiculisées, Alceste refusé, Sosie non concerné par le cocuage dont seul son maître a été victime, Silvestre est un auxiliaire de Scapin, Argan est l'objet de la comédie finale. Cette récurrence actantielle renforce l'analyse précédente, à savoir que le personnage placé en tête de la hiérarchie γ médiatise le poids conjugué de chacun des autres personnages. De même, Arnolphe est-il joué à la fin de la pièce par la force des nouveaux éléments qu'apportent les deux pères. Cependant sa position en η semblerait indiquer que, comme Du Bois, Mercure, Scapin, il remplit un rôle essentiel par rapport au déroulement du conflit (cas 3). En fait, la triple position d'Arnolphe en tête des trois colonnes met en évidence le clivage entre son poids et son effet. Plus le rôle d'Arnolphe sera représenté de façon cohérente et continue en position de démiurge ou d'autorité, plus son impuissance finale sanctionnera, par la rupture, ce clivage. Le rôle du personnage d'Arnolphe se joue donc sur ces deux données contradictoires : sa position de démiurge et son rôle de victime, dénotées par ces deux identités Monsieur de la Souche et Arnolphe, la majesté de l'une ne pouvant faire oublier le patronage de l'autre[38]. Il en va de même du Barbouillé qui occupe une position similaire dans les trois hiérarchies et qui relève également du cas 1.

Au contraire, la disposition des personnages des *Précieuses ridicules*, de même que celle du *Malade imaginaire*, souligne le partage de l'œuvre en deux champs distincts. D'un côté et au sommet de la troisième hiérarchie, les personnages moteurs, organisateurs de l'action : les Porteurs, Gorgibus, La Grange et Du Croisy, Louison, le Notaire, Fleurant et Béralde, de l'autre prédominant dans les deux premières hiérarchies, Cathos, Magdelon et Argan qui sont les objets victimes de l'organisation conçue par les premiers. Si le rôle Gorgibus ou de La Grange peut être facilement mis en liaison avec l'enjeu narratif qu'est le mariage, si celui de Béralde peut être vu explicitement comme organisateur de la fête parodique finale, ceux des porteurs ou de Louison sont moins évidents. Si les porteurs ne servent qu'à l'identification de Mascarille, Louison est indispensable à la caractérisation d'Argan, qu'elle réalise en le confrontant à une parodie de la mort qui annonce les scènes finales. Autrement dit, Louison est le membre de la famille d'Argan qui entretient avec lui, d'après la hiérarchie, le rapport le plus sélectif. Étant donné qu'elle n'a qu'une seule scène (ce qui la situe au bas des deux premières hiérarchies), elle représente un personnage plus privilégié que les rôles thématiques du médecin et du pharmacien.

La position des figures sociales ne relève pas des seules nécessités satiriques, mais d'une stratégie globale qui se précise avec l'élaboration de l'écriture moliéresque. Comparant le Docteur et l'Avocat, dans les deux canevas, on remarque que le Docteur joue véritablement comme citation de la farce à l'intérieur de la farce. Dominé par le Barbouillé, il occupe une position constamment médiane dans les trois hiérarchies, sanction de la « neutralité » des rapports qu'il entretient avec l'ensemble.

Au contraire, dans *Le Médecin volant* et dans toutes les autres pièces du corpus, les figures référentielles trouveront un poids fonctionnel dans la troisième hiérarchie. C'est le cas des Notaires de *L'École des femmes* et du *Malade imaginaire*, mais aussi d'Arsinoé qui trouve, dans sa stratégie scénique, confirmation de sa désignation textuelle aussi bien que sa fonction narrative. « Prude consommée » (c'est l'adjectif qui est ici important), elle est l'actualisation d'une figure et d'un comportement social qu'elle manifeste dans son *tête-à-tête* avec Célimène. Amoureuse d'Alceste, sa fonction narrative se résume à une seule scène avec celui-ci, selon un mode de confrontation qui la distingue radicalement d'Éliante pourtant jumelle actantielle. Elle est donc moins amoureuse d'Alceste que rivale de Célimène au chapitre des références sociales et, à l'exemple des autres figures du corpus, elle infirme le cours de l'intrigue en présentant à Alceste la lettre de Célimène *au mépris de toute vraisemblance* (que fait-elle avec cette lettre à Oronte ?)[39]. Elle est agent de la péripétie au sens strict du terme, car la crise provoquée par la lettre sera désamorcée par Célimène selon la reversibilité potentielle de la péripétie. Il en va de même pour le Notaire dont l'intervention aussi désamorcée n'a pas de conséquences.

C'est sans doute cette attribution dramaturgique qui distingue Fleurant de Purgon et de Diafoirus. Purgon et les Diafoirus n'ont aucun pouvoir d'intervention sur le déroulement de l'intrigue. C'est exemplaire dans le cas des Diafoirus qui, venus exécuter une scène de déclaration amoureuse, se la font chanter par un autre. Doublement inutiles, comme sont redondantes et successives les apparitions de Fleurant et Purgon. La seconde, celle de Purgon est soumise à la première qui déclenche la péripétie « abandon d'Argan par la médecine ». Fleurant est donc agent de la péripétie et dissocié de Purgon ou, si l'on veut, plus accentué que Purgon[40].

Le rapport entre ces trois hiérarchies permet donc de mettre en évidence la stratégie de certains personnages secondaires en fonction des contradictions qu'elles manifestent à l'égard du texte et du poids scénique. C'est ainsi que le choix de faire figurer Marotte dans toutes les scènes finales — présence suggérée d'ailleurs par certaines éditions — apparaît à l'examen de la hiérarchie η possible, car, malgré son poids scénique, ses rapports avec les autres personnages sont très peu significatifs au regard de l'action. Elle s'insère ainsi dans le décor-fête de la fin de la pièce où ce n'est plus l'action qui importe mais le jeu, multiplié par la présence des Voisines, des Violons et de Jodelet.

MOBILITÉ

Un dernier paramètre proposé par Olga Rezvina[41] permet de préciser une autre donnée du jeu de chaque personnage : l'indice de mobilité du personnage. Ce paramètre a pour fonction de mesurer la durée des apparitions relativement au nombre total de scènes. Pour chaque personnage, il existe, sur la matrice, une ligne horizontale composée d'une succession de 1 et de 0. L'apparition étant entendue comme l'ensemble de points 1 compris entre deux 0, on appelle $\Sigma(xi)$ le nombre de passages de 0 à 1 et de 1 à 0 sur cette ligne. L'indice de mobilité M

est égal à la somme de ces passages divisée par le nombre total de scènes
d'où :

$$M(x) = \frac{(\Sigma xi)}{n}$$

n étant le nombre total de scènes. On obtient ainsi une hiérarchie nouvelle présentée au tableau XXI, fonction non plus du poids scénique,
mais du rythme scénique de chaque personnage. Cette dernière hiérarchie confirme des intuitions de lecture et aussi des données de la comédie
comme genre. Ce sont bien les canevas, les pièces les plus mobiles. Si
l'on fait une moyenne des indices respectifs par le nombre de personnages, on obtient les chiffres suivants :

Tableau XXI   **Mobilité des personnages**

La Jalousie du Barbouillé

1. Le Barbouillé	0,46
2. Le Docteur	0,38
3. Angélique	0,38
4. Valère	0,31
5. Gorgibus / Villebrequin	0,23
6. Cathau	0,15
6. La Vallée	0,15

Le Médecin volant

1. Sganarelle	0,44
1. Gorgibus	0,44
3. Valère	0,37
4. Gros René	0,25
5. Lucile	0,19
6. Sabine	0,18
7. Avocat	0,12

Les Précieuses ridicules

1. Marotte	0,41
2. La Grange / Du Croisy	0,29
3. Almanzor	0,23
4. Cathos / Magdelon	0,17
4. Gorgibus	0,17
6. Mascarille	0,11
6. Jodelet	0,11
6. Porteurs	0,11
9. Voisines / Violons	0,05

L'École des femmes

1. Alain	0,41
2. Georgette	0,34
3. Horace	0,28
4. Agnès	0,22
5. Chrysalde	0,125
6. Arnolphe	0,06
6. Notaire	0,06
8. Enrique / Oronte	0,03

Tableau XXI (fin)   **Mobilité des personnages**

La Jalousie du Barbouillé		*Le Médecin volant*	
Le Misanthrope		*Amphitryon*	
1. Philinte	0,31	1. Jupiter	0,42
1. Célimène	0,31	2. Mercure	0,38
3. Éliante	0,22	3. Alcmène	0,28
4. Alceste	0,18	4. Cléanthis	0,23
4. Basque	0,18	4. Amphitryon	0,23
6. Oronte	0,13	6. Sosie	0,19
6. Acaste / Clitandre	0,13	7. N / Polidas	0,14
6. Arsinoé	0,13	8. A / Posiclès	0,04
9. Du Bois	0,09		
9. Garde.	0,09		
Les Fourberies de Scapin		*Le Malade imaginaire*	
1. Argante	0,35	1. Toinette	0,35
1. Géronte	0,35	2. Angélique	0,23
3. Scapin	0,26	3. Argan	0,19
4. Octave	0,23	3. Béline	0,19
4. Silvestre	0,23	5. Cléante	0,09
6. Hyacinthe	0,19	6. Notaire	0,06
6. Léandre	0,19	6. Diafoirus	0,06
6. Zerbinette	0,19	6. Louison	0,06
9. Nérine	0,12	6. Fleurant	0,06
9. Carle	0,12	6. Purgon	0,06
		11. Béralde	0,03

Ont un rythme rapide, les œuvres qui jouent sur le déguisement (*Amphitryon, Les Fourberies de Scapin, L'École des femmes*) ou l'espace. De même pour les personnages, ce sont les « porteurs de masque » qui l'emportent : par exemple, Sganarelle et Toinette, mais aussi Mercure, Jupiter. Enfin, et en liaison avec leur rôle social d'intermédiaire, ce sont les valets qui apparaissent et disparaissent le plus (Marotte, Alain, Georgette) ainsi qu'en témoignent les hiérarchies du tableau XXI.

Cette mobilité est couplée à deux caractéristiques fictives anti-thétiques : le désordre, la confusion (Barbouillé, Alain, Georgette) et l'habileté (Sganarelle, Mercure, Toinette). Mais, elles sont d'abord et surtout en liaison avec le spectacle qu'elles supposent. La mise en scène, seule, peut transcrire le rythme pressé de ces personnages.

Au-delà de ces traits généraux, l'indice de mobilité présente quelques phénomènes assez surprenants. Ainsi, pour commencer par le plus curieux, Scapin — Scapin l'agile, le fourbe, l'homme aux dix voix,

Tableau XXII	Mobilité globale
Titres	Moyenne
La Jalousie du Barbouillé	29 %
Le Médecin volant	29 %
Amphitryon	25 %
Scapin	22 %
Les Précieuses ridicules	19 %
École des femmes	18 %
Le Misanthrope	18 %
Le Malade imaginaire	13 %

– cède la place aux deux vieillards que sont Argante et Géronte. La dérision des vieillards est sanctionnée par le mode saccadé de leurs apparitions / disparitions.

La position d'Arnolphe en fin de hiérarchie et très loin de ceux qui le précèdent est, elle aussi, en accord avec la donnée fictive de sa « crispation » sur son trésor, du fait qu'il monte la garde à la porte de sa maison. D'où le « La place m'est heureuse à vous y rencontrer » d'Horace à la scène 6 de l'acte IV de L'École des femmes. D'où, surtout, les « fausses sorties » d'Arnolphe sous prétexte de rattraper Horace, qui échouent fictivement, mais qui servent à casser l'immobilisme du personnage.

Une comparaison entre les hiérarchies du Misanthrope et du Malade imaginaire est révélatrice. Deux pièces à espace clos : la chambre et le salon. Les maîtres de maison se devraient d'y demeurer et c'est le cas d'Argan « cloué à son fauteuil et que seuls les lavements déplacent ». Mais, c'est aussi le cas de Cathos et Magdelon qui « font salon ». Or Célimène est en tête de la hiérarchie et c'est Alceste qui y occupe la position médiane du maître de maison. Personnage mobile qui échappe à ses interlocuteurs, Célimène concrétise l'adéquation du fictif et du scénique.

Enfin, la place de Philinte qu'on trouve en tête de hiérarchie avec Célimène permet de revenir sur l'interprétation du personnage. D'après le tableau XX, Philinte n'était en position forte que dans les deux premières hiérarchies, poids scénique et confrontation aux autres personnages. Par rapport à la dernière, il se situait en cinquième position loin derrière Alceste et après Célimène. Au regard de l'intrigue, c'est dire qu'il entretient des rapports relativement peu sélectifs et que son statut est plus proche de celui des Marquis (η (Marquis) = 23; η (Philinte) = 24) que de celui de Célimène (η (Célimène) = 26). Par contre, son indice de mobilité le distingue nettement des autres personnages, en particulier d'Alceste et des marquis. On peut conclure de ces constatations que ce qui caractérise le plus Philinte est donc sa mobilité. La pièce ne se conclut-elle pas par :

PHILINTE

Allons, Madame, allons employer toute chose,   1807
Pour rompre le dessein que son cœur se propose.

Le Misanthrope, acte V, scène 4.

qui fait un curieux écho aux « Laissez-moi », « Laissez-moi là, vous dis-je » d'Alceste à la scène 1 de l'acte I. Au contraire, le poids scénique d'Alceste se module par grands ensembles et l'on sait, par ailleurs, la répugnance qu'il montre à « quitter » la scène. Philinte est donc le personnage de l'aisance, l'homme social dont la signification relève plus de son mode d'être que de ses actions. Ce qui se traduit dans les différentes hiérarchies par une présence mobile plus que par la signification de ses rapports aux autres (hiérarchie η). C'est dans ce sens qu'on peut lui refuser une implication « secrète » au conflit qu'elle soit de l'ordre de la jalousie ou du mépris. Philinte est plus une figure qu'un actant.

La quasi-immobilité de Béralde, la position inférieure qu'il occupe dans cette hiérarchie de la répartition scénique, corrobore son poids textuel et scénique et la place élevée qu'il occupe dans toutes les autres hiérarchies. C'est le personnage du dénouement qui, une fois en scène, met en scène les autres.

Ces quatre analyses ont permis d'envisager différentes modalités du poids et de la répartition scénique des personnages. Confrontées à l'analyse textuelle, elles ont toujours sanctionné non pas l'évidence mais les ruptures textuelles. Ce qu'Anne Ubersfeld appelle les « trous du texte[42], le premier « trou » ou impossibilité textuelle étant au premier chef le groupe scénique qui abolit le syntagme textuel. Ces mesures restent encore très liées à une conception individualisée du personnage. Les évaluations ultérieures s'attacheront davantage aux polarisations et aux modes de constitution du groupe.

3

HIÉRARCHIE STRATÉGIQUE
DES PERSONNAGES

Parler de la stratégie des personnages, c'est envisager d'abord le poids relatif des différents groupes scéniques.

La méthode pour mesurer la liaison entre les personnages a été proposée par Mihaï Dinu. Elle relève d'une analyse probabiliste[43] qui considère que « la distribution des personnages se conforme aux lois qui régissent un ensemble statique », et envisage chaque personnage comme un « événement » dont on mesure la probabilité ; puis, on appliquera à toutes les confrontations possibles la formule :

$$\lambda ij = n\,i\,j - \frac{ni\,nj}{N}$$

où ni est le nombre total de scènes dans lesquelles le personnage xi, apparaît, nj le nombre total de scènes dans lesquelles xj apparaît ; nij, le nombre de scènes qu'ont en commun χi et xj, N le nombre total de scènes de la pièce. Lorsque $\lambda\,ij$ est inférieur à zéro, la rencontre entre les deux personnages a été évitée par l'auteur ; au contraire, lorsque $\lambda\,ij$ est supérieur à zéro, l'auteur a favorisé cette rencontre. Les tableaux XXIII présentent les résultats obtenus de la manière suivante :

- Les tableaux 1 décomposent pour chaque personnage le nombre de scènes qu'il partage respectivement avec chaque personnage de la pièce.
- Les tableaux 2 donnent la probabilité de chacune de ces rencontres.
- Les tableaux 3 regroupent les ensembles de personnages dont les relations sont accentuées, c'est-à-dire marquées du signe + [44].

Tableau XXIII   **Probabilités des configurations binaires**

La Jalousie du Barbouillé

Tableau 1

	LB	LD	A	V	C	G / V	LV
LB	–	3	6	1	3	4	0
LD	3	–	2	0	1	2	0
A	6	2	–	2	4	4	0
V	1	0	2	–	2	0	1
C	3	1	4	2	–	2	0
GV	4	2	4	0	2	–	0
LV	0	0	0	1	0	0	–

Tableau 2

	LB	LD	A	V	C	G / V	LV	σi
LB	–	0,93	–0,23	–1,07	0,24	1,24	–0,69	0,42
LD	0,93	–	–0,07	–0,69	0,08	1,08	–0,23	1,10
A	–0,23	–0,07	–	–0,07	1,24	1,24	–0,69	1,42
V	–1,07	–0,69	–0,07	–	1,08	–0,92	0,77	–0,90
C	0,24	0,08	1,24	1,08	–	0,77	–0,30	3,11
GV	1,24	1,08	1,24	–0,92	0,77	–	–0,30	3,11
LV	–0,69	–0,23	–0,69	0,77	–0,30	–0,30	–	–1,44

Tableau 3.1

	LB	LD	C	G / V
LB	–	0,93	0,24	1,24
LD	0,93	–	0,08	1,08
C	0,24	0,08	–	0,77
GV	1,24	1,08	0,77	–

Tableau 3.2

	A	C	G / V
A	–	1,24	1,24
C	1,24	–	0,77
GV	1,24	0,77	–

Le Médecin volant

Tableau 1

	V	SA	SG	G	GR	L	A
V	–	1	4	1	0	1	0
SA	1	–	2	2	0	1	0
SG	4	2	–	8	1	2	1
G	1	2	8	–	2	2	2
GR	0	0	1	2	–	0	0
L	1	1	2	2	0	–	0
A	0	0	1	2	0	0	–

Tableau 2

	V	SA	SG	G	GR	L	A	σi
V	–	–0,12	–0,12	–2,75	–0,75	0,25	–1,12	–4,61
SA	–0,12	–	–0,06	0,13	–0,37	0,63	–0,56	–0,35
SG	–0,12	–0,06	–	1,13	–0,37	0,63	–1,06	0,15
G	–2,75	0,13	1,13	–	0,75	0,75	0,13	0,14
GR	–0,75	–0,37	–0,37	0,75	–	–0,25	–0,18	–1,17
L	0,25	0,63	0,63	0,75	–0,25	–	–0,37	1,64
A	–1,12	–0,56	–1,06	0,13	–0,18	–0,37	–	–3,16

Tableau 3.1

	SA	G	L
SA	–	0,13	0,63
G	0,13	–	0,75
L	0,63	0,75	–

Tableau 3.2

	SG	G	L
SG	–	1,13	0,63
G	1,13	–	0,75
L	0,63	0,75	–

Tableau XXIII (suite)   **Probabilités des configurations binaires**

Les Précieuses ridicules

Tableau 1

	L / D	C / M	G	MA	AL	MS	J	P	V / V
L / D	–	2	1	2	0	2	2	0	2
G / M	2	–	3	9	3	8	6	0	6
G	1	3	–	3	0	1	1	0	2
MA	2	9	3	–	2	9	6	0	6
AL	0	3	0	2	–	3	2	0	1
MS	2	8	1	9	3	–	6	1	5
J	2	6	1	6	2	6	–	0	5
P	0	0	0	0	0	1	0	–	0
V / V	2	6	2	6	1	5	5	0	–

Tableau 2

	L / D	C / M	G	MA	AL	MS	J	P	V / V	σi
L / D	–	–0,83	–0,17	–0,58	–0,70	–0,35	0,59	–0,23	0,59	–1,83
C/M	–0,83	–	–0,52	1,24	0,89	0,95	1,77	–0,70	1,77	4,57
G	–0,17	–0,52	–	–0,23	–0,88	–1,94	–0,76	–0,29	0,24	–4,55
MA	–0,58	1,24	–0,23	–	0,06	2,53	2,12	–0,64	2,12	6,62
AL	–0,70	0,89	–0,88	0,06	–	1,24	0,95	–0,17	–0,05	1,34
MS	–0,35	0,95	–1,94	2,53	1,24	–	2,48	0,41	1,48	6,80
J	0,59	1,77	–0,76	2,12	0,95	2,48	–	–0,35	2,89	9,69
P	–0,23	–0,70	–0,29	–0,64	–0,17	0,41	–0,35	–	–0,35	–2,32
V / V	0,59	1,77	0,24	2,12	–0,05	1,48	2,89	–0,35	–	8,69

Tableau 3.1

	LD	J	V / V
LD	–	0,59	0,59
J	0,59	–	2,89
V/V	0,59	2,89	–

Tableau 3.2

	C / M	MA	MS	J	V / V
C / M	–	1,24	0,95	1,77	1,77
MA	1,24	–	2,53	2,12	2,12
MS	0,95	2,53	–	2,48	1,48
J	1,77	2,12	2,48	–	2,89
V/V	1,77	2,12	1,48	2,89	–

Tableau 3.3

	AL	CM	MS	J	MA
AL	–	0,89	1,24	0,95	0,06
CM	0,89	–	0,95	1,77	1,24
MS	1,24	0,95	–	2,48	2,53
J	0,95	1,77	2,48	–	2,12
MA	0,06	1,24	2,53	2,12	–

L'École des femmes

Tableau 1

	A	AG	H	AL	G	C	E / O	N
A	–	8	9	11	11	5	3	2
AG	8	–	2	4	4	1	1	0
H	9	2	–	1	2	3	3	0
AL	11	4	1	–	11	1	1	1
G	11	4	2	11	–	2	2	1
C	5	1	3	1	2	–	3	0
E / O	3	1	3	1	2	3	–	0
N	2	0	0	1	1	0	0	–

Tableau XXIII (suite)   **Probabilités des configurations binaires**

Tableau 2

	A	AG	H	AL	G	C	E / O	N	σi
A	–	0,25	0,29	–0,62	–0,62	0,16	0,10	0,06	0,38
AG	0,25	–	–0,25	1,00	1,00	–0,25	0,25	–0,50	1,50
H	0,29	–0,25	–	–2,37	–1,37	1,60	2,16	–0,56	–0,50
AL	–0,62	1,00	–2,37	–	6,50	–0,87	–0,12	0,25	3,77
G	–0,62	1,00	–1,37	6,50	–	0,13	0,88	0,25	6,77
C	0,16	–0,25	1,6	–0,87	0,13	–	2,54	–0,31	3,00
E / O	0,10	0,25	2,16	–0,12	0,88	2,54	–	–0,18	5,63
N	0,06	–0,50	–0,56	0,25	0,25	–0,31	–0,18	–	–0,99

Tableau 3.1

	AG	G	E / O
AG	–	1,00	0,25
G	1,00	–	0,88
E/O	0,25	0,88	–

Tableau 3.2

	AL	G	N
AL	–	6,50	0,25
G	6,50	–	0,25
N	0,25	0,25	–

Tableau 3.3

	A	H	C	E / O
A	–	0,29	0,16	0,10
H	0,29	–	1,60	2,16
C	0,16	1,60	–	2,54
E/O	0,10	2,16	2,54	–

Tableau 3.4

	A	AG	E / O
A	–	0,25	0,10
AG	0,25	–	0,25
E/O	0,10	0,25	–

Tableau 3.5

	AG	AL	G
AG	–	1,00	1,00
AL	1,00	–	6,50
G	1,0	6,5	–

Tableau 3.6

	G	C	E / O
G	–	0,13	0,88
C	0,13	–	2,54
E / O	0,88	2,54	–

Le Misanthrope

Tableau 1

	A	P	O	C	E	A / C	AR	B	DB	G
A	–	10	4	11	6	4	2	4	1	1
P	10	–	3	5	7	4	1	2	0	1
O	4	3	–	3	2	1	1	0	0	0
C	11	5	3	–	5	6	2	5	1	1
E	6	7	2	5	–	4	1	2	0	1
A / C	4	4	1	6	4	–	1	3	0	1
AR	2	1	1	2	1	1	–	0	0	0
B	4	2	0	5	2	3	0	–	0	0
DB	1	1	0	1	0	0	0	0	–	0
G	1	1	0	1	1	1	0	0	0	–

Tableau XXIII (suite)   **Probabilités des configurations binaires**

Tableau 2

	A	P	O	C	E	A/C	AR	B	DB	G	σi
A	–	1,50	0,91	0,19	0,60	–1,40	–0,31	0,14	0,23	0,23	2,09
P	1,50	–	1,00	–2,00	3,50	0,50	–0,50	–0,50	–0,50	0,50	3,50
O	0,91	1,00	–	0,46	0,73	–0,27	0,46	–0,91	–0,18	–0,18	2,02
C	0,19	–2,00	0,46	–	0,55	1,55	0,10	1,82	0,37	0,37	3,41
E	0,60	3,50	0,73	0,55	–	1,78	0,05	0,41	–0,31	0,69	8,00
A/C	–1,40	0,50	–0,27	1,55	1,78	–	0,05	1,41	–0,31	0,69	4,00
AR	–0,31	–0,50	0,46	0,10	0,05	0,05	–	–0,68	–0,14	–0,14	–0,66
B	0,14	–0,50	–0,90	1,82	0,41	1,41	–0,68	–	–0,22	–0,22	1,26
DB	0,23	0,50	–0,18	0,37	–0,31	–0,31	–0,14	–0,22	–	–0,04	–0,10
G	0,23	0,50	–0,18	0,37	0,69	0,69	–0,14	–0,22	–0,04	–	1,90

Tableau 3.1

	A	C	E	G
A	–	0,19	0,60	0,23
C	0,19	–	0,55	0,37
E	0,60	0,55	–	0,69
G	0,23	0,37	0,69	–

Tableau 3.2

	C	E	G	A/C
C	–	0,55	0,37	1,55
E	0,55	–	0,69	1,78
G	0,37	0,69	–	0,69
A/C	1,55	1,78	0,69	–

Tableau 3.3

	A	P	E	G
A	–	1,50	0,60	0,23
P	1,50	–	3,50	0,50
E	0,60	3,50	–	0,69
G	0,23	0,50	0,69	–

Tableau 3.4

	P	E	A / C	G
P	–	3,50	0,50	0,23
E	3,50	–	1,78	0,69
A / C	0,50	1,78	–	0,69
G	0,23	0,69	0,69	–

Tableau 3.5

	A	P	O	E
A	–	1,50	0,91	0,60
P	1,50	–	1,00	3,50
O	0,91	1,00	–	0,73
E	0,60	3,50	0,73	–

Tableau 3.6

	A	O	C	E
A	–	0,91	0,19	0,60
O	0,91	–	0,46	0,73
C	0,19	0,46	–	0,55
E	0,60	0,73	0,55	–

Tableau 3.7

	O	C	E	AR
O	–	0,46	0,73	0,46
C	0,46	–	0,55	0,10
E	0,73	0,55	–	0,05
AR	0,46	0,10	0,05	–

Tableau 3.8

	C	E	A / C	AR
C	–	0,55	1,55	0,10
E	0,55	–	1,78	0,05
A / C	1,55	1,78	–	0,05
AR	0,10	0,05	0,05	–

Tableau XXIII (suite)   **Probabilités des configurations binaires**

Tableau 3.9

	C	E	B	A / C
C	–	0,55	1,82	1,55
E	0,55	–	0,41	1,78
B	1,82	0,41	–	1,41
A / C	1,55	1,78	1,41	–

Tableau 3.10

	A	C	E	B
A	–	0,19	0,60	0,14
C	0,19	–	0,55	1,82
E	0,60	0,55	–	0,41
B	0,14	1,82	0,41	–

Tableau 3.11

	A	C	DB
A	–	0,19	0,23
C	0,19	–	0,37
DB	0,23	0,37	–

Amphitryon

Tableau 1

	S	M	J	A	C	AP	N / P	P / A	
S	–	3	4	2	9	8	5	4	35
M	3	–	1	1	3	2	1	1	12
J	4	1	–	2	4	2	2	1	16
A	2	1	2	–	3	1	0	0	9
C	9	3	4	3	–	4	3	3	29
AP	8	2	2	1	4	–	5	4	26
N / P	5	1	2	0	3	5	–	3	19
P / A	4	1	1	0	3	4	3	–	16

Tableau 2

	S	M	J	A	C	AP	N / P	P / A	σi
S	–	–1,57	0,20	–0,28	0,62	–0,38	1,20	0,96	0,75
M	–1,57	–	–0,42	0,15	–0,14	–1,14	–0,42	–0,14	–3,68
J	0,20	–0,42	–	1,29	1,39	–0,61	0,81	0,05	2,71
A	–0,28	0,15	1,29	–	1,43	–0,57	–0,71	–0,57	0,74
C	0,62	–0,14	1,39	1,43	–	–1,76	0,39	0,91	2,84
AP	–0,38	–1,14	–0,61	–0,57	–1,76	–	2,39	1,91	–0,16
N / P	1,20	–0,42	0,81	–0,71	0,39	2,39	–	2,05	5,71
P / A	0,96	–0,14	0,05	–0,57	0,91	1,91	2,05	–	5,17

Tableau 3.1

	S	J	C	N / P	P / A
S	–	0,20	0,62	1,20	0,96
J	0,20	–	1,39	0,81	0,05
C	0,62	1,39	–	0,39	0,91
N / P	1,20	0,81	0,39	–	2,05
P / A	0,96	0,05	0,91	2,05	–

Tableau 3.2

	J	A	C
J	–	1,29	1,39
A	1,29	–	1,43
C	1,39	1,43	–

Tableau 3.3

	AP	N / P	P / A
AP	–	2,39	1,91
N / P	2,39	–	2,05
P / A	1,91	2,05	–

Tableau XXIII (suite)   **Probabilités des configurations binaires**

Les Fourberies de Scapin

Tableau 1

	O	SI	SC	HY	A	G	L	Z	N	C
O	–	7	6	5	4	4	6	4	4	3
SI	7	–	8	7	10	7	3	6	6	2
SC	6	8	–	3	4	3	4	2	1	2
HY	5	7	3	–	5	5	3	5	5	2
A	4	10	4	5	–	8	3	4	6	2
G	4	7	3	5	8	–	4	5	6	2
L	6	3	4	3	3	4	–	3	3	3
Z	4	6	2	5	4	4	3	–	4	2
N	4	6	1	5	6	6	3	4	–	2
C	3	2	2	2	2	2	3	2	2	–

Tableau 2

	O	SI	SC	HY	A	G	L	Z	N	C	σi
O	–	0,47	0,62	2,31	–0,61	–0,61	3,31	1,31	1,7	1,85	10,35
SI	0,47	–	–1,15	2,43	2,16	–0,84	–1,57	1,43	2,08	0,04	5,50
SC	0,62	–1,15	–	–0,76	–2,46	–3,46	0,24	–1,76	–2,23	0,39	–10,57
HY	2,31	2,43	–0,76	–	1,77	1,77	1,12	3,12	3,39	1,20	16,35
A	–0,61	2,16	–2,46	1,77	–	2,47	–0,23	0,77	3,24	0,62	7,73
G	–0,61	–0,84	–3,46	1,77	2,47	–	0,77	1,77	3,24	0,62	5,73
L	3,31	–1,57	0,24	1,12	–0,23	0,77	–	1,12	1,39	2,20	8,35
Z	1,31	1,43	–1,76	3,12	0,77	1,77	1,12	–	2,39	1,20	11,35
N	1,70	2,08	–2,23	3,39	3,24	3,24	1,39	2,39	–	1,31	16,51
C	1,85	0,04	0,39	1,20	0,62	0,62	2,20	1,20	1,31	–	8,43

Tableau 3.1

	O	HY	L	Z	N	C
O	–	2,31	3,31	1,31	1,70	1,85
HY	2,31	–	1,12	3,12	3,39	1,20
L	3,31	1,12	–	1,12	1,39	2,20
Z	1,31	3,12	1,12	–	2,39	1,20
N	1,70	3,39	1,39	2,39	–	1,31
C	1,85	1,20	2,20	1,20	1,31	–

Tableau 3.2

	G	A	HY	Z	N	C
G	–	2,47	1,77	1,77	3,24	0,62
A	2,47	–	1,77	0,77	3,24	0,62
HY	1,77	1,77	–	3,12	3,39	1,20
Z	1,77	0,77	3,12	–	2,39	1,20
N	3,24	3,24	3,39	2,39	–	1,31
C	0,62	0,62	1,20	1,20	1,31	–

Tableau 3.3

	SC	O	L	C
SC	–	0,62	0,24	0,39
O	0,62	–	3,31	1,85
L	0,24	3,31	–	2,20
C	0,39	1,85	2,20	–

Tableau 3.4

	SI	HY	A	Z	N	C
SI	–	2,43	2,16	1,43	2,08	0,04
HY	2,43	–	1,77	3,12	3,39	1,20
A	2,16	1,77	–	0,77	3,24	0,62
Z	1,43	3,12	0,77	–	2,39	1,20
N	2,08	3,39	3,24	2,39	–	1,31
C	0,04	1,20	0,62	1,20	1,31	–

Tableau 3.5

	O	SI	HY	Z	N	C
O	–	0,47	2,31	1,31	1,7	1,85
SI	0,47	–	2,43	1,43	2,08	0,04
HY	2,31	2,43	–	3,12	3,39	1,20
Z	1,31	1,43	3,12	–	2,39	1,20
N	1,70	2,08	3,39	2,39	–	1,31
C	1,85	0,04	1,20	1,20	1,31	–

Tableau XXIII (suite)   **Probabilités des configurations binaires**

Tableau 3.6

	HY	G	L	Z	N	C
HY	–	1,77	1,12	3,12	3,39	1,20
G	1,77	–	0,77	1,77	3,24	0,62
L	1,12	0,77	–	1,12	1,39	3,20
Z	3,12	1,77	1,12	–	2,39	1,20
N	3,39	3,24	1,39	2,39	–	1,31
C	1,20	0,62	3,20	1,20	1,31	–

Le Malade imaginaire

Tableau 1

	A	T	AN	B	N	C	DI	L	BR	F	P
A	–	18	9	5	1	5	2	1	14	1	1
T	18	–	10	3	0	5	2	0	11	0	1
AN	9	10	–	2	0	4	2	0	2	0	0
B	5	3	2	–	1	0	1	0	1	0	0
N	1	0	0	1	–	0	0	0	0	0	0
C	5	5	4	0	0	–	1	0	1	0	0
DI	2	2	2	1	0	1	–	0	0	0	0
L	1	0	0	0	0	0	0	–	0	0	0
BR	14	11	2	1	0	1	0	0	–	1	1
F	1	0	0	0	0	0	0	0	1	–	0
P	1	1	0	0	0	0	0	0	1	0	–

Tableau 2

	A	T	AN	B	N	C	DI	L	BR	F	P	σi
A	–	-1,16	-0,58	0,65	0,13	-0,22	0,26	0,13	0,94	0,13	0,13	0,41
T	-1,16	–	2,20	-0,54	-0,70	0,75	0,59	-0,70	0,36	-0,70	0,30	0,40
AN	-0,58	2,20	–	0,23	-0,35	1,88	1,30	-0,35	-3,32	-0,35	-0,35	0,31
B	0,65	-0,54	0,23	–	0,84	-0,96	0,68	-0,16	-1,41	-0,16	-0,16	-0,99
N	0,13	-0,70	-0,35	0,84	–	-0,19	-0,06	-0,03	-0,48	-0,03	-0,03	-0,90
C	-0,22	0,75	1,88	-0,96	-0,19	–	+0,61	-0,19	-1,90	-0,19	-0,19	-0,60
DI	0,26	0,59	1,30	0,68	-0,06	+0,61	–	-0,06	-0,96	-0,06	-0,06	2,24
L	0,13	-0,70	-0,35	-0,16	-0,03	-0,19	-0,06	–	-0,48	-0,03	-0,03	-1,90
BR	0,94	0,36	-3,32	-1,41	-0,48	-1,90	-0,96	-0,48	–	0,52	0,52	-6,21
F	0,13	-0,70	-0,35	-0,16	-0,03	-0,19	-0,06	-0,03	0,52	–	-0,03	-0,90
P	0,13	0,30	-0,35	-0,16	-0,03	-0,19	-0,06	-0,03	0,52	-0,03	–	0,10

Tableau 3.1

	A	B	N
A	–	0,65	0,13
B	0,65	–	0,84
N	0,13	0,84	–

Tableau 3.2

	AN	B	DI
AN	–	0,23	1,30
B	0,23	–	0,68
DI	1,30	0,68	–

Tableau 3.3

	A	DI
A	–	0,26
DI	0,26	–

Tableau 3.4

	T	AN	C	DI
T	–	2,20	0,75	0,59
AN	2,20	–	1,88	1,30
C	0,75	1,88	–	0,61
DI	0,59	1,30	0,61	–

Tableau 3.5

	A	BR	F
A	–	0,94	0,13
BR	0,94	–	0,52
F	0,13	0,52	–

Tableau 3.6

	A	BR	P
A	–	0,94	0,13
BR	0,94	–	0,52
P	0,13	0,52	–

Tableau 3.7

	P	BR	T
P	–	0,52	0,30
BR	0,52	–	0,36
T	0,30	0,36	–

L'ACCENTUATION DE LA CONFRONTATION

Le poids accordé à chaque personnage dans le cadre des relations binaires est mesuré à l'aide du paramètre σ qui figure en marge des tableaux 2. Il rend compte « du degré auquel un personnage *xi* participe aux deux plans du conflit » (accentué et non accentué) qui « est la somme des coefficients λ lui correspondant[45] ». La hiérarchie issue de ce nouveau paramètre figure au tableau XXIV. Cette nouvelle hiérarchie n'est pas de même nature que les précédentes, au sens où elle ne décrit pas seulement les faits, mais désigne ce qu'on pourrait appeler, par une simplification littéraire, les « intentions de l'auteur » qui sont, plus exactement, les phénomènes accentués d'un système de relations. Cette hiérarchie désigne les personnages dont les relations aux autres sont majorées par rapport à leur probabilité. À la différence du paramètre η, individualité scénique, qui décrivait la sélectivité des rapports, le paramètre σ décrit la majoration de ces rapports. Mais loin d'être strictement complémentaire ou inverse du tableau XXIV, le tableau XXIII met en évidence une nouvelle donnée essentielle : la majoration de la confrontation scénique individuelle par rapport à la totalité des possibilités scéniques de l'œuvre.

Certains personnages apparaissent ainsi doublement accentués par la confrontation des deux hiérarchies. Leurs relations sont non seulement sélectives, mais encore majorées au regard de leur probabilité d'apparitions ; en termes simples, ils rencontrent peu de personnages à la fois, mais, dans l'ensemble, *plus* que le poids de leur présence scénique le supposerait. C'est donc un renforcement de la sélectivité et de l'intensité des relations. Ce cas concerne Le Barbouillé, Agnès, Sosie, Argan et, pour *Le Misanthrope*, trois personnages, Alceste, Célimène et Philinte. Ces personnages dominent donc la stratégie scénique.

De plus le tableau XXIV offre une lecture globale de la confrontation pour chaque pièce et permet de distinguer les œuvres où le conflit implique un maximum de personnages, des œuvres où il existe une répartition en deux groupes. C'est ainsi que, curieusement, *Le Misanthrope* et *Les Fourberies de Scapin* apparaissent, malgré leur différence de « genre », deux pièces de la combinatoire maximale, alors que *Le Malade imaginaire* manifeste son caractère de comédie-ballet en sacrifiant les confrontations au profit de l'apparition. Cette hiérarchie instaure donc une répartition en deux groupes, symptomatiques du poids respectif accordé à l'intrigue et au spectaculaire. Ainsi, les canevas privilégient-ils les déguisements ou les figures farcesques aux dépens des personnages à l'origine du conflit que sont les amants.

Tableau XXIV　　　**L'accentuation de la confrontation**

La Jalousie du Barbouillé		*Le Médecin volant*	
1. Gorgibus / Villebrequin Cathau	3,11	1. Lucile	1,64
		2. Sganarelle	0,15
3. Angélique	1,42	3. Gorgibus	0,14
4. Le Docteur	1,10	4. Sabine	−0,35
5. Le Barbouillé	0,42	5. Gros René	−1,17
6. Valère	−0,90	6. Avocat	−3,16
7. La Vallée	1,44	7. Valère	−4,61
Les Précieuses ridicules		*L'École des femmes*	
1. Jodelet	9,69	1. Georgette	6,77
2. Violons / Voisines	8,69	2. Enrique / Oronte	5,63
3. Mascarille	6,80	3. Alain	3,77
4. Marotte	6,62	4. Chrysalde	3,00
5. Cathos / Magdelon	4,57	5. Agnès	1,50
6. Almanzor	1,34	6. Arnolphe	0,38
7. La Grange / Du Croisy	−1,83	7. Horace	−0,50
8. Porteurs	−2,32	8. Notaire	−0,99
9. Gorgibus	−4,55		
Le Misanthrope		*Amphitryon*	
1. Éliante	8,00	1. Naucratès / Polidas	5,71
2. Acaste / Clitandre	4,00	2. Posiclès / Argatiphontidas	5,17
3. Philinte	3,50	3. Jupiter	2,71
4. Célimène	3,41	4. Cléanthis	2,84
5. Alceste	2,09	5. Sosie	0,75
6. Oronte	2,02	6. Alcmène	0,74
7. Garde	1,90	7. Amphitryon	−0,16
8. Basque	1,26	8. Mercure	−3,68
9. Du Bois	−0,10		
10. Arsinoé	−0,66		

Les Fourberies de Scapin		Le Malade imaginaire	
1. Nérine	16,51	1. Les Diafoirus	2,24
2. Hyacinthe	16,35	2. Argan	0,41
3. Zerbinette	11,35	3. Toinette	0,40
4. Octave	10,35	4. Angélique	0,31
5. Carle	8,43	5. Purgon	0,10
6. Léandre	8,35	6. Cléante	−0,60
7. Argante	7,73	7. Fleurant	−0,90
8. Géronte	5,73	8. Notaire	−0,90
9. Silvestre	5,05	9. Béline	−0,99
10. Scapin	−10,57	10. Louison	−1,90
		11. Béralde	−6,21

La hiérarchie des *Précieuses ridicules* reflète nettement le clivage entre les personnages liés à l'histoire (groupe −) et ceux liés au thème (groupe +), ce dernier étant dominé par Jodelet, donc par le spectaculaire. Cette mise en groupe des *Précieuses ridicules* est parfaitement conforme avec le dessein satirique de l'œuvre. Elle renforce la légitimité d'un choix qui fait figurer dans les dernières scènes tous les personnages afin de reproduire la structure des canevas dont la scène finale se fait par regroupement des personnages, procédé qui sera repris dans les *Fourberies de Scapin*. De plus, cette foule finale renforce le caractère spectaculaire de la fête improvisée qui débute par l'arrivée des Violons et constitue une sorte d'intermède que Molière reprendra par la suite (dans *Le Bourgeois gentilhomme* ou *Le Malade imaginaire*) et dont la caractéristique essentielle est le grand nombre de ses participants.

En ce qui concerne *L'École des femmes*, il apparaît que ce qui est susceptible de compenser une fiction répétitive — dont Arnolphe et Horace sont les principaux moteurs — c'est le poids des personnages comiques ou conventionnels, tels les valets irrévérencieux et le couple Enrique / Oronte. Jouvet l'avait bien senti qui donnait à l'apparition d'Enrique un caractère exotique (il était accompagné d'Indiens de mascarade) : ce final parodique rendait du même coup à la pièce, suivant les mots des critiques, une « légèreté », qui est aussi le signe de l'équilibre du ton.

La hiérarchie du *Misanthrope* semble assez particulière au sens où la presque totalité des personnages ont des rapports accentués. Une telle structure confirme que la conception de la pièce relève plus d'une analyse de groupe que de l'analyse d'un caractère. La figure centrale que constitue Alceste ne saurait donc trouver sa signification qu'à l'intérieur du milieu constitué essentiellement par Éliante-Philinte-Acaste / Clitandre et Célimène. C'est donc sur le statut de ce groupe qu'il convient de faire porter la réflexion avant que de définir la conception d'Alceste. Maurice Descotes remarque ainsi qu'une des difficultés du rôle d'Alceste repose sur le fait que « C'est pour le lecteur qu'Alceste se définit seulement par rapport à lui-même [...] Le ton d'Alceste ne peut ainsi se définir vraiment que par rapport à l'ensemble de la distribution[46]. » La hiérarchie souligne également la majoration très prononcée du rôle d'Éliante et confirme l'omniprésence de ce personnage faussement discret.

Dans la hiérarchie d'*Amphitryon*, c'est encore la fiction qui est peu accentuée au profit des deux données spectaculaires que sont les doubles apparents, les capitaines, et le double dissimulé, Jupiter, mari / amant. Le prologue compense la médiocrité du poids scénique de Mercure ; il ne peut compenser l'accentuation de ses confrontations. Mercure y rencontre la Nuit qui n'a aucune autre apparition donc aucune autre confrontation. L'indice σ, dans ce contexte, reste fort faible.

Les Fourberies de Scapin présente une hiérarchie dont on pourrait dire a priori qu'elle n'est que la confirmation des analyses précédentes. Elle évalue l'économie du personnage de Scapin qui est absolue et la plus manifeste de tout le corpus. On peut formuler ici une hypothèse en relation avec l'histoire de la production moliéresque. Cette comédie est la synthèse de la farce tabarinique, de la comédie latine et de la commedia. C'est cet alliage qui la fit refuser des doctes : en particulier de Boileau. Mais c'est cette origine qui explique peut-être le déséquilibre entre une intrigue très serrée (9 personnages sur 10 constituent le groupe accentué) et l'isolement du personnage organisateur de la fiction. Réduit *au numéro d'acteur*, mis en vedette pour mieux assurer la force spectaculaire de ses apparitions, Scapin est limité sur le plan de la confrontation afin de ne pas être impliqué dans le réseau des personnages.

Molière voulait bien renouer avec le répertoire de ses débuts, mais en vedette : d'où à chaque confrontation une variation du style de jeu et non du déroulement narratif (« la galère... » « le sac... ») Par contre, la grande place accordée aux femmes dans cette hiérarchie, majoration sans rapport avec le poids textuel, donne un éclairage singulier à l'intrigue. Serait-il possible que Hyacinthe et Zerbinette, loin d'être les innocentes victimes d'un destin contraire, soient bien plutôt d'habiles intrigantes qui ont vu dans Octave et Léandre des proies auxquelles il était facile de faire croire au rôle de « sauveur ». Il suffit de relire les récits des rencontres sous cet éclairage pour y trouver plus que des indices de cette interprétation. La « fourberie » de Scapin s'en trouverait d'autant renforcée puisqu'il aiderait à l'imposture des mariages. Par ailleurs, la justification de la reconnaissance ne saurait faire oublier que Zerbinette est identifiée in extremis, que c'est elle qui se moque de Géronte et que c'est elle encore qui a « organisé » la rencontre Octave-Hyacinthe. Synthétisée dans la figure de Nérine, *Les Fourberies de Scapin* apparaîtrait bien alors comme la consécration de la farce et de la commedia dell'arte.

Quant au *Malade imaginaire*, il apparaît que c'est le médecin qui l'emporte sur l'amour, autrement dit que, là encore, la critique doit être accentuée aux dépens de l'intrigue. La place élevée qu'occupe Argan souligne qu'il est au centre de toute la pièce, donc au centre de la critique. Son rôle se doit d'être comique jusqu'à la caricature même si celle-ci apparaît quelquefois grinçante aux moments où le personnage est confronté à son rôle de père ou à la comédie de la mort, par exemple. La place du Notaire et de Louison dans la hiérarchie η, l'individualité scénique, prouve que leur confrontation à Argan est hautement significative.

L'accentuation des confrontations pour chaque personnage montre qu'il existe une pondération de l'intrigue par le spectaculaire, pondération significative aussi bien de la tonalité générale de l'œuvre que du statut privilégié de certains personnages.

LA STRATÉGIE DU GROUPE

Les autres informations apportées par les tableaux XXIII pourraient être envisagées individuellement, mais seuls les groupes les plus pertinents dans leur confrontation respectives le seront. En effet, si chacun des tableaux 2 permet de peser le poids des confrontations suivant le degré d'accentuation, les tableaux 3 permettent d'avoir une vision plus globale des ensembles accentués, donc de définir les ensembles qui s'opposent les uns aux autres.

Ainsi *La Jalousie du Barbouillé*, qui présente deux tableaux, a une structure conflictuelle particulière dans la mesure où trois personnages appartiennent aux deux ensembles : Cathau, Gorgibus, Villebrequin. Cette répartition des groupes s'éclaire si l'on se reporte à l'intrigue dont la simplicité, le caractère rudimentaire en font un bon exemple préalable à des analyses ultérieures. L'opposition entre Angélique et le Barbouillé ne peut trouver de solution ; autrement dit, le Barbouillé ne peut prouver que sa femme le trompe, à cause de l'incapacité des témoins qui jouent « sur deux tableaux ». De même le fait que Sabine et Sganarelle appartiennent à deux ensembles composés de Gorgibus et de Lucile, les éléments conventionnels de l'intrigue du mariage (père / fille), met en évidence leur analogie fonctionnelle à savoir leur complicité dans l'exécution de la ruse du faux médecin. En effet, c'est Sabine qui a l'idée de ce subterfuge :

SABINE

Je songe une chose : si vous faisiez habiller votre valet en médecin ? Il n'y a rien de si facile à duper que le bonhomme.

Le Médecin volant, scène 1.

Ces constatations qui prouvent que la structure scénique reflète pour une grande part les données textuelles permettent de rechercher aussi pour les pièces plus complexes l'éclaircissement de certains rapports entre les personnages à partir des tableaux 3, en fonction de :

1.   l'appartenance simultanée à deux ou plusieurs ensembles dont le personnage est alors l'intersection ;
2.   l'appartenance à un seul ensemble.

Dans les résultats des *Précieuses ridicules*, seuls deux personnages répondent au cas 2 : La Grange et Du Croisy. Cette exclusion des agents de l'intrigue, confirmée par celle du personnage de Gorgibus qui n'entretient de relations accentuées qu'avec les agents du dénouement, Violons et Voisines, souligne la prédominance de la thématique sur le fictif. La volonté satirique de l'auteur apparaît dans le fait que les valets relèvent tous du cas 1. La préciosité, le genre des « salons », s'apparente ici aux galanteries des cuisines. On comprend alors la surenchère spectaculaire qui multiplie les figures de domestiques : Marotte est doublée par Almanzor comme Mascarille l'est par Jodelet (tableau 3.3). Ce redoublement évite toutefois la redondance — Marotte n'a pas aboli son identité alors qu'Almanzor, personnage quasi muet, a été totalement converti et intégré au maniérisme de ses maîtresses. Une distinction semblable existe entre Mascarille et Jodelet ; le premier est maître dans la pratique du « bel esprit[47] », le second demeure un outil de la vengeance de ses maîtres (tableau 3.1). Cette hypothèse de lecture des tableaux semble, par ailleurs, en accord avec la différence qui existe entre les scènes 10 et 11, c'est-à-dire avant l'arrivée de Jodelet et après. Le discours devient beaucoup plus transparent au regard de la supercherie et le pastiche beaucoup moins crédible.

L'École des femmes présente six tableaux qui dessinent le jeu des tensions de la pièce. Le phénomène le plus remarquable est celui de l'appartenance d'Enrique et Oronte à quatre ensembles alors qu'Arnolphe ne figure que dans deux. Cette caractéristique souligne, d'un point de vue dramaturgique, l'aspect « forcé » du dénouement que l'auteur compense par une accentuation des confrontations à la fin de l'acte V.

Le Misanthrope présente jusqu'à 11 tableaux possibles. Reflets de l'importance du groupe dans la pièce, ces tableaux obligent à une classification particulière dans la mesure où tous les personnages relèvent du cas 1, à savoir la pluralité de l'appartenance. Seule exception : Du Bois (tableau 3.11). Mais la configuration 5 est, en fait, la configuration de la scène 4 de l'acte IV, seule apparition du personnage. Le tableau 3.11 ne saurait révéler un phénomène d'accentuation globale. Il en va de même des tableaux où figure Le Garde, personnage qui n'a, lui aussi, qu'une seule apparition à la scène 6 de l'acte II. Les quatre tableaux duo à présence unique permettent non pas d'évaluer les relations qu'ils manifestent, mais plutôt les exclusions qui causent leur multiplication et empêchent qu'à une seule scène corresponde un seul tableau. Ces quatre ensembles soulignent la faiblesse des rapports entre Alceste et les marquis, entre Célimène et Philinte. De même les deux tableaux impliquant Basque permettent à la fois de confirmer la faiblesse du rapport Alceste-Acaste / Clitandre et de faire apparaître celle du rapport Philinte-Basque. Les quatre derniers tableaux qui ont une portée plus générale mettent en évidence une dernière exclusion Alceste-Arsinoé tout en reprenant celle du rapport Alceste-Acaste / Clitandre. Ces regroupements sont donc, en un premier temps, symptomatiques des antagonismes fondamentaux entre les personnages. En un deuxième temps, ils font apparaître la concurrence et la liaison de Célimène et d'Éliante, présentes respectivement dans huit et dix tableaux sur onze, présentes simultanément dans sept tableaux. Célimène et Éliante forment le couple stratégique de l'œuvre, couple qu'Éliante domine. Or, celle-ci n'a, discursivement, aucune implication dans le conflit apparent. Une analyse du discours d'Éliante prouverait, par ailleurs, qu'elle s'exprime soit par citations, soit par maximes ; sa réponse à la proposition de mariage d'Alceste est, à ce titre, exemplaire :

> Une coupable aimée est bientôt innocente;   1266
> Tout le mal qu'on lui veut se dissipe aisément,
> Et l'on sait ce que c'est qu'un courroux d'un amant.
> *Le Misanthrope*, acte IV, scène 2.

L'impersonnalité discursive d'Éliante ne saurait dissimuler que, fictivement, elle est, avec Célimène, maîtresse du lieu et que, fonctionnellement, elle est la figure centrale du dénouement. La faible implication de Philinte (3 tableaux sur 11) sanctionne le rôle mineur qu'il joue dans le couple du mariage in extremis, convention de la comédie plus que logique du déroulement. Les ensembles de configurations accentuées sont donc, dans *Le Misanthrope*, les révélateurs des enjeux implicites.

Les regroupements d'*Amphitryon* dessinent une géométrie, elle aussi, fort révélatrice du double enjeu de la pièce. L'enjeu scénique de la duplication s'articule autour des deux couples de capitaines présents dans deux tableaux sur trois et de Cléanthis qui relève elle aussi du cas 1 (tableaux 3.1 et 3.2). Cléanthis, le « rajout » de Molière, est avant tout une nécessité de la symétrie. Comme sont parallèles les tableaux 3.1 et 3.3 qui reflètent le pari scénique : un acteur pour deux personnages confrontés à deux fois deux personnages. L'enjeu idéologique de la duplicité royale est inscrit dans la triple présence de Jupiter, « personnage principal » de ces regroupements au niveau de l'intrigue 3.2 mais aussi du spectacle : le tableau 3.1 n'est-il pas le groupement des auxiliaires de la reconnaissance d'Amphitryon ? Que Jupiter ait la mainmise sur les serviteurs et les amis du Capitaine souligne sa toute puissante ubiquité.

En ce qui concerne *Les Fourberies de Scapin*, la division en tableaux reflète nettement les groupes qui s'organisent autour du conflit;

tableau 3.1 : les jeunes gens et leurs auxiliaires,
tableau 3.2 : les vieillards et leurs adversaires,
tableau 3.3 : les agents de Scapin.

Les tableaux 3.4, 3.5 et 3.6, dans leur variation (Argante excluant Octave et Léandre), permettent de rendre compte du rôle essentiel des jeunes femmes et de leurs complices (cas 1) ainsi que du rôle d'entremetteur de Silvestre (cas 2). Autrement dit Silvestre sert plus Hyacinthe, Argante, Zerbinette, Octave, etc., que Scapin. Il n'est donc pas le complice de Scapin mais sert de jonction entre les différents groupes. Ceci implique que les rôles des deux valets doivent être nettement distingués dans leur fonction respective. Silvestre est encore un valet, là où Scapin a une autorité qui n'est plus celle d'un serviteur. La prédésignation de l'un confirme l'écart représenté par l'autre.

Enfin, les tableaux du *Malade imaginaire* mettent en valeur autant Argan et Toinette que les deux personnages secondaires que sont Béline et Angélique. On remarque, par ailleurs, que les regroupements sont majoritairement des trios, ce qui confirme que l'intrigue de la pièce est sacrifiée au profit du thème et du spectacle que constituent les intermèdes. Néanmoins, l'accent est mis sur les relations « familiales », ce qui permet d'affirmer que *Le Malade imaginaire* est aussi une pièce intimiste qui joue non seulement sur la critique des médecins, mais aussi sur l'exploitation de la maladie du père par le reste de la famille, et tout particulièrement par la marâtre qu'est Béline. Cette conception pessimiste de la famille, annoncée par *L'Avare*, a été mise clairement en évidence par la mise en scène que J.-P. Roussillon a donnée de cette pièce. Loin d'assimiler le *Malade imaginaire* à un drame bourgeois, cette lecture permet de contrebalancer le comique du rôle d'Argan et, par là même, d'expliciter le problème de la crédibilité de son mal. Peu importe, en effet, qu'Argan soit ou ne soit pas malade. Le jeu des confrontations montre que cette maladie n'est qu'un prétexte soit à la satire d'une incapacité (celle des médecins) (tableaux 3.3 et 3.11), soit, et en même temps, à l'exploitation (tableau 3.5), aux avanies (tableau 3.4), qu'en fait ou qu'en subit l'entourage. Le personnage charnière de cette bipolarisation, c'est bien Toinette à la jonction des tableaux 3.8 et 3.11, alors que Béralde n'est majoritairement confronté qu'aux médecins (tableaux 3.3 et 3.11), ce qui confirme le rôle qu'on avait pu lui attribuer préalablement où il apparaissait plus organisateur du spectacle parodique qu'« adjuvant » des amoureux.

Ces groupes sont bien les molécules constitutives de l'œuvre, réunissant les personnages dans un rapport complémentaire : seules des relations mutuellement accentuées permettent de les constituer. Échappant à ces ensembles, quelques personnages n'entretiennent une relation privilégiée qu'avec un seul protagoniste. C'est le cas successivement de :

Valère dans *La Jalousie du Barbouillé* avec Cathau, puis avec La Vallée

	V	C			V	LV
V	–	1,08		V	–	0,77
C	1,08	–		LV	0,77	–

L'Avocat, Gros René, Valère dans *Le Médecin volant* avec respectivement Gorgibus et Lucile :

	A	G			GR	G			V	L
A	–	0,13		GR	–	0,75		V	–	0,25
G	0,13	–		G	0,75	–		L	0,25	–

Gorgibus dans *Les Précieuses ridicules* avec les Violons et les Voisins :

	G	V / V
G	–	0,24
V / V	0,24	–

Louison avec Argan dans *Le Malade imaginaire* :

	L	A
L	–	0,13
A	0,13	–

Mercure dans *Amphitryon* avec Alcmène :

	M	A
M	–	0,15
A	0,15	–

Ces couples ne sont pas tous pertinents. Le poids scénique de La Vallée, absent des distributions des personnages, interdit qu'on attache au couple qu'il forme avec son maître un intérêt autre que le signe d'une prédésignation. Par contre, le couple Argan-Louison, même s'il est aussi l'effet d'une prédésignation familiale, s'inscrit dans le contexte des autres groupes accentués qui recoupent les liens de parenté organisés autour d'Argan et de Béline (tableaux 3.5, 3.4).

Plus pertinents, parce que les personnages qui les constituent n'ont pas qu'une seule apparition, les couples du *Médecin volant* soulignent des tentatives de resserrement de l'intrigue. Le couple Gorgibus avec les Violons et les Voisines renvoie au poids social, au témoignage de « l'entourage ». Quant au couple Mercure-Alcmène, il unit deux personnages fort extérieurs à une intrigue qu'ils refusent conjointement : Alcmène ignore l'adultère, Mercure le refuse. Ces couples soulignent une certaine « parenté » des personnages qu'ils regroupent d'autant plus significative que leurs occurrences sont très rares dans le corpus et s'effacent au cours de son évolution.

Ce premier examen de la stratégie de groupe révèle que l'accentuation des confrontations est spécifique à chaque œuvre et qu'elle en constitue l'armature. Les groupes qu'elle désigne sont les lignes de force des tensions conflictuelles de l'intrigue et des enjeux de l'action. Reste à en trouver une figuration pratique et explicite qui permette d'utiliser l'accentuation de la confrontation scénique comme un outil descriptif et analytique.

GRAPHE, NOYAU, MOLÉCULE

Solomon Marcus propose une figuration inspirée de la théorie des graphes[48]. Ce recours à une schématisation orientée renvoie à une même nécessité analytique qui va de Souriau à Pavis, de Polti à Ginestier et qui recherche une concrétisation de la géométrie scénique dans sa globalité.

L'application du graphe aux œuvres du corpus, pour révélatrice qu'elle soit, reste, pour une grande part, subordonnée au choix. Ainsi que le souligne Marcus, la plupart des pièces comportent « une dizaine ou une vingtaine de noyaux ». « Le choix d'un noyau correspond à une focalisation de la mise en scène sur une organisation déterminée de l'action, dont le déroulement repose sur les personnages du noyau envisagé[49]. »

Chacune des pièces du corpus présente un ou plusieurs noyaux constitués d'un seul personnage, phénomène qui confirme le resserrement de la structure moliéresque. Seule exception à la règle, le premier canevas qui comporte obligatoirement un noyau à deux personnages qui inclut La Vallée, personnage dont la présence scénique demeure fort imprécise. *La Jalousie du Barbouillé* mise à part, on obtient les noyaux suivants :

Le Médecin volant (Sganarelle), (Gorgibus)
L'École des femmes (Arnolphe), (Alain), (Georgette)
Le Misanthrope (Alceste), (Célimène)
Amphitryon (Cléanthis), (Amphitryon), (Jupiter), (Mercure), (Sosie)
Les Fourberies de Scapin (tous les personnages de la pièce)
Le Malade imaginaire (Argan)

Cette mise à jour peut être modulée en fonction de la répartition en actes.

L'École des femmes
      acte I   (Arnolphe)
      acte II   (Arnolphe)
      acte III   (Arnolphe)
      acte IV   (Arnolphe) *
      acte V   (tous les personnages présents)

Le Misanthrope
      acte I   (tous les personnages présents)
      acte II   (tous les personnages à l'exclusion de Basque et du Garde)
      acte III   (Célimène)
      acte IV   (Alceste)
      acte V   (tous les personnages)

Amphitryon
      acte I   (Mercure)
      acte II   (Sosie), (Alcmène), (Cléanthis)
      acte III   (tous les personnages à l'exclusion de Mercure et de Jupiter)

---

* Le cas de l'acte IV est particulièrement intéressant. Dans la seule scène qu'y partagent Horace et Arnolphe, ce dernier *se tait* (scène 6). Il est donc peu « présent », se rattrapant par une scène de monologue (scène 7). Si on tient compte de cet « affaiblissement » scénique, Horace devient à lui-même un noyau « excentrique » et concurrent...

Les Fourberies de Scapin
    acte I   (Silvestre) ou (Scapin)
    acte II   (Scapin)
    acte III   (tous les personnages)

Le Malade imaginaire
    acte I   (Argan), (Béline)
    acte II   (Argan)
    acte III   (Béralde) ou (Argan)

Même complétée par une perspective syntagmatique, cette figuration est extrêmement pauvre. Elle révèle ou confirme plutôt un seul fait : les configurations scéniques sont généralement resserrées dans le théâtre moliéresque et sans doute dans le théâtre classique en général, organisé qu'il est autour de cette notion d'unité dont le noyau à un personnage est le signe. Molière donne ainsi aux actes médians une focalisation limitée à un seul personnage, qui devient par là, la figure convergente de l'intrigue et de l'action. En effet, ces actes sont généralement organisés autour de la péripétie qui est, suivant la définition de Jacques Schérer : « Un événement imprévu [...] qui modifie non pas seulement la situation matérielle des héros, mais leur situation psychologique[50]. »

C'est donc bien dans le jeu des rapports présentés par les actes médians que se constitue la figure du personnage central de l'action. Il convient de remarquer que la seule exception à cette tendance est le personnage d'Arnolphe qui se définit comme noyau dès l'acte I.

Quant aux noyaux à plusieurs personnages, dans les regroupements de personnages scéniquement alternatifs qu'ils supposent, ils dessinent la pluralité des enjeux fictifs. Là encore, il convient d'exclure le cas de *La Jalousie du Barbouillé*. Si La Vallée appartient à la totalité des noyaux doubles, c'est en raison de son unique apparition couplée à celle de Valère.

Le Médecin volant présente trois noyaux triples (Avocat-Lucile-Gros René), (Avocat-Sabine-Gros René) et (Avocat-Valère-Gros René). La présence de Gros René et de l'Avocat à ces trois noyaux met en évidence le pouvoir « médiateur » de ces personnages par rapport à l'intrigue du déguisement de Sganarelle que, seuls, ils peuvent mettre en péril.

La même constatation s'impose à la constitution des noyaux des *Précieuses* qui regroupent respectivement : (Almanzor-Les Porteurs-La Grange / Du Croisy), (Les Porteurs-Violons et Voisines), (Almanzor-Les Porteurs-Gorgibus).

Tous ces personnages, à l'exception d'Almanzor qui relève du même cas que La Vallée, sont au cœur de l'enjeu de l'intrigue qui, là encore, repose sur une mascarade.

Quant aux pièces constituées en actes, elles présentent respectivement les noyaux suivants :

L'École des femmes
Pour l'ensemble

$$\text{le Notaire} + \text{ou} \begin{cases} \text{Agnès} \\ \text{Enrique / Oronte} \\ \text{Chrysalde} \\ \text{Horace} \end{cases}$$

soit quatre noyaux doubles dont le Notaire est la figure récurrente.

acte I	$\text{Chrysalde} + \text{ou} \begin{cases} \text{Agnès} \\ \text{Alain} \\ \text{Georgette} \end{cases}$
acte II	Aucune noyay pluriel
acte III	$\text{Horace} + \text{ou} \begin{cases} \text{Agnès} \\ \text{Alain} \\ \text{Georgette} \end{cases}$
acte IV	(Notaire-Horace)
acte V	Aucun noyau pluriel

Cette présentation du déroulement met en évidence les concurrences auxquelles doit faire face Arnolphe, tout-puissant jusqu'à l'acte III, puis opposé à Horace présent dans tous les noyaux de l'acte III et IV.

Le Misanthrope
Noyaux d'ensemble

$$\begin{cases} \text{Dubois} \\ \text{Le Garde} \\ \text{Basque} \\ \text{Oronte} \end{cases} + \text{chacun des autres personnages}$$

ou

$$\begin{cases} \text{Du Bois} \\ \text{Le Garde} \\ \text{Basque} \\ \text{Arsinoé} \end{cases} + \text{chacun des personnages}$$

Ces noyaux sont remarquables en ce qu'ils soulignent les agents de l'extérieur et / ou ses messagers; médiateurs de l'intrigue au premier chef, les deux personnages importants qui y figurent (Oronte et Arsinoé) sont aussi les agents du scandale et de la rivalité amoureuse, les agents de l'extérieur et de l'intérieur...

acte I	Aucun noyau pluriel puisque chaque personnage est un noyau unique.
acte II	(Basque – Le Garde)
acte III	(Basque – Arsinoé) (Acaste / Clitandre – Arsinoé) (Alceste – Basque) (Alceste – Acaste / Clitandre)
acte IV	(Du Bois – Eliante / Philinte*)
acte V	Aucun (même cas que l'acte I)

* Personnage concomitant dans l'acte.

La complexité des configurations apparaît nettement ici, de même que la concurrence entre Alceste et tous les autres personnages, particulièrement le couple Eliante-Philinte à l'acte IV.

Amphitryon	
Deux noyaux d'ensemble	(Alcmène – l'un ou l'autre des couples de Capitaines thébains)
acte I	(Sosie – Cléanthis)
acte II	(Amphitryon – Jupiter)
acte III	(Mercure – Jupiter)

Ces noyaux, là encore, sont symptomatiques de l'enjeu fictif par la présence d'Alcmène et celle du couple Sosie-Cléanthis, de l'enjeu spectaculaire (les couples de capitaines, les couples Amphitryon-Jupiter ou Jupiter-Mercure), de l'enjeu idéologique enfin par la double présence de Jupiter dont on peut dire que, scéniquement, elle est triple... Amphitryon n'est-il pas « pareil » à Jupiter?

Les Fourberies de Scapin
Pas de noyaux d'ensemble pluriel

acte I	(Argante – Octave)
acte II	(Argante – Octave) (Géronte – Octave) (Silvestre – Géronte – Octave) Carle + ou { Gérante / Argante / Silvestre }
acte III	Pas de noyau pluriel

Ces noyaux sont révélateurs du rôle essentiel d'Octave à l'intérieur de la fiction qui n'apparaît pas manifeste à la lecture de la pièce. C'est qu'il est le médiateur de la fiction. C'est à lui que revient, sinon l'initiative, du moins le *récit* de la rencontre avec les jeunes filles (acte I, scène 1); c'est à lui que revient, sinon d'être le maître de Scapin, du moins l'instigateur de son implication dans la conspiration. Il est donc au centre névralgique de la double intrigue dont il réalise la synthèse. Une scène figure bien cette médiation, la scène 3 de l'acte II au cours de laquelle Octave *intercède* auprès de Léandre pour éviter à Scapin une injuste punition. Après cette scène, les deux rôles seront construits sur une parfaite symétrie qui va jusqu'aux reprises discursives.

Le Malade imaginaire
Quatre noyaux d'ensemble

	(Les Diafoirus, Purgon, Fleurant, Louison) (Béline, Louison, Fleurant, Argan) (Notaire, Les Diafoirus, Béralde, Louison) (Les Diafoirus, Béralde, Louison, Notaire)
acte I	(Notaire – Angélique) (Notaire – Toinette)
acte II	(Béline – Cléante) (Les Diafoirus) (Louison – Béralde) (Béralde – Louison)
acte III	(Fleurant – Purgon) (Fleurant – Toinette)

La progression d'acte en acte des représentants de la médecine confirme la logique du divertissement final. Le double enjeu de l'œuvre apparaît, ici encore, dans le partage qui s'effectue à l'intérieur des noyaux entre famille et médecine selon une répartition qui ignore à peu près tout de la convention du mariage. Molière, dans cette dernière œuvre, semble s'être libéré presque complètement des conventions fictives qui organisaient le déroulement et la vraisemblance des premières œuvres.

La constitution des graphes permet donc essentiellement de confirmer les biens de la vraisemblance fictive, les tensions de l'intrigue. Assez curieusement, cette figuration favorise les extrêmes : personnages excentriques ou omniprésents. Elle n'offre, en aucun cas, une vision globale des relations en raison de son mode de constitution qui privilégie les relations strictement binaires, d'une part, et, d'autre part, les rend autonomes les unes par rapport aux autres. Le graphe devrait être entendu au sens strict dans une implication mutuelle de *tous* ses sommets, afin d'effectuer une sélection parmi les noyaux. Mais cette sélection relèverait elle-même d'un arbitraire extérieur à l'œuvre qui ne rendrait pas compte du poids des relations, mais du poids des médiations.

Pour pallier cette limite, il suffit de ne considérer que les confrontations essentielles au déroulement ou au fonctionnement de chaque pièce dans sa spécialité, en utilisant une formulation dynamique inspirée de la schématisation des molécules. Si chaque personnage équivaut à un atome, la répartition des configurations scéniques accentuées, présentée par les schémas de pages suivants, constitue les chaînes d'associations constitutives de la molécule générale de la pièce.

La représentation de chaque molécule suppose donc qu'on ait mis à jour les groupes dont la confrontation est accentuée, puis qu'on en organise la répartition autour de la chaîne ou des chaînes les plus opérationnelles dans l'œuvre. Ainsi, dans *L'École des femmes*, six chaînes sont présentes :

$$\left\{ \begin{array}{l} AL - N - G \\ G - C - E / O \\ G - AG - E / O \\ AG - AL - G \\ AG - E / O - A \\ A - H - E / O - C \end{array} \right.$$

Il apparaît que la chaîne centrale, celle qui organise la répartition des autres réunions « d'atomes-personnages », c'est la chaîne : A – E / O – AG. On peut le vérifier aisément en figurant les groupes qui les constituent comme des ensembles. Leur intersection est le groupe (A – E / O–AG).

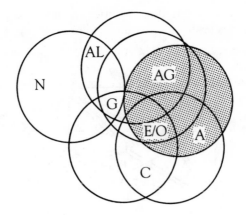

Ce groupe est celui de la rupture entre Agnès et Arnolphe puisque c'est par l'intermédiaire d'Enrique et d'Oronte que leur véritable identité leur sont restituées. C'est aussi la figure du dénouement, puisque Enrique et Oronte n'apparaissent que dans les dernières scènes de l'acte V. Autour de cet axe les autres chaînes se répartissent selon un schéma fort lisible.

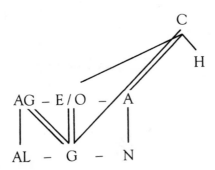

La constitution de cette molécule traduit l'ambiguïté des personnages d'Agnès et d'Arnolphe qui jouent sur deux tableaux et prouve, s'il en était encore besoin, que la relation amoureuse n'est pas autre chose que l'enjeu conventionnel de la comédie, le véritable clivage s'organisant en dehors des confrontations entre Agnès et Horace.

Selon les mêmes méthodes, on obtient pour les quatre autres pièces majeures du corpus les figurations moléculaires suivantes :

Le Misanthrope

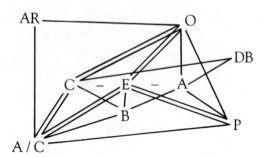

Amphitryon

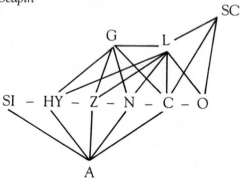

Les Fourberies de Scapin

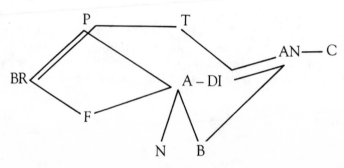

Le Malade imaginaire

Chaque molécule est spécifique et significative des équilibres ou déséquilibres scéniques privilégiés par Molière.

La molécule du *Misanthrope*, qui fait l'économie du personnage du Garde pour plus de lisibilité, est construite sur la concurrence d'Éliante et de Célimène. La cohabitation implicitement conflictuelle qui caractérise leur relation apparaît non seulement dans la thématique amoureuse (A–C–E), mais aussi dans la thématique du salon. Éliante est la seule à rivaliser avec Célimène pendant la scène des portraits, la première à juger Célimène et à l'abandonner à ses mensonges, et ce bien avant les dernières scènes du dénouement :

ÉLIANTE

N'allez point là-dessus me consulter ici : 1660
Peut être y pourriez-vous être mal adressée,
Et je suis pour les gens qui disent leur pensée[51].

Le Misanthrope, acte V, scène 3.

La disposition des autres personnages autour de l'axe C–E–A reproduit la constellation sociale qui organise l'intrigue aux dépens parfois de la logique narrative.

En ce qui concerne *Amphitryon*, la figuration moléculaire confirme non seulement la duplicité de son enjeu précédemment évoqué, mais aussi l'extrême simplicité et linéarité de la confrontation qui est le versant obligé du pari technique de la duplication scénique.

Plus que les graphes, les molécules des *Fourberies de Scapin* et du *Malade imaginaire* montrent les noyaux de ces deux œuvres. Le noyau HY–Z–N–C de la première souligne une construction de comédie d'intrigue où les objets — au sens greimassien du terme–, redoublés d'adjuvants sont, plus que les sujets, les repères du déroulement. Le contrepoids spectaculaire, assuré par Scapin, reste excentrique et faiblement rattaché à l'ensemble.

Quant au schéma du *Malade imaginaire*, il désigne Béralde comme l'instigateur d'un jeu qui concilie la double intrigue de la comédie (mariage et mégère) avec la satire de la médecine.

Ces molécules sont donc des outils de lecture et de repérage des équilibres scéniques de l'œuvre. Propres à chaque œuvre, bien qu'issues d'un même type de calcul, elles accueillent tous les personnages dans leurs rapports respectifs et constituent une figuration synthétique et spécifique de la composition des pièces en soulignant leurs enjeux.

4

SYNTHÈSE ET PROPOSITION :
LE PERSONNACTE,
SIGNE DU PERSONNAGE

Les informations fournies par les matrices binaires permettent donc d'obtenir une vision synthétique de chaque pièce. Cette description globale n'interdit pas une présentation individuelle de chaque personnage en fonction de ses modalités scéniques pour l'ensemble de l'œuvre concernée. On obtient alors une identité scénique tout à la fois spécifique à un personnage et fonction des rapports qu'il entretient avec l'ensemble. Ce statut particulier qui relève ni de la convention — de la catégorie du rôle — ni de la narrativité, mais qui influe cependant sur l'une et l'autre de ces données, ce statut scénique donc, on le désigne ici du terme spécifique « personnacte ». Composé de personnage et d'acteur, il renvoie au paradoxe du personnage théâtral fictif mais incarné, imaginaire mais présent. Le personnacte s'écrit selon une formule qui regroupe les cinq paramètres descriptifs des modalités scéniques en les relativisant par rapport à l'ensemble des données. Chaque personnage est affecté d'un signe positif ou négatif selon qu'il présente, pour chaque modalité, un paramètre supérieur ou inférieur (ou égal) à la moyenne de tous les paramètres de la même catégorie. Cette formule devient alors très immédiatement lisible et susceptible d'être évaluée en elle-même et par rapport aux autres.

Chaque personnage du corpus est ainsi décrit à l'intérieur de l'œuvre auquel il appartient dans les différents tableaux XXV selon deux regroupements. Le poids scénique absolu est présenté dans les deux premières colonnes : α' densité, M répartition, rythme de la présence ; le poids scénique relatif dans les trois colonnes suivantes : γ densité, η sélectivité puis σ accentuation de la confrontation scénique. La hiérarchie adoptée est celle du critère le plus simple, celui du poids scénique.

Tableau XXV   **Les personnactes**

Paramètres / Personnages	Poids scénique absolu		Poids scénique relatif		
	α'	M	γ	η	σ
L'École des femmes					
Arnolphe	+	–	+	+	–
Alain	+	+	+	–	+
Georgette	+	+	+	–	+
Agnès	–	+	–	–	–
Horace	–	+	–	+	–
Chrysalde	–	–	–	–	+
Enrique / Oronte	–	–	–	–	+
Notaire	–	–	–	+	–
Les Précieuses ridicules					
Cathos / Magdelon	+	–	+	–	+
Marotte	+	+	+	–	+
Mascarille	+	–	+	–	+
Voisines / Violons	–	–	+	–	+
Jodelet	–	–	+	–	+
La Grange / Du Croisy	–	+	–	+	–
Gorgibus	–	–	–	+	–
Almanzor	–	+	–	–	–
Porteurs	–	–	–	+	–
Le Misanthrope					
Alceste	+	–	+	+	–
Philinte	+	+	+	–	+
Célimène	+	+	+	+	+
Éliante	+	+	+	–	+
Acaste / Clitandre	+	–	+	–	+
Arsinoé	–	–	–	+	–
Oronte	–	–	–	–	–
Basque	–	–	–	+	–
Du Bois	–	–	–	+	–
Garde	–	–	–	–	–

Tableau XXV (suite)   **Les personnactes**

Personnages \ Paramètres	Poids scénique absolu		Poids scénique relatif		
	α′	M	γ	η	σ
Amphitryon					
Sosie	+	−	+	+	−
Cléanthis	+	−	+	+	+
Amphitryon	+	−	+	+	−
Mercure	−	+	−	+	−
Jupiter	−	+	−	−	+
N / Polidas	−	−	−	−	+
A / Posiclès	−	−	−	−	+
Alcmène	−	+	−	−	−
Les Fourberies de Scapin					
Silvestre	+	+	+	+	−
Scapin	+	+	−	+	−
Argante	+	+	+	+	−
Géronte	+	+	+	+	−
Octave	+	+	+	+	+
Hyacinthe	−	−	+	−	+
Léandre	−	−	−	−	+
Zerbinette	−	−	−	−	+
Nérine	−	−	−	−	+
Carle	−	−	−	−	+
Le Malade imaginaire					*
Argan	+	+	+	+	+
Toinette	+	+	+	−	+
Béralde	+	−	+	+	−
Angélique	+	+	+	−	+
Cléante	−	−	−	−	+
Béline	−	+	−	−	−
Diafoirus	−	−	−	−	+
Notaire	−	−	−	+	−
Louison	−	−	−	+	−
Fleurant	−	−	−	+	−
Purgon	−	−	−	−	+

* Cas particulier : la majorité des paramètres σ étant négatifs, il n'a été tenu compte que de paramètres positifs, par définition au-dessus de la moyenne.

Trois types de personnactes se distinguent :

–   les personnactes complexes, pluridimensionnels;
–   les personnactes unidimensionnels;
–   les personnactes neutres ou saturés.

Les personnactes complexes sont assimilables aux formules des personnages principaux dans une terminologie plus classique. Néanmoins, ces formules permettent d'envisager des sous-catégories pertinentes ; les personnactes complexes ont tous en commun un poids scénique, qu'il soit absolu ou relatif, fort (soit $\alpha' +$ et $\gamma +$).

Ceci posé, ils se distinguent en deux sous-catégories :

$a)$ les personnactes « sélectifs » $\eta +$ dans leur confrontation;
$b)$ les personnactes « accentués » $\sigma +$ dans leur confrontation.

Le paramètre M introduit, à l'intérieur de ces deux registres, des variations d'ordre spectaculaire. L'hypothèse qu'on peut alors envisager est la suivante : il existe une identité de fonctionnement ou de signification entre des personnages ayant un personnacte identique.

Cette hypothèse se vérifie pour la sous-catégorie a qui s'écrit $(\alpha' + \gamma + M+)$ avec deux variations de mobilité, de rythme scénique, soit

$\alpha + M + \gamma + \eta$ $\alpha' + M - \gamma + \eta$

$\begin{cases} \text{Silvestre} \\ \text{Argante / Géronte} \end{cases}$ $\begin{cases} \text{Arnolphe} \\ \text{Alceste} \\ \text{Sosie / Amphitryon} \\ \text{Béralde} \end{cases}$

Personnages fonctionnels, au cœur de l'intrigue, ils sont aussi les personnages principaux, les agents de la fiction. Ces personnages complexes sont les « héros » fonctionnels des œuvres. Le seul cas particulier est Scapin ($\alpha' + M + \gamma - \eta +$), personnage économisé à la représentation, seule occurrence de héros retenu, mais qui n'en remplit pas moins une fonction narrative déterminante.

L'hypothèse se vérifie également pour la sous-catégorie b qui s'écrit $\alpha' + \gamma + \sigma +$ avec deux variations de mobilié scénique, soit

$\alpha' + M + \gamma + \sigma$ $\alpha' + M - \gamma + \sigma +$

$\begin{cases} \text{Cathos / Magdelon} \\ \text{Mascarille} \\ \text{Alain, Georgette} \\ \text{Eliante, Philinte} \\ \text{Toinette, Angélique} \end{cases}$ $\begin{cases} \text{Marotte} \\ \text{Acaste / Clitandre} \end{cases}$

Ces personnactes ont en commun leur faible rôle narratif, ce qui est vérifié par leur appartenance, pour l'essentiel, à des œuvres satiriques et par leur configuration couplée. On a pu déjà souligner l'inutilité des manœuvres de Toinette dans *Le Malade* pour aider à l'intrigue du mariage, le caractère artificiel du mariage d'Eliante et de Philinte, la valeur satirique de la présence de Marotte. Ces personnages exercent tous une fonction plus référentielle que narrative.

La catégorie des personnages unidimensionnels va permettre de préciser la dichotomie η^+ / σ^+. Première sous-catégorie, les personnactes unidimensionnels η^+, avec la variation ordinaire M^+ ou M^- :

$$\eta^+ M^+ \quad \left\{ \begin{array}{l} \text{Mercure} \\ \text{La Grange-Du Croisy} \end{array} \right\}$$

$$\eta^+ \quad \left\{ \begin{array}{l} \text{Porteurs} \\ \text{Notaire-Horace} \\ \text{Arsinoé-Basque-Du Bois} \\ \text{Notaire-Louison-Fleurant} \end{array} \right.$$

Ces personnactes renvoient tous à des personnages dont la ou les apparitions sont liées à des péripéties, c'est-à-dire à des retournements de l'intrigue, retournements provisoires, ou déterminants dans le cas de Mercure, La Grange et Du Croisy, mais jamais définitifs : ce sont les périls et les jalons du déroulement.

La seconde sous-catégorie $\sigma+$ se distribue de la manière suivante :

$$\sigma + M + \qquad \sigma +$$

$$\text{Jupiter} \quad \left\{ \begin{array}{l} \text{Chrysalde-Enrique-Oronte} \\ \text{Les deux couples de capitaines thébains} \\ \text{Carle-Nérine-Zerbinette-Léandre} \\ \text{Diafoirus-Purgon} \end{array} \right\}$$

Elle comporte en outre une surenchère $\gamma + \sigma +$, double accentuation de la confrontation :

$$\left\{ \begin{array}{l} \text{Jodelet-Violons / Voisines} \\ \text{Hyacinthe} \end{array} \right\}$$

Ces personnactes renvoient à des personnages sans poids dans l'intrigue, sauf sous la forme contrainte d'un dénouement artificiel (Enrique / Oronte). Personnages forcés au regard de l'intrigue, leur fonction est ludique, idéologique ou satirique.

La dernière catégorie des personnactes unidimensionnels M^+ renvoie aux exclus de l'intrigue et du spectacle.

$$M^+ \left\{ \begin{array}{ll} \text{Agnès} & \text{Béline} \\ \text{Alcmène} & \text{Almanzor} \end{array} \right\}$$

Restent les personnactes saturés ou vides, les extrêmes de cette différenciation scénique :

$$\alpha' + M + \gamma + \eta + \sigma + \qquad \text{\{Argan, Célimène, Octave\}}$$

$$\alpha + M - \gamma + M + \sigma + \qquad \text{Cléanthis}$$

$$\alpha' - M - \gamma - \eta - \sigma - \qquad \text{\{Oronte, Le Garde, Cléante\}}$$

Ces deux sous-catégories antithétiques désignent, d'une part, les personnages symboliques du fonctionnement scénique et, d'autre part, les personnages redondants, dont le fonctionnement s'exerce par renvoi à celui d'autres personnages. Argan et Célimène sont les centres névralgiques de toutes les confrontations ; Cléanthis le signe du redoublement spectaculaire. Oronte ne fonctionne que dans son rapport à Alceste ; Le Garde n'est qu'une autre version de Basque et de Du Bois ; Cléante, enfin, n'est que le prétexte à l'intrigue convenue du mariage dont le fonctionnement est assuré par Angélique et surtout Béralde qui agissent pour lui.

Ces catégories indiquent, plus que la nature, la tendance des personnages. Elles fournissent la gamme des personnages de chaque pièce et peuvent aider à répartir entre chaque rôle le jeu des signes de la représentation. L'affirmation de Patrice Pavis trouve ici un écho :

> L'art de la mise en scène consistera à découvrir, pour chaque pièce, la qualité particulière des signes et à concrétiser ceux-ci de façon logique et conséquente dans la représentation. Le signe théâtral doit être travaillé jusqu'à ce que cet instrument fournisse la tonalité requise. C'est dans la mise en scène que le créateur peut utiliser au mieux cet instrument flexible qu'est le signe[52].

Cette répartition peut ici être prolongée dans une perspective théorique qui renvoie à la théorie du signe, telle que l'a formulée Peirce et que l'utilise Patrice Pavis[53]. Les personnages dont le personnacte est fortement sélectif ($\eta +$) présentent une fonctionnalité indicielle car il est bien, selon les analyses préalables, « capital pour l'enchaînement syntaxique des divers moments de l'action, il relie par contiguïté et continuité les épisodes de l'action, et est donc le garant de la narrativité[54]. »

Au contraire les personnages accentués ($\sigma +$), qui servent plus la « théâtralité » que la « narrativité », ont une tendance fonctionnelle plus iconique et constituent les variables de l'interprétation des œuvres.

Quant aux personnactes négatifs (complètement ou positifs seulement en M), ils ne fournissent, par nature, que peu d'information quant à l'ensemble des configurations. Leur présence scénique relève d'un arbitraire qui permet de leur attribuer une fonction à tendance symbolique ; leur rapport à l'œuvre relève « d'une association d'idées générales qui détermine (leur) interprétation[55]. » Leur interprétation étant déterminée ici par l'ensemble des configurations de l'œuvre à laquelle ils appartiennent.

Ces prolongements théoriques donnent à la hiérarchisation des fonctionnalités une caution ultime : le personnacte, signe théâtral, présente des modalités qui rejoignent, pour une part, les modalités sémiologiques.

NOTES

1. Philippe HAMON, « Pour un statut sémiologique du personnage » dans *Littérature*, n° 6.

2. HAMON, « Pour un... », p. 90.

3. HAMON, « Pour un... », p. 91.

4. HAMON, « Pour un... », p. 92.

5. HAMON, « Pour un... », p. 92.

6. HAMON, « Pour un... », p. 93.

7. Jacques SCHÉRER, *La Dramaturgie...*, p. 19. C'est nous qui soulignons.

8. Les listes présentées par les tableaux XIV sont reprises de l'édition de Georges COUTON.

9. Maurice DESCOTES, *Les Grands Rôles du théâtre de Molière*.

10. Ainsi, et suivant les chiffres obtenus par Maurice Descotes, le rôle d'Arnolphe « s'étend » sur environ 840 vers ; Agnès doit se contenter de 190 vers, Célimène 320 vers sur un total de 1808 ; celui d'Alceste plus du double ». Maurice DESCOTES, *Les Grands...*, p. 114.

11. DESCOTES, *Les Grands...*

12. Voir à ce sujet mon article « Dramaturgie comparée et informatique : des *Sosies* à *l'Amphitryon* », dans *Lectures du théâtre de Molière*, p. 73-88.

13. Solomon MARCUS, *Poetica mathematica*, p. 262.

14. Inconscience que Molière entérine quelque peu artificiellement par l'effacement final d'Alcmène qui est escamotée pendant tout le troisième acte.

15. Jacqueline CARTIER, *Le Petit Molière*, p. 67.

16. *Les Précieuses ridicules*, scène 11.

17. BOURSAULT, *Lettres nouvelles* cité par G. MONGRÉDIEN, *Recueil des textes et des documents du XVIIᵉ siècle relatifs à Molière*, tome II, p. 433.

18. « Les personnages *x* et *y* sont scéniquement concomitants, si A *x* et A *y* sont en opposition zéro (c'est-à-dire si A x = A y). MARCUS, *Poetica...*, p. 262.

19. Cf. la matrice III, p. 27.

20. Voir à ce titre l'édition pour le tricentenaire de la mort de Molière, tome 2, p. 60.

21. HAMON, « Pour un... », p. 92, n. 16.

22. SCHÉRER, *La Dramaturgie...*, p. 36.

23. Par ailleurs, dans *George Dandin*, au couple Gorgibus / Villebrequin est substitué le couple Monsieur et Madame De Sotenville dont la nature « conventionnelle » et référentielle est le garant de sa vraisemblance. Le rôle de Madame de Sotenville fut créé par La Thorillière. La cohérence fictive du couple était alors renforcée par sa représentation scénique qui jouait à la fois sur la ressemblance (deux hommes) et sur un comique de farce.

24. Dans les prochaines analyses, les personnages concomitants seront comptés comme un seul personnage. En effet, d'après les analyses de Solomon Marcus corroborées par des vérifications sur le corpus étudié, les résultats des calculs effectuées sur les matrices ne sont pas affectés par une telle réduction.

25. Lucien MULHFELD, *Les Dénouements de Molière*, Paris, 1881.

26. HAMON, « Pour un... », p. 96.

27. DESCOTES, *Les Grands...*, p. 18.

28. Voir les tableaux I à VIII.

29. Pour la démonstration de l'assimilation de la fréquence relative d'un personnage à sa probabilité, voir MARCUS, *Poetica...*, p. 27.

30. Mikhaïl BAKHTINE, *La Poétique de Dostoïevski*, p. 170.

31. DESCOTES, *Les Grands...*, p. 24, fait aussi mention d'un jeu de scène qui avait particulièrement ébloui de Visé et suivant lequel Alain et Georgette tombaient « par symétrie jusqu'à sept fois aux deux côtés de leur maître » et qui souligne le caractère dérisoire de l'autorité d'Arnolphe.

32. DESCOTES, *Les Grands...*, p. 97.

33. Donneau DE VISÉ, cité par DESCOTES, *Les Grands...*, p. 97.

34. Anne UBERSFELD, *Lire le théâtre*, p. 146.

35. SCHÉRER, *La Dramaturgie...*, p. 26 et 27.

36. MARCUS, *Poetica...*, p. 267.

Nous désignons par γ (*x*, *y*) le nombre de scènes dans lesquelles les personnages *x* et *y* sont tous les deux présents suivant la formule :

$$\gamma(x) = \Sigma \, \gamma \, (x, y)$$
$$y \neq x$$

La somme du deuxième nombre se fait pour tous les personnages *y* différents de *x*.

37. Olga REZVINA, « On Marcus Descriptive Model of Theatre », dans *Cahiers de linguistique théorique et appliquée*, vol. 10, n° 1, 1973, p. 27-31.

38. « Saint Arnolphe est le patron des maris trompés », cité par Georges COUTON, *Œuvres complètes de Molière*, tome I, p. 535.

39. On peut rêver sur le « mais si c'est une femme à qui va ce billet » de Célimène à la scène 3 de l'acte IV. Et si effectivement c'était adressé à... Arsinoé. Les voies de la vraisemblance...

40. C'est à Fleurant que Béralde s'en prend, pas à Purgon. La scène 5 est d'ailleurs marquée par le mutisme de Béralde.

41. REZVINA, « On Marcus… ».

42. UBERSFELD, *Lire le…*, p. 54 et 59.

43. Mihaï DINU, « Structures linguistiques probabilistes issues de l'étude du théâtre » dans *Cahiers de linguistique théorique et appliquée*, vol. 5, 1968, p. 29-46.

44. Cette présentation est proposée également par MARCUS, *Poetica…*, p. 279-283.

45. DINU, « Structures…», p. 35.

46. DESCOTES, *Les Grands…*, p. 95-96.

47. Cette hypothèse est confirmée dans le texte par les propos de La Grange à la scène 1 :

> J'ai un certain valet, nommé Mascarille, qui passe, au sentiment de *beaucoup de gens*, pour une manière de bel esprit ; car il n'y a rien à *meilleur marché* que le bel esprit maintenant. C'est un extravagant, qui s'est mis dans la tête de vouloir faire l'homme de condition. Il se pique *ordinairement* de galanterie et de vers, et *dédaigne les autres valets*, jusqu'à les appeler brutaux.

C'est nous qui soulignons.

48. MARCUS, « Stratégie … », p. 81. Si l'on envisage un graphe dont les sommets sont les personnages (deux sommets sont adjacents si et seulement si les personnages apparaissent tous les deux dans une scène au moins), alors un noyau de ce graphe est un ensemble de personnages jouissant des deux propriétés suivantes :

a) deux personnages de l'ensemble n'apparaissent jamais dans une même scène;

b) pour chaque personnage P n'appartenant pas à l'ensemble il existe un personnage Q de l'ensemble et une scène S telle que P et Q apparaissent tous deux dans la scène S.

49. MARCUS, « Stratégie… », p. 82.

50. SCHÉRER, *La Dramaturgie…*, p. 86.

51. Il est remarquable qu'Éliante n'adresse que deux fois dans toute la pièce la parole à Célimène. En cette ultime circonstance et pour annoncer les marquis :

> Voici les deux marquis qui montent avec nous :
> Vous l'est-on venu dire ?
>
> *Le Misanthrope*, acte II, scène 4.

Quel bel exemple de « trou textuel » !

52. Patrice PAVIS, *Voix et images de la scène*, p. 139.

53. Charles S. PEIRCE, *Écrits sur le signe*. – Patrice PAVIS, *Dictionnaire du théâtre*.

54. PAVIS, *Voix…*, p. 215.

55. PEIRCE, *Écrits sur…, p. 140.*

TROISIÈME PARTIE

LA PARTITION SCÉNIQUE

Le fait qu'il existe pour chaque personnage une qualité scénique propre qui est déterminée par sa nature sémiologique et dramatique, qu'il y ait pour chaque œuvre, saisie dans sa globalité, un regroupement des configurations scéniques qui en révèle les dominantes conflictuelles, permet de considérer le déroulement et le regroupement scéniques à l'intérieur de l'acte et d'acte en acte comme objet et outil d'analyse potentielle.

On lui a déjà attribué, dans des études préalables, une fonction structurelle. C'est ainsi que Jacques Schérer remarque certaines constantes de composition qui sont en rapport avec l'équilibre, d'une part, et le temps, d'autre part :

> Les auteurs classiques ont eu le souci d'équilibrer les actes de leurs pièces. Ils se sont efforcés de donner à peu près le même nombre de vers à chaque acte.
> Considéré en lui-même, l'acte n'est pas une division arbitraire de la pièce. Il a son unité et son individualité et il forme, ou du moins il tend à former, un ensemble organique.
> Il faut, dit l'abbé d'Aubignac, diviser ces actes en telle sorte que chacun d'eux soit considérable par quelque beauté particulière, c'est-à-dire ou par un incident ou par une passion ou par quelque chose de semblable. Donc un « clou » par acte.

De plus, chaque acte doit être conçu en fonction d'un crescendo :

> Toutes les scènes doivent être dynamiques, [...] les dernières de chaque acte doivent l'être encore plus pour permettre de franchir le temps mort de l'entracte[1].

Or on a pu remarquer, par ailleurs, que ce crescendo, s'il était une des constantes des pièces du corpus, se présentait de façon différente pour chacune. Y aurait-il donc, au-delà d'une tendance formelle, un rythme spécifique à chaque œuvre ? Au contraire ne pourrait-on voir, dans cette disparité, le signe des libertés que prennent les auteurs comiques à l'égard des règles de composition ? Schérer souligne que :

> Les auteurs comiques se soucient beaucoup moins de préparer leurs entractes [...]. Ils se borneront [...] à terminer leurs actes par des scènes particulièrement amusantes [...] Molière conclut les actes de ses comédies ballets par des danses plaisantes, comme pour *Le Bourgeois gentilhomme*, et ceux de ses comédies ordinaires par des scènes d'un comique plus vif que les autres[2].

C'est cette ambiguïté qui sera explorée au travers du découpage des pièces de Molière afin de découvrir s'il constitue, à lui seul, une description des temps forts, des ruptures, du rythme de la représentation.

1

LA STRATÉGIE SCÉNIQUE

LA SCÈNE sera désormais conçue non en tant que configuration de personnages, mais comme unité minimale du découpage. D'emblée, il apparaît que toutes les scènes n'ont pas, à l'intérieur d'une même pièce, un poids identique. La dramaturgie a enregistré ce fait en désignant, sous des termes différents, les scènes « utilitaires ». On parle ainsi de « scènes de nécessité », de « scènes d'éclaircissement » ou « scènes de liaison » pour de « courtes scènes déterminées par les exigences de la situation[3] ». Cette classification, qui se fait d'abord au nom de la taille de la scène, n'est pas sans rappeler les hiérarchies de personnages qui distinguaient les grands rôles des utilités. Néanmoins, et comme pour les personnages, ce type de distinction ne saurait justifier la nécessité qu'on attribue aux scènes plus courtes. En effet, si on choisit de ne pas marquer de changement de scène à « l'arrivée d'un personnage peu important et dont le rôle est très court », toute scène construite sur une arrivée de ce type marque dans l'écriture du texte un phénomène différent, spécifique, sur lequel il convient de s'interroger. Un exemple précise ce point dans *Les Précieuses ridicules*, lorsque Magdelon « hèle » Almanzor afin qu'il apporte des sièges. Le texte et la configuration des scènes précédentes indiquent clairement qu'il y a « entrée / sortie / entrée » d'Almanzor ou du moins « sortie / entrée » :

MAGDELON

Holà, Almanzor !

ALMANZOR

Madame.

MAGDELON

Vite, voiturez-nous ici les commodités de la conversation.

Les Précieuses ridicules, scène 9.

Néanmoins, le rôle étant limité à un mot, il n'y a pas changement de scène. Pourquoi, suivant ce principe, y a-t-il changement de scène, dans *Le Misanthrope*, par exemple, à chaque intervention de Basque, le valet de Célimène? Question particulièrement révélatrice si l'on se reporte aux scènes 2 et 3 de l'acte III. La scène 2 ne comporte en effet que quatre répliques :

CÉLIMÈNE

Encore ici?   846

CLITANDRE

L'amour retient nos pas.

CÉLIMÈNE

Je viens d'ouïr entrer un carosse là-bas :
Savez-vous qui c'est ?

CLITANDRE

Non.

Le Misanthrope, acte III, scène 2.

La scène 3 est marquée par l'entrée de Basque qui prononce deux répliques :

BASQUE

                                        Arsinoé, Madame,   849
Monte ici pour vous voir.

Éliante là-bas est à l'entretenir.

Le Misanthrope, acte III, scène 3.

On pourrait objecter qu'il s'agit là d'une nécessité fictive. Célimène reçoit à l'étage (« là-bas », on le sait, signifie en bas, au rez-de-chaussée) et il faut laisser à Arsinoé le temps de monter; d'ailleurs tous les personnages ne sont-ils pas annoncés par Basque? Tous, non. Du Bois, seul, réussit à franchir la « frontière » de l'escalier et surgit comme un beau diable au milieu d'une scène d'explication entre Alceste et Célimène. Si la « nécessité fictive » est sélective, c'est qu'elle n'est pas nécessité. Autrement dit, la scène de liaison est un choix. Qu'elle n'apporte rien à l'action n'empêche pas qu'elle en modifie la durée. La scène de liaison étant essentiellement une annonce de l'arrivée d'un autre personnage, elle est le signe le plus apparent du choix d'un rythme d'apparition. Autrement dit, existe-t-il une pertinence de la liaison entre les scènes ?

LA LIAISON SCÉNIQUE

L'abbé d'Aubignac, ainsi que le rapporte Schérer, distingue quatre sortes de liaisons possibles :

–   de présence,
–   de recherche,
–   de fuite,
–   par le bruit[4].

Parmi ces quatre possibilités, trois sont liées à la fiction (les trois dernières) ; seule la première est fonctionnelle : c'est la présence d'un même personnage qui assure la continuité de succession scénique. Là où il n'y a pas continuité visuelle, c'est-à-dire dans le cas de deux configurations successives disjointes, la scène est temporairement « vide », il y a hiatus. Les matrices de chacune des pièces permettent d'évaluer le poids de ces hiatus au sein du corpus et de remarquer que, s'ils sont relativement nombreux dans les canevas, ils deviennent extrêmement rares par la suite et en rapport avec le passage d'un acte à un autre :

Le Misanthrope : hiatus entre acte II et III ;
Amphitryon : hiatus entre acte I et II ; II et III ;
Les Fourberies de Scapin : hiatus entre acte I et II.

Aussi convient-il de rechercher une classification qui permette de définir l'ensemble des modalités de liaison scénique. Il semble qu'on puisse étendre la notion de « liaison » au texte lui-même en distinguant :

a)   l'apparition annoncée à la fin de la scène précédant celle qui sanctionne son arrivée (liaison du type « mais je vois venir », etc. ;)
b)   l'apparition / surgissement par laquelle le personnage interrompt, brutalement ou pas, le cours d'une scène provoquant un « effet de surprise » pour le spectateur, analogue, quoique inverse, à « l'effet de suspens » provoqué par le hiatus qui sera considéré, en conséquence, comme un cas particulier du type « surgissement ».

Afin de limiter la longueur des descriptions, l'analyse portera tout d'abord sur les deux canevas et *Les Précieuses ridicules*, puis est vérifiée au travers des phénomènes les plus marquants des autres pièces du corpus.

Dans *La Jalousie du Barbouillé*, seules sont annoncées ou suscitées, la première arrivée du Docteur (scènes 1-2), l'arrivée du Barbouillé (scènes 3-4) et, suivant un quiproquo, son apparition à la liaison scènes 10-11.

–   De la scène 1 à la scène 2 :

LE BARBOUILLÉ

Que diable faire donc ? Mais voilà Monsieur le Docteur qui passe par ici […]

–   De la scène 3 à la scène 4 :

CATHAU

Ah ! changez de discours : voyez porte-guignon qui arrive.

–   De la scène 10 à la scène 11 :

ANGÉLIQUE

[…] Cathau ! Cathau !

LE BARBOUILLÉ

Cathau, Cathau ! Hé bien, qu'a-t-elle fait, Cathau ? […]

Dans *Le Médecin volant*, les apparitions sont plus souvent annoncées que dans le canevas précédent. Ainsi

–   scènes 1-2 :

VALÈRE

[…] Adieu, je le vais chercher. Où diable trouver ce maroufle à présent ? Mais le voici tout à propos. (*Arrivée de Sganarelle.*)

–   scènes 4-5 :

SABINE

Elle est levée ; si vous voulez, je la ferai venir.
(*Arrivée de Lucile.*)

–   scènes 6-7 :

L'AVOCAT

Holà ! holà ! Monsieur Gorgibus y est-il ?
(*Arrivée de Gorgibus.*)

– scènes 7-8 :

L'AVOCAT

N'y aurait-il pas moyen de l'entretenir un moment ?
(*Arrivée de Sganarelle déguisé en médecin.*)

– scènes 9-10 :

VALÈRE

Mais bon, le voici. Hé bien ! Sganarelle [...]
(*Arrivée de Sganarelle en valet.*)

– scènes 10-11 :

SGANARELLE

(*Apercevant Gorgibus.*) Ah ! ma foi, tout est perdu : c'est à ce coup que voilà la médecine renversée, mais il faut que je le trompe. (*Arrivée de Gorgibus.*)

– scènes 13-14 :

SGANARELLE

Mais fuyez-vous-en, le voici. (*Arrivée de Gorgibus.*)

– scènes 14-15 :

SGANARELLE

Mais voici nos amants. (*Arrivée de Valère et Lucile.*)

On peut remarquer que certaines de ces annonces semblent vraiment « forcées » si l'on en juge par leur « à propos » et la fixité de leur forme (« Mais le voici ! » ; « Mais bon, le voici ! »). On est loin des nécessités de la fiction... très proche cependant des nécessités du fonctionnement. À ce titre, de quel type de fonctionnement relèvent les surgissements et les hiatus ?

D'après les deux canevas, on remarque que les surgissements sont liés soit à un rebondissement de l'action, soit à un fonctionnement du thème, dont l'importance est majorée lorsqu'il se produit par hiatus. Ainsi Gorgibus et Villebrequin qui sont les arbitres possibles du conflit (Angélique-Le Barbouillé) interviennent-ils toujours sur le mode de l'apparition, de même que le Docteur, dont chaque scène est un prétexte à un jeu verbal. L'arrivée de la Vallée et de Valère qui marque une nouvelle étape de la fiction, à savoir le bal, s'effectue, elle aussi, par un hiatus scénique.

Dans *Le Médecin volant*, il en va de même puisque surgissent successivement Gorgibus / Gros René (scènes 2-3) puis Sabine et Sganarelle (scènes 3-4), c'est-à-dire les deux parties du conflit. Quant aux surgissements respectifs de l'Avocat et de Gros René, ils marquent les épreuves auxquelles doit faire face le déguisement de Sganarelle. Que ces deux modes de liaison ne soient liés qu'à certains personnages peut être expliqué par le caractère sommaire d'une construction dans laquelle les fonctions narratives sont assez schématiquement réparties.

Dans *Les Précieuses ridicules*, en effet, on assiste à une diversification des modes d'apparition. On remarque que les seuls personnages, dont l'arrivée corresponde à la définition du surgissement, sont La Grange et Du Croisy aux scènes 12-13 et 14-15, et Gorgibus aux scènes 15-16. Les entrées en scène de Mascarille et de Jodelet procèdent d'une autre technique qu'on peut résumer :

scène 6 surgissement de Marotte (scène d'annonce)	HIATUS	scène 7 arrivée de Mascarille
scène 8 surgissement de Marotte (scène d'annonce)	LIAISON « Les voici »	scène 9 arrivée de Cathos et Magdelon
scène 10 surgissement de Marotte (scène d'annonce)	LIAISON « Les voici »	scène 11 arrivée de Jodelet

Ces apparitions sont donc en quelque sorte médiatisées par le surgissement de Marotte. Il y a bien là nécessité fictive, mais aussi renforcement des effets de surprise et d'attente : les personnages ainsi introduits sont, d'emblée, connotés comme essentiels. Au contraire, les interventions de La Grange et de Du Croisy se font sur le mode du surgissement simple et relèvent de la même technique que celle des canevas au sens où elles annoncent une nouvelle phase de la fiction. Il est significatif, enfin, que l'arrivée de Mascarille soit plus discontinue que celle de Jodelet : ce double mode d'apparition renvoie à la complexité du rôle du personnage à la fois outil du subterfuge et sujet précieux.

En conclusion, et à la lumière de ces constatations, on peut dégager trois modes de liaison scénique :

a) un mode continu par annonce de l'apparition ou disparition;
b) un mode de discontinu par surgissement ou hiatus;
c) un mode discontinu-continu par surgissement d'un médiateur.

Ces trois modes sont, par ailleurs, en liaison avec le type d'événement qu'ils introduisent : le premier assure le déroulement, le second l'action, le troisième le thème. On peut vérifier ces phénomènes dans les autres pièces du corpus.

Dans *L'École des femmes*, les liaisons du mode continu ne sont inscrites que dans le discours d'Arnolphe. À l'acte I, de la scène 1 à la scène 2, Arnolphe suscite le départ de Chrysalde et l'apparition d'Alain et de Georgette :

ARNOLPHE

Adieu. Je frappe ici pour donner le bonjour,
Et dire seulement que je suis de retour.   193

Holà !   199

– de la scène 2 à la scène 3, même procédé pour l'arrivée d'Agnès :

ARNOLPHE

Faites descendre Agnès.   225

– à la fin de la scène 3, pour le départ d'Alain, Georgette et Agnès :

ARNOLPHE

Allez, montez là-haut.   241

À l'acte II, de la scène 1 à la scène 2, Arnolphe « frappant à la porte » provoque la venue d'Alain et de Georgette. Cette notation figure dans les indications de l'auteur et non dans le discours des personnages; elle fait cependant partie du récit de la pièce, puisqu'elle en conduit le déroulement ou lui est nécessaire.

– de la scène 2 à la scène 3, c'est Arnolphe qui justifie sa sortie :

ARNOLPHE

Et moi-même je veux l'aller faire sortir.   414
Que l'on m'attende ici.

— de la scène 3 à la scène 4, c'est lui encore qui introduit Agnès après avoir annoncé dans la scène 2 qu'il allait la chercher :

ARNOLPHE

Venez, Agnès. Rentrez.   459

— au début de la scène 4, c'est encore Arnolphe qui annonce l'arrivée d'Horace :

ARNOLPHE

Que vois-je ? Est-ce ?... Oui.   250
Je me trompe. Nenni. Si fait. Non, c'est lui-même.

— à la fin de la scène 5, le départ d'Agnès est encore causé par l'ordre d'Arnolphe en deux temps :

ARNOLPHE

Montez là-haut   641

Je suis maître, je parle : allez, obéissez.   642

À l'acte III, de la scène 1 à la scène 2, le départ des deux valets est expliqué par la phrase d'Arnolphe :

ARNOLPHE

Faites venir ici, l'un ou l'autre, au retour,   673
Le notaire qui loge au coin de ce carrefour.

— de la scène 2 à la scène 3, même procédé, pour le départ d'Agnès :

ARNOLPHE

Rentrez, et conservez ce livre chèrement.   806
Si le Notaire vient, qu'il m'attende un moment.

— pour l'arrivée d'Horace :

ARNOLPHE

Mais le voici...   843

À l'acte IV, de la scène 4 à la scène 5, Arnolphe par deux fois chasse ses serviteurs :

ARNOLPHE

Suffit. Rentrez tous deux [...]   1128

Non, vous dis-je ; rentrez, puisque je le désire.
Je vous laisse l'argent. Allez : je vous rejoins.

— de la scène 8 à la scène 9, c'est Arnolphe qui oblige Chrysalde à le quitter :

ARNOLPHE

Mais cette raillerie, en un mot, m'importune :   1317
Brisons là, s'il vous plaît.

— à la scène 9, Arnolphe termine l'acte par ces mots adressés à Alain et Georgette :

ARNOLPHE

Rentrez donc ; et surtout gardez de babiller.   1347

À l'acte V de la scène 1 à la scène 2, disparition identique :

ARNOLPHE

Rentrez dans la maison, et gardez de rien dire.   1360

— de la scène 2 à la scène 3, l'arrivée d'Agnès est annoncée et organisée par Arnolphe :

ARNOLPHE

Il faut me l'amener dans un lieu plus obscur.   1451
Mon allée est commode, et je l'y vais attendre.

— de la scène 5 à la scène 6, disparition d'Agnès sur l'ordre d'Arnolphe :

ARNOLPHE

La voici. Dans ma chambre allez me la nicher.   1614

— de la scène 8 à la scène 9, apparition de celle-ci introduite par la prescription d'Arnolphe :

ARNOLPHE

Faites-la-moi venir.   1710

Ainsi les apparitions des personnages dépendent-elles essentiellement du discours d'Arnolphe. Mais il est un autre personnage qui prend en charge, pour une part, les modalités de ses départs : Horace.

En effet, pour ses deux premières apparitions, son départ dépend d'Arnolphe.

À l'acte 1, à la scène finale 4, c'est l'attitude de celui-ci qui fait dire à Horace :

HORACE

Cet entretien vous lasse :   351
Adieu. J'irai chez vous tantôt vous rendre grâce.

À l'acte III, à la scène 4, Arnolphe a chassé Horace par un « adieu » très sec. Mais, dans les deux derniers actes, c'est Horace qui prend congé. À l'acte IV, à la scène 6 :

HORACE

Adieu. Je vais songer aux choses nécessaires.   1181

À l'acte V, à la scène 2, c'est Horace qui introduit Agnès :

HORACE

C'est à vous seul aussi, comme ami généreux   1434
Que je puis confier ce depôt amoureux.

À la scène suivante, il se retire par ces mots :

HORACE

Adieu : le jour me chasse.   1477

Entre les scènes 1 et 2 de l'acte V, la concurrence entre Arnolphe et Horace au regard de la liaison est inscrite dans le texte même :

HORACE

Il faut que j'aille un peu reconnaître qui c'est.   1366

ARNOLPHE

Eût-on jamais prévu... Qui va là, s'il vous plaît ?

HORACE

C'est vous, Seigneur Arnolphe ?

ARNOLPHE

Oui, mais vous ?...

HORACE

C'est Horace.

De plus, le mode d'apparition d'Horace est, à une exception près, discontinu ; autrement dit, il s'effectue par surgissement (acte IV, scènes 5 / 6, acte V, scènes 1 / 2, scènes 5 / 6). Les autres surgissements de l'œuvre se produisent :

à l'acte IV, scènes 1 / 2 et 8 / 9	Arrivée d'Alain et de Georgette
scènes 7 / 8	Arrivée de Chrysalde
à l'acte V, scènes 4 / 5	Arrivée d'Alain

De plus, la pièce présente trois liaisons du mode discontinu-continu, à savoir

à l'acte IV, scènes 1 / 2	Arrivée du Notaire annoncée aux scènes 1 et 3 de l'acte III
à l'acte V, scènes 5 / 6 / 7	Arrivée d'Enrique, Oronte et Chrysalde (surgissement, liaison « Ah, je le vois venir »).
scènes 7 / 8 / 9	Arrivée d'Agnès et Alain (surgissement Georgette, liaison « Faites-la-moi venir »).

La somme de ces phénomènes permet de mesurer la signification du découpage scénique, tel qu'il apparaît dans son mode de liaison. En effet, ce dernier rend compte parfaitement du sens de la pièce et du fonctionnement du personnage d'Arnolphe : un barbon croit soumettre à son autorité (« du côté de la barbe est la toute-puissance ») non seulement une jeune fille, mais encore le hasard (« Ce sont coups du hasard, dont on n'est point garant » dit Chrysalde en parlant des cornes, « contre cet accident, j'ai pris mes sûretés » répond Arnolphe). Mais un jeune homme lui prouve qu'on ne peut rien contre le hasard des rencontres, pas même en tirer profit. Le découpage scénique traduit ce résumé : un personnage assure la continuité du déroulement, exception faite de l'intervention d'un autre personnage qui non seulement marque les rebondissements de l'action, mais encore « médiatise » le dénouement.

Plus encore, le découpage scénique confirme les analyses faites sur les personnages. L'autorité d'Arnolphe, au regard des liaisons, est ainsi battue en brèche par Alain et Georgette, soit sur le mode de surgissement, soit par concurrence dont les deux signes « marqués » sont la scène 2 de l'acte 1 et la scène 3 de l'acte II. La première n'est, en effet, qu'un jeu sur l'entrée et la reconnaissance d'Arnolphe, autrement dit un jeu sur le mode continue de la liaison :

ALAIN

Qui heurte ?   199

Qui va là ?   201

GEORGETTE

Qui frappe ?   205

La fin de la seconde est une prise en charge dérisoire par les valets de la fonction du maître :

GEORGETTE

Si je n'ai la berlue,   444

Je le vois qui revient.

ALAIN

Tes yeux sont bons, c'est lui.

De plus, le découpage scénique met en évidence le rythme général du fonctionnement, si l'on tient compte du fait qu'il est construit sur une progression rigoureuse qu'on peut figurer comme suit :

acte I, acte II, acte III	acte IV	acte V
Prédominance du mode continu assuré par Arnolphe (concurrence Alain / Georgette)	Mode continu-discontinu Notaire Mode discontinu Alain Georgette Horace Chrysalde Mode continu Arnolphe (concurrence Horace)	Mode continu Horace / Arnolphe Mode discontinu Horace Alain Georgette Mode continu-discontinu Agnès Enrique / Oronte

Ce schéma permet de saisir concrètement le point de la pièce où s'amorce le déséquilibre de l'action, c'est-à-dire le moment où la maîtrise des événements passe d'Arnolphe à Horace.

Une étude similaire se révèle d'un grand intérêt, en ce qui concerne Le Misanthrope, dont la scène initiale et la scène finale sont construites sur un problème d'entrée ou de sortie. À la scène 1 de l'acte I, Alceste, en effet, intime à plusieurs reprises à Philinte l'ordre de sortir :

ALCESTE

Laissez-moi, je vous prie   1

Laissez-moi là, vous dis-je, et courez vous cacher.   3

Dans un contexte plus large, la fin de la scène 4 de l'acte V qui pose la question de la retraite d'Alceste, joue aussi sur une sortie :

ALCESTE

Je vais sortir d'un gouffre où triomphent les vices, 1804

PHILINTE

Allons, Madame, allons employer toute chose, 1807
Pour rompre le dessein que son cœur se propose.

La pièce est ainsi encadrée par deux liaisons scéniques identiques où le mode continu énoncé par Alceste est dénoncé par Philinte. Cette indication liminaire se trouve renforcée par un examen de toutes les liaisons. On remarque alors qu'un grand nombre des scènes du *Misanthrope* sont conçues sur le modèle des deux premières.
À la scène 3 de l'acte I :

ALCESTE

Plus de société. 442

Laissez-moi là. 443

Point de langage.

Ah ! parbleu ! c'en est trop ; ne suivez point mes pas. 445

PHILINTE

Vous vous moquez de moi, je ne vous quitte pas.

À la scène 3 de l'acte II :

ALCESTE

Je sors. 553

CÉLIMÈNE

Demeurez.

Hé bien ! allez, sortez, il vous est tout loisible. 558

(repris à la scène 4 par le « Vous n'êtes pas sorti ? » de Célimène).
À la scène 4 de l'acte II :

CÉLIMÈNE

Quoi ? Vous vous en allez, Messieurs ?

CLITANDRE et ACASTE

Non pas, Madame. 733

ALCESTE

La peur de leur départ occupe fort votre âme.
Sortez quand vous voudrez, Messieurs ; mais j'avertis
Que je ne sors qu'après que vous serez sortis

Nous verrons si c'est moi que vous voudrez qui sorte.   742

À la scène 6 de l'acte II : Philinte doit par trois fois inciter Alceste à suivre le Garde :

PHILINTE

allons, disposez-vous...   759

Allons, venez.   767

Allons vous faire voir.   768

puis à son tour,

CÉLIMÈNE

Allez vite paraître   774
Où vous devez.

À la scène 4 de l'acte IV : même jeu, mais avec Du Bois, cette fois :

DU BOIS

Monsieur, il faut faire retraite.   1441

Il faut d'ici déloger sans trompette.

Je vous dis qu'il faut quitter ce lieu   1443

Il faut partir, Monsieur, sans dire adieu.   1444

Par la raison, Monsieur, qu'il faut plier bagage.   1446

CÉLIMÈNE

Ne vous emportez pas,   1475
Et courez démêler un pareil embarras.

Dans la majorité des cas, c'est à Célimène que revient la charge du discours sur les sorties possibles d'Alceste. C'est elle encore qui annonce :

–   l'arrivée d'Alceste à l'acte III, scène 4 / 5 :

CÉLIMÈNE

Et Monsieur, qu'à propos le hasard fait venir,   1035

– celle de Du Bois, à l'acte IV, scènes 3 / 4 :

CÉLIMÈNE

Voici Monsieur Du Bois, plaisamment figuré. 1435

– celle d'Éliante, à l'acte V, scènes 2 / 3 :

CÉLIMÈNE

J'en vais prendre pour juge Éliante qui vient. 1652

De plus, on assiste par trois fois à un mode de liaison discontinu-continu qui n'est pas, dans deux des cas, sans une certaine redondance. Ainsi, il ne faut pas moins de deux scènes pour annoncer, par surgissement de Basque :

– l'arrivée d'Acaste, scène 2, acte II ;
– l'arrivée de Clitandre, scène 3, acte II,

scènes qui sont reprises par le surgissement d'Éliante à la scène 4 qui répète à son tour l'arrivée de Basque :

ÉLIANTE

Voici les deux marquis qui montent avec nous : 559
Vous l'est-on venu dire ?

Même phénomène à l'arrivée d'Arsinoé :

1. surgissement de Célimène, scène 2, acte III ;
2. surgissement de Basque, scène 3, acte III ;
3. arrivée d'Arsinoé (surgissement) scène 4, acte III[5].

L'arrivée du Garde, par contre, correspond à un schéma plus classique :

---

surgissement de Basque	arrivée du Garde
scène 5, acte II ⸻	⸻ scène 6
liaison (ALCESTE. — Venez, Monsieur.)	

Si l'on a cru bon de citer l'ensemble de ces phénomènes, c'est afin d'en mesurer l'importance. On peut affirmer que le découpage scénique est, à lui seul, la dramatisation d'une donnée conflictuelle et spatiale : être là, partir, être seul.

On mesure alors le caractère déterminant des deux seuls surgissements :

– l'arrivée d'Oronte (scène 1, scène 2, acte I) ;

–   l'arrivée d'Acaste, Clitandre et Arsinoé à la scène finale dont on
sait, par ailleurs, qu'elle repose sur une série de départs en chaîne :
Clitandre et Acaste, puis Oronte, puis Arsinoé, puis Célimène,
puis Alceste, soit, si l'on respectait une étroite définition de la
scène, cinq scènes.

Autrement dit, le problème essentiel du *Misanthrope*, au regard de
la mise en scène, est bien le lieu scénique, conçu ici non seulement
comme le carrefour auquel sont assimilés tous les vestibules de la comédie
classique, mais comme un lieu problématique en soi. Il n'est besoin pour
s'en convaincre que de reprendre les notations spatiales du texte qui
décrivent la maison de Célimène comme un lieu vertical à trois dimen-
sions. Il y a certes, « là-bas », autrement dit le rez-de-chaussée, mais
aussi là-haut, si l'on en croit Philinte :

PHILINTE

Montons chez Éliante,   1581

Et je vais obliger Éliante à descendre   1586

Un phénomène curieux est lié à la présence d'Éliante : une quasi-
ubiquïté qui la rend à la fois présente en haut, là (sur scène) et « là-
bas ». C'est pourquoi elle précède l'arrivée des Marquis et « reçoit »
Arsinoé et qu'à l'acte III, scène 3, Basque annonce : « Éliante là-bas
est à l'entretenir. » La « circulation » d'Éliante sur les trois niveaux du
lieu fictif donne à son indice σ, confrontation binaire accentuée, une
remarquable justification. Non seulement Éliante habite avec Célimène, mais encore vient-on lui rendre visite aussi bien qu'à Célimène.

ORONTE

J'ai su là-bas que, pour quelques emplettes,   250
Éliante est sortie, et Célimène aussi ;

Cet étagement du lieu n'a *aucune fonction dramatique*. On ne saurait donc lui appliquer les analyses dont a fait l'objet, par exemple, le
lieu scénique de *L'École des femmes* qui relève d'une problématique de
la vraisemblance. Le discours sur l'espace n'est que le signe marqué d'un
fonctionnement dont les liaisons scéniques scandent les étapes. C'est à
Célimène que revient, en majorité, le discours de la continuité, comme
c'est elle qui détermine le lieu scénique dans la mesure où elle est le
personnage d'un seul niveau : son appartement qui est aussi le plateau.
Le découpage scénique, dans ses modes de liaisons, est la manifestation
concrète, non seulement de la signification du personnage de Célimène,
mais encore du rapport entre Alceste et Célimène. Célimène dans sa

coquetterie est là pour tous sans être à personne, alors qu'Alceste, dans sa misanthropie, n'est là pour personne et ne veut être que lui-même.

Pour ce qui est, enfin, des pièces plus « spectaculaires », à savoir *Amphitryon* et *Les Fourberies de Scapin*, on peut remarquer un phénomène commun, à savoir une alternance du mode continu et du mode discontinu suivant que le déroulement se rapporte à l'intrigue ou au spectacle.

Dans *Amphitryon*, il existe ainsi, une coupure très nette qui isole l'acte III des deux premiers actes suivant le schéma :

acte I, acte II	*acte III*
liaisons sur le mode continu	mode discontinu : scènes 1 / 2 / 3 / 4 / 5 / 6
	scènes 6 / 7 : mode continu
	mode discontinu / continu (scènes finales) :
	scènes 7 / 8 : surgissement de Cléanthis
	scènes 8 / 9 : annonce par Naucratès
	de l'arrivée de Mercure (« le voici »)
	scènes 9 / 10 : annonce par Mercure de
	l'arrivée de Jupiter (« Oui,
	vous l'allez voir tous »)
	début scène 10 : surgissement
	Jupiter

Ce mode de découpage indique que le rythme du troisième acte est beaucoup plus heurté et scandé par les apparitions divines qui jouent en rupture de l'action. La prédominance du surgissement indique également l'utilisation des machines ainsi que la division de l'espace scénique entre un espace interdit aux mortels (la maison) et le lieu des confrontations (la place « devant la maison d'Amphitryon »). La mise en scène du dernier acte peut accentuer cette modalité du découpage en donnant au décor une organisation différente de celle des deux premiers qui se jouent uniquement sur le seuil.

Dans *Les Fourberies de Scapin*, le procédé est le même, quoique moins manifeste, puisqu'il met en évidence sur le mode du surgissement :

— Carle, scènes 3 / 4, acte II ;
— Octave et Léandre, scènes 7 / 8, acte II ;

dont les interventions marquent respectivement une nouvelle étape du conflit et sa conclusion, à savoir l'extorsion de fonds par Scapin. Le troisième acte, acte essentiellement ludique puisqu'il a trait aux « vengeances » de Scapin, se joue sur le mode discontinu, donc à un rythme lié plus au comique qu'au déroulement de l'action.

De même dans *Le Malade imaginaire*, les personnages dont l'apparition est liée au mode discontinu sont en nombre limité :

Béline	scènes 5 / 6, acte I
	scènes 6 / 7, acte II
Béralde	scènes 8 / 9, acte II
Fleurant	scènes 3 / 4, acte III
Toinette	scènes 7 / 8, acte I
	scènes 8 / 9, acte III
	scènes 10 / 11, acte III

De plus, trois de ces personnages ont une fonction introductrice pour des liaisons discontinues-continues.

Béline introduit	le Notaire, Louison.
	les deux intermèdes finals.
Béralde Toinette	les Diafoirus, le premier intermède, le faux médecin.

C'est autour de ces personnages, qui sont à eux seuls des fonctions importantes de la pièce, que se dessine la stratégie du conflit et, aussi, de la mise en scène.

La scène constitue bien une unité du fonctionnement puisque sa succession reproduit ou éclaire la problématique de la pièce. Le mode continu assure la cohérence de la fiction alors que les modes discontinu et mixte (discontinu-continu) en scandent les modalités de fonctionnement. Il existe donc, pour chaque œuvre, un certain nombre de coupes, d'accents, qui ne sont en rapport qu'avec la mise en scène, puisque c'est d'elle que dépend le mode d'entrée et de sortie de l'acteur.

LA PROBABILITÉ SCÉNIQUE :
SCÈNES OBLIGÉES / SCÈNES À FAIRE

L'étude du mode de liaison scénique ayant permis de mettre en évidence le caractère fonctionnel du découpage, il convient de résoudre l'importance relative que représente chaque scène et chaque unité, par rapport à l'ensemble des scènes. Autrement dit, de rechercher, pour chacune des pièces, quelles sont « les scènes à faire ». Mihaï Dinu fournit pour l'établissement de cette hiérarchie une méthode d'estimation qui applique à chaque configuration possible un indice de probabilité égal au produit des indices de probabilités (fi) de tous les personnages de la pièce, suivant la formule :

$$P_s \simeq \prod_{i=1}^{p} \text{fi} \quad \text{pour laquelle fi} = \begin{cases} \text{fi si } x_i \in Ms \\ 1 - \text{fi si } x_i \notin Ms \end{cases}$$

p : nombre total de personnages de la pièce
Ms : l'ensemble des personnages présents dans la scène S^6.

Cette formule exige une longue série de calculs dans la mesure où elle envisage toutes les configurations possibles d'une pièce dont le nombre est égal à 2^N (N étant le nombre total de personnages). Aussi est-il nécessaire de faire appel à l'ordinateur qui permet d'obtenir, non seulement l'indice de probabilité de chacune des scènes de la pièce, mais encore celui de toutes les scènes possibles. De plus, il peut être complété par la mesure de la quantité d'informations contenue dans chaque scène suivant la loi :

> Moins une configuration scénique est probable, plus sera grande la quantité d'informations que fournira sa réalisation.

et le calcul suivant :

> Sur la base des conclusions tirées de l'expérience, on définira la quantité d'informations fournie par la réalisation d'un événement (A) avec la probabilité P (A) comme le logarithme (dans une base quelconque) de cette probabilité pris avec le signe –
>
> $$H_{(A)} = - \log P_{(A)}$$
>
> si l'on prend comme base du logarithme le chiffre 2, $H_{(A)}$ aura pour unité de mesure le bit[7].

Les pages suivantes présentent les hiérarchies décroissantes (tableau A) et croissantes (tableau B) des configurations ayant respectivement les plus grands et les plus petits indices d'information[8]. Les configurations qui ne figurent pas dans la pièce sont précédées du signe –.

La Jalousie du Barbouillé

Tableau A

```
 - 1  (LB , LD, A, V, C, GV, LV)  –Log2(P)   ...... 12.387383
 - 1  (    , LD, A, V, C,    , LV)           ...... 12.387383
 - 1  (    , LD, A, V,   , GV, LV)           ...... 12.387383
 - 4  (    , LD,   , V,   ,   , LV)           ...... 12.387381
 - 4  (LB , LD,   , V, C,    , LV)           ...... 12.387381
 - 4  (LB , LD,   , V,   , GV, LV)           ...... 12.387381
 - 7  (    ,   ,   , V, C, GV, LV)           ...... 12.987975
 - 7  (    , LD,   ,   , C, GV, LV)           ...... 12.987975
 - 9  (LB , LD,   , V, C, GV, LV)           ...... 13.555223
 - 9  (    , LD, A, V, C, GV, LV)           ...... 13.555223
 - 9  (    , LD,   , V, C,    , LV)           ...... 13.555223
 - 9  (    , LD,   , V,   , GV, LV)           ...... 13.555223
 -10  (    , LD,   , V, C, GV, LV)           ...... 14.723067
```

Tableau B

```
   1  (LB ,   , A,   ,   ,   , )  –Log2(P)   ...... 2.998113
   2  (LB ,   ,   ,   ,   ,   , )            ...... 4.165955
   2  (    ,   , A,   ,   ,   , )            ...... 4.165955
 - 1  (LB ,   , A,   , C,   , )            ...... 4.165955
 - 3  (LB ,   , A,   ,   , GV, )            ...... 4.165954
 - 4  (LB , LD, A,   ,   ,   , )            ...... 4.733205
 - 4  (LB ,   , A, V,   ,   , )            ...... 4.733203
 - 6  (    ,   ,   ,   ,   ,   , )            ...... 5.333797
 - 6  (LB ,   ,   ,   , C,   , )            ...... 5.333797
 - 6  (LB ,   ,   ,   ,   , GV, )            ...... 5.333797
 - 6  (    ,   , A,   , C,   , )            ...... 5.333797
 - 6  (    ,   , A,   ,   , GV, )            ...... 5.333797
 - 6  (LB ,   , A,   , C, GV, )            ...... 5.333797
```

Le Médecin volant

Tableau A

```
- 1  (V , SA,    ,    , GR, L  , A )   –Log2(P)   ...... 15.3436203
- 2  (V , SA,    , G  , GR, L  , A )              ...... 14.6066542
- 2  (  , SA,    ,    , GR, L  , A )              ...... 14.6066542
- 4  (V , SA, SG,     , GR, L  , A )              ...... 14.2094736
- 5  (  , SA,    , G  , GR, L  , A )              ...... 13.8696890
- 6  (  , SA, SG,     , GR, L  , A )              ...... 13.4725065
- 6  (V , SA, SG, G  , GR, L  , A )               ...... 13.4725065
- 8  (V , SA,    ,    , GR, L  ,   )              ...... 13.2234030
- 8' (V ,    ,    ,    , GR, L  , A )             ...... 13.2234030
```

Tableau B

```
  1  (  ,    , SG, G ,   ,   ,   )   –Log2(P)   ...... 2.8803978
- 2  (  ,    , SG,    ,   ,   ,   )              ...... 3.6173630
- 3  (  ,    ,    , G ,   ,   ,   )              ...... 4.0145445
  4  (V ,    , SG,    ,   ,   ,   )              ...... 4.3543291
  5  (  ,    ,    ,    ,   ,   ,   )             ...... 4.7515097
- 5  (V ,    ,    , G ,   ,   ,   )              ...... 4.7515097
  7  (  ,    , SG, G ,   ,   , A )               ...... 5.0006151
  7  (  , SA, SG, G ,   ,   ,   )                ...... 5.0006151
  9  (V ,    ,    ,    ,   ,   ,   )             ...... 5.4884758
 10  (  ,    , SG, G , GR,   ,   )               ...... 5.6877518
 10' (  ,    , SG, G ,   , L ,   )               ...... 5.6877518
```

Les Précieuses ridicules

Tableau A

	DC	CM	G	MA	AL	MS	J	P	V	−Log2(P)
− 1	DC		G		AL		J	P	V	18.614059
− 2	DC		G		AL	MS	J	P	V	18.100891
− 3	DC		G	MA	AL		J	P	V	17.739960
− 4	DC		G		AL		J	P		17.733643
− 4	DC		G		AL			P	V	17.733643
− 6	DC	CM	G		AL		J	P	V	17.357147
− 7	DC				AL		J	P	V	17.350204
− 8	DC		G	MA	AL	MS	J	P	V	17.226791
− 9	DC		G		AL	MS	J	P		17.220474
− 9	DC		G		AL	MS		P	V	17.220474
−11			G		AL		J	P	V	16.911255
−12	DC		G	MA	AL			P	V	16.859543
−12	DC		G	MA	AL		J	P		16.859543
−14	DC		G		AL			P		16.853226
−15	DC	CM	G		AL	MS	J	P	V	16.843979
−16	DC				AL	MS	J	P	V	16.837036
−17	DC	CM	G	MA	AL		J	P	V	16.483047
−18	DC	CM	G		AL		J	P		16.476730
−19	DC			MA	AL		J	P	V	16.476105
−20	DC				AL			P	V	16.469788
−20	DC				AL		J	P		16.469788

Tableau B

									−Log2(P)
1	(	, CM,	, MA,	, MS,	,	,	)		...... 4.304893
2	(	, CM,	, MA,	,	,	,	)		...... 4.818064
− 3	(	, CM,	,	, MS,	,	,	)		...... 5.178989
− 4	(	, CM,	, MA,	, MS,	,	, V	)		...... 5.185310
4	(	, CM,	, MA,	, MS, J ,	,	)			...... 5.185310
6	(	, ,	, MA,	, MS,	,	,	)		...... 5.561801
− 7	(	, CM, G , MA,	, MS,	,	,	)			...... 5.568744
8	(	, CM,	, ,	, ,	,	)			...... 5.692160
− 9	(	, CM,	, MA,	,	,	, V	)		...... 5.698482
− 9	(	, CM,	, MA,	, , J ,	,	)			...... 5.698482
−11	(DC	, CM,	, MA,	, MS,	,	,	)		...... 6.007693
−12	(	, CM,	, ,	, MS, J ,	,	)			...... 6.059407
−12	(	, CM,	, ,	, MS,	,	, V	)		...... 6.059407
14	(	, CM,	, MA,	, MS, J ,	, V	)			...... 6.065728
−15	(	, ,	, MA,	, ,	,	)			...... 6.074972
−16	(	, CM, G , MA,	, ,	,	)				...... 6.081915
−17	(	, ,	, ,	, MS,	,	,	)		...... 6.435898
−18	(	, ,	, MA,	, MS, J ,	,	)			...... 6.442219
−19	(	, CM, G ,	,	, MS,	,	,	)		...... 6.442841
−20	(	, CM, G , MA,	, MS, J ,	,	)				...... 6.449162
−20	(	, CM, G , MA,	, MS,	,	, V	)		...... 6.449162

L'École des femmes

Tableau A

```
- 1   P ( , AG, H, AL, G, C, EO, N )        ...... 0.00000029
- 2   P ( , AG, H, AL,  , C, EO, N )        ...... 0.00000048
- 2   P ( , AG, H,   , G, C, EO, N )        ...... 0.00000048
- 4   P ( , AG,  , AL, G, C, EO, N )        ...... 0.00000072
- 5   P ( , AG, H,  ,  , C, EO, N )         ...... 0.00000081
- 6   P ( ,   , H, AL, G, C, EO, N )        ...... 0.00000087
- 7   P ( , AG,  ,   , G, C, EO, N )        ...... 0.00000120
- 7'  P ( , AG,  , AL,  , C, EO, N )        ...... 0.00000120
- 9   P ( ,   , H,   , G, C, EO, N )        ...... 0.00000145
- 9   P ( ,   , H, AL,  , C, EO, N )        ...... 0.00000145
-11   P ( , AG, H, AL, G,  , EO, N )        ...... 0.00000157
-12   P ( , AG,  ,   ,  , C, EO, N )        ...... 0.00000200
-13   P ( ,   ,  , AL, G, C, EO, N )        ...... 0.00000216
```

Tableau B

```
  1   P ( A,   ,  ,   ,  ,  ,  ,  )         ...... 0.14519054
  2   P ( A,   ,  , AL,  ,  ,  ,  )         ...... 0.08711433
- 3   P ( A,   ,  ,   , G,  ,  ,  )         ...... 0.08711427
  4   P ( A,   , H,   ,  ,  ,  ,  )         ...... 0.05844271
  5   P ( A,   ,  , AL, G,  ,  ,  )         ...... 0.05226862
  6   P ( A, AG,  ,   ,  ,  ,  ,  )         ...... 0.04839682
- 7   P ( A,   , H,   , G,  ,  ,  )         ...... 0.03506567
- 8   P ( A,   , H, AL,  ,  ,  ,  )         ...... 0.03506564
  9   P ( A, AG,  , AL,  ,  ,  ,  )         ...... 0.02903811
- 9'  P ( A, AG,  ,   , G,  ,  ,  )         ...... 0.02903811
 11   P ( A,   ,  ,   ,  , C,  ,  )         ...... 0.02683616
-12   P ( A,   , H, AL, G,  ,  ,  )         ...... 0.02103939
 13   P ( A, AG, H,   ,  ,  ,  ,  )         ...... 0.01948092
```

Le Misanthrope

Tableau A

```
– 1 (  , P , O ,    , E , AC, AR, B  , DB, G)  –Log2(P)  ...... 24.328033
– 1 (  ,   ,   ,    , E , AC, AR, B  , DB, G)             ...... 24.328033
– 3 (  , P , O , C , E , AC, AR, B  , DB, G)             ...... 23.522949
– 3 (  ,   , O , C , E , AC, AR, B  , DB, G)             ...... 23.522949
– 5 (  , P , O ,    , E ,    , AR, B  , DB, G)             ...... 23.227280
– 5 (  , P , O ,    ,    , AC, AR, B  , DB, G)             ...... 23.227280
– 5 (  ,   , O ,    , E ,    , AR, B  , DB, G)             ...... 23.227280
– 5 (  ,   , O ,    ,    , AC, AR, B  , DB, G)             ...... 23.227280
– 9 (A, P , O ,    , E , AC, AR, B  , DB, G)             ...... 22.568466
– 9 (A,   , O ,    , E , AC, AR, B  , DB, G)             ...... 22.568466
–11 (  , P , O ,    , E , AC, AR,    , DB, G)             ...... 22.560257
–12 (  , P , O , C , E ,    , AR, B  , DB, G)             ...... 22.422211
–13 (  , P , O , C ,    , AC, AR, B  , DB, G)             ...... 22.422211
–14 (  ,   , O , C , E ,    , AR, B  , DB, G)             ...... 22.422211
–15 (  ,   , O , C ,    , AC, AR, B  , DB, G)             ...... 22.422211
–16 (  ,   ,   ,    , E , AC, AR, B  , DB, G)             ...... 22.150162
–17 (  ,   ,   ,    , E , AC, AR, B  , DB, G)             ...... 22.150162
–18 (  , P ,   ,    ,    ,    , AR, B  , DB, G)             ...... 22.126556
–19 (  ,   , O ,    ,    ,    , AR, B  , DB, G)             ...... 22.126556
–20 (A, P , O , C , E , AC, AR, B  , DB, G)             ...... 21.763382
```

Le Misanthrope (suite)

Tableau B

1	(A, P ,	,C ,	,	,	,	,	,	)	–Log2(P)	......	4.133817
1	(A, ,	,C ,	,	,	,	,	,	)		......	4.133817
3	(A, P ,	,	,	,	,	,	,	)		......	4.938905
3	(A, ,	,	,	,	,	,	,	)		......	4.938905
5	(A, P ,	,C ,E	,	,	,	,	,	)		......	5.234562
5	(A, P ,	,C ,	,AC,	,	,	,	)		......	5.234562
5	(A, ,	,C ,	,AC,	,	,	,	)		......	5.234562
8	(,P ,	,C ,	,	,	,	,	,	)		......	5.893384
8	(, ,	,C ,	,	,	,	,	,	)		......	5.893384
10	(A, P ,	,C ,	,	,	,B ,	,	)		......	5.901593
10	(A, ,	,C ,	,	,	,B	,	)		......	5.901593
12	(A, P ,	,	,AC,	,	,	,	)		......	6.039651
12	(A, ,	,	,E ,	,	,	,	,	)		......	6.039651
14	(A, P ,O	,C ,	,	,	,	,	,	)		......	6.311690
15	(A, ,O	,C ,	,	,	,	,	,	)		......	6.311690
*16	(A, P ,	,C ,E	,AC,	,	,	,	)		......	6.335309
–16	(A, ,	,C ,E	,AC,	,	,	,	)		......	6.335309
18	(,P ,	,	,	,	,	,	,	)		......	6.698473
19	(, ,	,	,	,	,	,	,	)		......	6.698473
20	(A, P ,	,	,	,	,B ,	,	)		......	6.706681

* Temps précédant l'intervention de Basque égal à la majorité de la scène 4, acte II.

Amphitryon

Tableau A

– 1	P (	, M	, J	, A,	,		, N	, P	)	......	0.00002369
– 2	P (	, M	, J	, A,	,	AP,	N	, P	)	......	0.00002597
– 2	P (	, M	, J	, A,	C,		, N	, P	)	......	0.00002597
– 3	P (	, M	, J	, A,	C,	AP,	N	, P	)	......	0.00002847
– 4	P (	,	, J	, A,	,		, N	, P	)	......	0.00005942
– 5	P (	,	, J	, A,	,	AP,	N	, P	)	......	0.00006515
– 5	P (	,	, J	, A,	C,		, N	, P	)	......	0.00006515
– 7	P (	,	, J	, A,	C,	AP,	N	, P	)	......	0.00007143
– 8	P (S,	M	, J	, A,	,		, N	, P	)	......	0.00007542
– 9	P (	, M	, J	, A,	,		,	, P	)	......	0.00007583
– 9	P (	, M	,	, A,	,		, N	, P	)	......	0.00007583
–11	P (S,	M	, J	, A,	C,		, N	, P	)	......	0.00008269
–11	P (S,	M	, J	, A,	,	AP,	N	, P	)	......	0.00008269
–13	P (	, M	, J	, A,	,	AP,		, P	)	......	0.00008314
–14	P (	, M	, J	, A,	C,		,	, P	)	......	0.00008315
–14	P (	, M	,	, A,	C,		, N	, P	)	......	0.00008315
–14	P (	, M	,	, A,	,	AP,	N	, P	)	......	0.00008315
–17	P (S,	M	, J	, A,	C,	AP,	N	, P	)	......	0.00009066
–18	P (	, M	, J	, A,	C,	AP,		, P	)	......	0.00009116
–18	P (	, M	,	, A,	C,	AP,	N	, P	)	......	0.00009116

Amphitryon (suite)

Tableau B

− 1	P (S,	,	,	, C, AP,	,	)	......	0.06005867
2	P (S,	,	,	, C,	,	,	)	......	0.05477628
2	P (S,	,	,	, , AP,	,	)	......	0.05477628
4	P (S,	,	,	, ,	,	,	)	......	0.04995853
− 5	P (S, M ,	,	, C,	,	,	)	......	0.02183389
− 6	P (S, M ,	,	, , AP,	,	)	......	0.02183390
− 7	P (S, M ,	,	, C, AP,	,	)	......	0.02393946
8	P (S, M ,	,	, ,	,	,	)	......	0.01991353
− 9	P (,	,	, , C, AP,	,	)	......	0.01886206
−10	P (S,	,	,	, C, AP, N ,	)	......	0.01875849
−10	P (S,	, J ,	, C, AP,	,	)	......	0.01875849
−12	P (,	,	, , C,	,	,	)	......	0.01720307
12	P (,	,	, , , AP,	,	)	......	0.01720307
−14	P (S,	,	,	, C, , N ,	)	......	0.01710861
15	P (S,	, J ,	, C,	,	,	)	......	0.01710860
−15	P (S,	, J ,	, , AP,	,	)	......	0.01710860
15	P (S,	,	,	, , AP, N ,	)	......	0.01710860
−18	P (S,	, J ,	, ,	,	,	)	......	0.01560384
−18	P (S,	,	, ,	, , N ,	)	......	0.01560384
18	P (,	,	, , ,	,	,	)	......	0.01569000
−21	P (S,	,	,	, C, AP,	, P	)	......	0.01408783
−22	P (S,	,	,	, C,	, P	)	......	0.01284876
22	P (S,	,	,	, , AP,	, P	)	......	0.01284876

Les Fourberies de Scapin

Tableau A

```
– 1  (O,    ,    , HY, A , G , L , Z , N , C)   –Log2(P)   ...... 17.179718
– 2  (O,    , SC, HY, A , G , L , Z , N , C)               ...... 16.960007
– 3  (O,    ,    , HY, A ,   , L , Z , N , C)               ...... 16.954208
– 3  (O,    ,    , HY,   , G , L , Z , N , C)               ...... 16.954208
– 5  (O,    , SC, HY, A ,   , L , Z , N , C)               ...... 16.734497
– 5  (O,    , SC, HY,   , G , L , Z , N , C)               ...... 16.734497
– 7  (O,    ,    , HY,   ,   , L , Z , N , C)               ...... 16.728683
– 8  (O,    , SC, HY,   ,   , L , Z , N , C)               ...... 16.508972
– 9  ( ,    ,    , HY, A , G , L , Z , N , C)               ...... 16.497894
–10  ( ,    , SC, HY, A , G , L , Z , N , C)               ...... 16.278183
–11  ( ,    ,    , HY, A ,   , L , Z , N , C)               ...... 16.272385
–11  ( ,    ,    , HY,   , G , L , Z , N , C)               ...... 16.272385
 13  (O, SI,    , HY, A , G , L , Z , N , C)               ...... 16.267578
–14  ( ,    , SC, HY, A ,   , L , Z , N , C)               ...... 16.052658
–14  ( ,    , SC, HY,   , G , L , Z , N , C)               ...... 16.052658
 16  (O, SI, SC, HY, A , G , L , Z , N , C)               ...... 16.047867
–17  ( ,    ,    , HY,   ,   , L , Z , N , C)               ...... 16.046860
–18  (O, SI,    , HY, A ,   , L , Z , N , C)               ...... 16.042053
–18  (O, SI,    , HY,   , G , L , Z , N , C)               ...... 16.042053
–20  ( ,    , SC, HY,   ,   , L , Z , N , C)               ...... 15.827154
–21  (O, SI, SC, HY, A ,   , L , Z , N , C)               ...... 15.822350
```

Les Fourberies de Scapin (suite)

Tableau B

```
  1 ( , SI, SC,   ,   ,   ,   ,   ,   , )  –Log2(P)  ...... 5.900940
- 2 ( , SI,   ,   ,   ,   ,   ,   ,   , )             ...... 6.120654
- 3 ( , SI, SC,   ,  ,G ,   ,   ,   , )              ...... 6.126460
  3'( , SI, SC,  ,A ,   ,   ,   ,   , )              ...... 6.126460
- 5 ( , SI,   ,   ,  ,G ,   ,   ,   , )              ...... 6.346172
- 6 ( , SI,   ,  ,A ,   ,   ,   ,   , )              ...... 6.346174
- 7 ( , SI, SC,  ,A ,G ,   ,   ,   , )               ...... 6.351978
  8 ( , SI,   ,  ,A ,G ,   ,   ,   , )               ...... 6.571692
  9 (O, SI, SC,   ,   ,   ,   ,   ,   , )             ...... 6.582766
 10 (O, SI,   ,   ,   ,   ,   ,   ,   , )             ...... 6.802480
-11 (O, SI, SC,  ,A ,   ,   ,   ,   , )               ...... 6.808285
-11'(O, SI, SC,   ,  ,G ,   ,   ,   , )              ...... 6.808285
-13 ( ,   , SC,   ,   ,   ,   ,   ,   , )             ...... 6.813088
-14 (O, SI,   ,  ,A ,   ,   ,   ,   , )               ...... 7.027998
-14'(O, SI,   ,   ,  ,G ,   ,   ,   , )              ...... 7.027998
 16 ( ,   ,   ,   ,   ,   ,   ,   ,   , )             ...... 7.032802
-17 (O, SI, SC,  ,A ,G ,   ,   ,   , )               ...|... 7.033803
 18 ( ,   , SC,   ,  ,G ,   ,   ,   , )              ...|... 7.038609
 18'( ,   , SC,  ,A ,   ,   ,   ,   , )              ...... 7.038609
-20 (O, SI,   ,  ,A ,G ,   ,   ,   , )               ...... 7.253517
```

Le Malade imaginaire

Tableau A

```
-  1  (    ,    , AG, B, N, C, D , L , BR, F , P )   –Log2(P)   36.202621
-  2  (    ,   ,     , B, N, C, D , L , BR, F , P )              35.334839
-  3  (    ,   ,     , B, N, C, D , L ,    , F , P )             35.236694
-  4  (    , T, AG, B, N, C, D , L , BR, F , P )                 34.917847
-  5  (    , T, AG, B, N, C, D , L ,    , F , P )                34.819717
-  6  (    ,    , AG, B, N,    , D , L , BR, F , P )             34.138657
-  7  (    , T,     , B, N, C, D , L , BR, F , P )               34.050064
-  8  (    , T,     , B, N, C, D , L ,    , F , P )              33.951935
-  9  (    ,    , AG,    , N, C, D , L , BR, F , P )             33.821014
-10   (    ,    , AG,    , N, C, D , L ,    , F , P )            33.722870
-11   (A ,    , AG, B, N, C, D , L , BR, F , P )                 33.460114
-12   (A ,    , AG, B, N, C, D , L ,    , F , P )                33.361984
-13   (    ,    ,     , B, N,    , D , L , BR, F , P )           33.270874
-14   (    ,    ,     , B, N,    , D , L ,    , F , P )          33.172729
-15   (    ,    ,     ,    , N, C, D , L , BR, F , P )           32.953232
-16   (    ,    ,     ,    , N, C, D , L ,    , F , P )          32.855087
-17   (    , T, AG, B, N,    , D , L , BR, F , P )               32.853882
-18   (    , T, AG, B, N,    , D , L ,    , F , P )              32.755737
-19   (A ,    ,     , B, N, C, D , L , BR, F , P )               32.592331
-20   (A ,    ,     , B, N, C, D , L ,    , F , P )              32.494202
```

Le Malade imaginaire *(suite)*

Tableau B

```
  1   (A , T,    ,  ,  ,  ,   ,  ,   ,  , )    –Log2( P )   3.121956
  2   (A , T,    ,  ,  ,  ,   , , BR,  , )                  3.220097
  3   (A , T, AG,  ,  ,  ,   ,  ,   ,  , )                  3.989742
  4   (A , T, AG,  ,  ,  ,   , , BR,  , )                   4.087884
  5   (A ,  ,    ,  ,  ,  ,   ,  ,   ,  , )                 4.406723
  6   (A ,  ,    ,  ,  ,  ,   , , BR,  , )                  4.504863
 - 7  (A , T,    ,  , , C,   ,  ,   ,  , )                  5.185923
 - 8  (A ,  , AG,  ,  ,  ,   ,  ,   ,  , )                  5.274508
 - 9  (A , T,    ,  , , C,   , , BR,  , )                   5.284064
 -10  (A ,  , AG,  ,  ,  ,   , , BR,  , )                   5.372649
 -11  (A , T,    , B,  ,  ,   ,  ,   ,  , )                 5.503567
  12  (A , T,    , B,  ,  ,   , , BR,  , )                  5.601707
 -13  (  , T,    ,  ,  ,  ,   ,  ,   ,  , )                 5.864459
  14  (  , T,    ,  ,  ,  ,   , , BR,  , )                  5.962601
  15  (A , T, AG,  , , C,   ,  ,   ,  , )                   6.053708
  16  (A , T, AG,  , , C,   , , BR,  , )                    6.151850
  17  (A , T, AG, B,  ,  ,   ,  ,   ,  , )                  6.371351
 -18  (A , T, AG, B,  ,  ,   , , BR,  , )                   6.469492
 -19  (A ,  ,    ,  , , C,   ,  ,   ,  , )                  6.470691
 -20  (A ,  ,    ,  , , C,   , , BR,  , )                   6.568832
```

Une première constation s'impose : aucune des configurations des hiérarchies A n'est effectivement réalisée dans la pièce concernée. Au contraire, bon nombre des configurations des hiérarchies B figurent dans la pièce. À quoi attribuer ce phénomène ? Étant donné que la probabilité de la configuration est liée à la probabilité du personnage, il semble que la stratégie scénique de Molière relève modérément du « coup de théâtre », autrement dit, de scènes surprenantes ou hardies qui mettraient en rapport deux ou plusieurs personnages apparaissant très peu dans toute la pièce. De plus, le théâtre de Molière semble *ne pas* jouer sur les scènes de groupe, fait qui vient confirmer les premières analyses concernant le degré d'occupation scénique.

Une exception à cette règle, *Les Fourberies de Scapin*, qui contient deux scènes relevant de la hiérarchie A : la scène 12 de l'acte III qui correspond à la configuration 13 et la scène 13 de l'acte III qui correspond à la configuration 16.

Ce fait doit être mis, sans doute, en relation avec le caractère artificiel du dénouement dont l'invraisemblance est compensée par son poids scénique et son caractère spectaculaire.

L'analyse des résultats des hiérarchies B peut s'effectuer sur deux plans ; tout d'abord pour mettre en évidence les leitmotive de l'œuvre, puis pour en souligner les refus et / ou les choix. L'étude des canevas met ainsi en évidence la « faiblesse » de leur construction qui majore « la configuration vide » placée en 6 et en 5 de la hiérarchie. Ce fait mérite d'être relevé dans la mesure où ce phénomène se reproduit dans *Le Misanthrope* (19), dans *Amphitryon* (18) et dans *Les Fourberies de Scapin* (16).

Dans *La Jalousie du Barbouillé*, les hiatus ou configurations vides sont liés à des effets scéniques assez remarquables, à savoir la sortie du Docteur (scène 2) après un discours caricatural, d'une part, et son évacuation par tous les autres personnages (scène 6), d'autre part. Le point commun entre ces deux hiatus est, plus que le personnage lui-même, le type de discours qu'il emploie. Dans le premier cas, sa dernière tirade est un modèle de discours clos sur lui-même puisqu'elle est construite sur une imbrication de compléments circonstanciels de lieu qui va du plus petit (la bourse) au plus grand (le monde) et inversement. Ici encore, « parler c'est agir » puisque cette « protubérance » discursive fait obstacle au déroulement de l'action dans la mesure où le discours du Docteur empêche le Barbouillé de résoudre son problème ; par ce discours, le Docteur passe du rôle d'auxiliaire à celui d'obstacle. Dans le second cas, l'arrivée du Docteur coïncide avec un point de tension puisqu'elle est précédée de celle de Gorgibus et de Villebrequin qui prétendent résoudre la querelle qui oppose Angélique au Barbouillé. De plus cette scène est manifestement une charnière avant la nouvelle intrigue (le bal). Or elle est composée pour une part d'indications scéniques suivant lesquelles les acteurs doivent faire « un bruit confus de leurs voix ».

C'est plus que la manifestation extérieure du caractère inachevé du texte. Ce procédé met en évidence que le discours, tel qu'il a été mis en œuvre par le personnage du Docteur, est arrivé à ce moment de l'intrigue à un point de saturation. L'exposition de la scène 2 est amplifiée par le nombre des participants de la scène 6; chacun possède un discours sans rapport avec celui des autres : Angélique ment contre son mari, Villebrequin et Gorgibus parlent de ce qu'ils n'ont pas vu et le Docteur de tout autre chose. C'est la même confusion qui réduisait au silence le Barbouillé au début de la pièce. Le dialogue reste écrit dans la mesure où le Docteur l'interrompt par son discours; lorsque tous parlent, c'est le chaos ou le départ du Docteur comme à la scène 2. D'ailleurs, à la fin du canevas, le Docteur surgit d'une fenêtre pour tenter de se mêler à la querelle. La fenêtre étant en elle-même un lieu intermédiaire entre les coulisses et la scène proprement dite, celui-ci est déjà en deçà du jeu, parce que, fictivement, les autres protagonistes l'ont fait sortir à la scène 6, mais surtout parce que sa vue seule suffit à démontrer le procédé de la fin du conflit : il n'y a pas de discours possible sur la raison des querelles entre le mari et sa femme. Ce que le discours ne peut exprimer est pris en charge par le lieu scénique : le lieu supplée l'insuffisance du récit. Dans le second canevas, on retrouve le même usage du lieu. Sganarelle et Gorgibus se livrent à un petit ballet apparition-disparition qui se joue d'abord sur plusieurs scènes :

– scène 11 : apparition de Gorgibus, Sganarelle devient Narcisse et disparaît;

– scène 12 : apparition de Sganarelle, disparition de Gorgibus à la recherche de Narcisse;

– scène 13 : Sganarelle reparaît en costume de Narcisse, c'est-à-dire de valet;

– scène 14 : apparition de Gorgibus, il enferme Sganarelle. Celui-ci saute par la fenêtre;

– scène 15 : apparition de Gorgibus-Sganarelle médecin sur la scène, de Gorgibus-Sganarelle Narcisse à la fenêtre, de Gorgibus-Sganarelle médecin sur la scène, dédoublement de Sganarelle à la fenêtre.

La précipitation du jeu scénique se manifeste surtout dans la dernière scène où il est contenu dans un lieu de plus en plus circonscrit; il s'achève à cause de la présence de Gros René qui révèle au trop crédule Gorgibus la mystification. Mais il le fait en obligeant Sganarelle à restreindre, de plus en plus, le lieu de ses apparitions et l'intervalle entre chacune d'entre elles. Ainsi c'est une limite du discours qui est d'abord compensée par l'espace, puis révélée par lui : le mensonge est double par nature, le costume interchangeable, mais le locuteur est un. Cet emploi du lieu semble lié aux scènes d'hypertrophie du discours dans lesquelles un personnage change d'identité ou d'apparence.

Si, dans *Le Médecin volant*, c'est la transformation de Sganarelle qui fonde la totalité du jeu, dans les œuvres plus complexes, ce type de procédé est à envisager plus dans ses rapports avec la thématique que pour lui-même. Dans ce canevas, il permet de rappeler la présence latente, sous-jacente de la gestuelle dans l'espace scénique. Étant donné que l'utilisation manifeste de cet aspect primordial disparaît presque complètement des notations scéniques et textuelles des œuvres postérieures, on peut supposer que les limites du discours ainsi que ses mécanismes, pour inscrits qu'ils soient dans le texte, n'en demeurent pas moins transcriptibles visuellement au-delà d'une simple illustration. Qu'on retrouve une majoration du hiatus dans les comédies qui jouent sur le mensonge (*Les Fourberies de Scapin*) ou sur une double identité (*Amphitryon*) permet de confirmer l'importance du lieu comme substitut du discours. De même le rôle du lieu dans *Le Misanthrope* est-il lié au rapport dire / ne jamais dire concrétisé par Alceste et Célimène.

La deuxième constatation tirée de l'étude des hiérarchies B est qu'il existe une proportion constante entre le nombre de scènes réalisées et le nombre total des scènes attendues.

La Jalousie du Barbouillé présente	5 scènes réalisées soit 1/3 du nombre total de scènes de la hiérarchie.
Le Médecin volant,	9 scènes, à savoir 1/2.
Les Précieuses ridicules,	7 scènes, à savoir 1/2.
L'École des femmes,	23 scènes, à savoir 3/4.
Le Misanthrope,	10 scènes, à savoir 1/2.
Amphitryon,	12 scènes, à savoir 1/2.
Les Fourberies de Scapin,	10 scènes, à savoir 1/2.
Le Malade imaginaire,	17 scènes, à savoir 1/2.

Ces scènes forment donc, dans un équilibre constant, le fil continu de l'histoire dans la mesure où elles sont construites à partir de configurations « attendues » de personnages. On peut vérifier cette affirmation en mettant en évidence le nombre de scènes répétées dans les hiérarchies des pièces complexes.

L'École des femmes	Arnolple seul : 6 fois
	Arnolphe, Horace : 5 fois
	Arnolphe, Alain, Georgette : 5 fois
	Arnolphe, Agnès : 3 fois
	Arnolphe, Chrysalde : 2 fois
Le Misanthrope	Alceste, Célimène : 2 fois
	Alceste, Philinte : 3 fois
	Alceste, Célimène, Basque : 2 fois
Amphitryon	Sosie, Cléanthis : 2 fois
	Sosie, Mercure : 2 fois
Les Fourberies de Scapin	Silvestre, Scapin : 2 fois
	Scapin, Géronte : 2 fois
Le Malade imaginaire	Argan, Toinette, Béralde : 6 fois
	Argan, Toinette, Angélique : 2 fois

Toutes ces scènes ont en commun leur faible poids événementiel et sont plus des scènes de narration, de mise en place, de délibération ou de jeu.

narration	(Arnolphe, Horace)
	(Arnolphe, Chrysalde)
	(Silvestre, Scapin)
mise en place	(Arnolphe, Alain, Georgette)
	(Alceste, Célimène, Basque)
délibération	(Arnolphe, Agnès) (Sosie, Cléanthis)
	(Célimène, Alceste) (Alceste, Philinte)
jeu	(Scapin, Géronte)
	(Sosie, Mercure)

Si ces scènes dessinent la continuité fictive, il semble intéressant de marquer les « refus » de l'auteur, autrement dit, les configurations qui ne trouvent *aucune* réalisation scénique. Ces configurations sont le plus souvent révélatrices de la nature du conflit et dessinent la stratégie propre à chaque pièce.

Ainsi, pour *L'École des femmes*, on remarque que la majorité des configurations non réalisées mettent en évidence la complicité involontaire des valets à l'égard d'Horace, puisqu'une réunion entre Horace, Alain et / ou Georgette, Arnolphe est absente dans la pièce malgré sa forte probabilité. Jouvet en visualisant les entractes a souligné cette complicité et a mis en évidence « un trou textuel[9] ».

Pour *Le Misanthrope*, « les trous textuels » les plus pertinents sont révélés par l'absence d'ensembles concurrents de configurations :

a)	1	Alceste, Philinte, Célimène
	8	Philinte, Célimène
	12	Alceste, Eliante
	5	Alceste, Philinte, Célimène, Éliante
	14	Alceste, Philinte, Célimène, Oronte
b)	3	Alceste
	8	Célimène
	18	Philinte
c)	16	Alceste, Célimène, Eliante, Acaste, Clitandre
	5	Alceste, Philinte, Célimène, Acaste, Clitandre

Ces regroupements de configurations permettent de confirmer que :

a) Philinte est peut être le rival d'Alceste, ou en tout cas qu'il déteste Célimène, isolément et dans son rapport à Alceste. Il est vrai que la construction classique de la double intrigue aurait pu reposer sur la consolation mutuelle que s'apportent deux amants refusés : Philinte par Célimène, Éliante par Alceste… Mais cette duplication est interdite par l'absence de la configuration 5. Le refus du duo Alceste-Éliante (configuration 12) sanctionne la fragilité d'un projet commun, souvent évoqué, voire invoqué comme vengeance par Alceste, mais aussi refusé par lui après les atermoiements de Célimène.

b) Il n'y a pas de « désert » pour Alceste, pas de monologue, forme de tirade que le thème autoriserait. Plus normal pour Célimène et Philinte dont la coquetterie et la sociabilité s'accommodent mal de la solitude, ce refus de la scène unique est très rare : l'œuvre accorde à tous les personnages titres ou principaux une scène de « délibération ». Argan comme Arnolphe, comme Sosie, y ont droit. C'est donc qu'ici le groupe est majoré aux dépens de l'individualité.

c) La présence mondaine, au sein du groupe du salon, ne saurait dissocier Éliante et Philinte, vérification de la soumission du personnage féminin.

En ce qui concerne *Amphitryon*, les choix de scènes parmi les configurations les plus probables soulignent l'effet de double symétrie du fonctionnement. En effet, si la pièce repose sur une équation du type :

$$\text{Cléanthis} + \frac{\text{Mercure}}{\text{Sosie}} = \frac{\text{Jupiter}}{\text{Amphitryon}} + \text{Alcmène}$$

on remarque qu'elle est respectée par le refus des configurations suivantes :

1	Sosie, Cléanthis, Amphitryon au profit du 15
	Sosie, Jupiter, Cléanthis
5	Sosie, Mercure, Cléanthis
6	Sosie, Mercure, Amphitryon
7	Sosie, Mercure, Cléanthis, Amphitryon
9	Cléanthis, Amphitryon
10	Sosie, Jupiter, Amphitryon, Cléanthis
15	Sosie, Jupiter, Amphitryon

qui seraient construites soit sur l'exclusion d'un terme de l'équation (5), soit sur un seul niveau (1, 9), soit enfin sur une visualisation immédiate du double (6, 7, 10, 15). De plus, l'absence de la configuration 12 (Cléanthis seule), la réalisation des configurations et (Sosie seul, Amphitryon seul), manifestent clairement que Cléanthis est le pivot d'une symétrie qui est plus dramatisée que représentée jusqu'à l'acte III, et dont Sosie et Amphitryon sont les victimes[10].

Dans *Les Fourberies de Scapin*, on peut remarquer que la scène Silvestre-Scapin l'emporte sur les configurations

2	Silvestre seul
13	Scapin seul

De même que les scènes Scapin-Géronte, Scapin-Argante sont retenues aux dépens des configurations

5	Silvestre, Géronte
6	Silvestre, Argante

Il n'existe donc pas d'autonomie de Scapin, si ce n'est dans l'action. Quant à Silvestre, il n'a aucune autonomie dans la mesure où il

figure le plus souvent dans des scènes ou des configurations qui le mettent soit en position de valet, c'est-à-dire avec Octave (9, 10), soit en
position d'intermédiaire (8)[11].

La hiérarchie du *Malade imaginaire* souligne le fait que la pièce joue
très peu sur les confrontations d'antagonistes. Ainsi, les configurations
8, 9, 10, 12, 19, 29, qui ont rapport directement au mariage, ne sont-
elles pas réalisées; de même pour la configuration 11 qui renvoie à la
mise en question de la fonction de Béline. Il faut cependant remarquer
que cette dernière configuration est quasiment représentée à la scène
12 de l'acte III dans laquelle seuls figurent sur le plateau Béline, Toinette, Argan, Béralde s'étant dissimulé dans un « coin ». Néanmoins,
lors de la mise en scène, il semble plus en accord avec les modalités de
l'ensemble du conflit de rendre Béralde invisible pour Béline, mais présent pour le spectateur. Le conflit du mariage relève bien du fil de l'histoire, mais est traité plus sur le mode de la narration que sur le mode
dramatique (pas de confrontation Angélique-Cléanthe, ni Angélique-
Toinette-Cléanthe, caractéristiques des scènes de dépit qu'on trouve
dans *Tartuffe* ou *Le Bourgeois gentilhomme*). Point de focalisation du
récit, car Argan est le seul personnage à avoir sa scène, alors que les
configurations (Toinette) et (Béralde) ne sont pas réalisées[12].

L'examen de ces hiérarchies permet donc de vérifier qu'il existe
bien une pertinence de la scène comme unité narrative puisqu'elle met
en lumière les « trous textuels » d'une manière très concrète. De plus,
ces hiérarchies peuvent être d'une grande aide pour les mises en scène
dans la mesure où elles désignent à la fois les scènes prévisibles et les
scènes obligées. Fort pauvres en informations, ces scènes désignent la
trame du déroulement, ses leitmotive également. Ce type d'approche
pose également la question de « l'intentionnalité de la création littéraire ». En effet, au cours de cette analyse, les mots « choix » et « refus » ont été prononcés[13]. Qui est l'agent du choix ? La première réponse
est l'« auteur ». Et voilà qu'aussitôt surgissent les épouvantails de l'analyse biographique et de la fidélité à... Il convient ici de préciser que si
une telle analyse amène à juger de ce qui aurait pu être par rapport à ce
qui est, elle s'exerce uniquement du texte au texte et sans le relais sa-
cralisant de l'auteur[14]. Il n'en demeure pas moins vrai que vouloir re-
présenter ces pièces en s'appuyant sur les configurations probables mais
non réalisées serait non pas infidélité au sens, mais distorsion du fonctionnement scénique. Mettre en évidence les constantes ou les majeures
du fonctionnement, par rapport à l'ensemble de probabilités qu'il
contient, revient bien à rechercher le sens qu'il construit.

Ce travail sur les séquences unitaires du texte dramatique permet
d'aborder le problème d'une restructuration d'un ensemble dont les
scènes « à faire » ne sont qu'une partie.

2

ACTES, SÉQUENCES,
SYLLABES DRAMATIQUES

Il EXISTE dans le découpage textuel une unité plus large que la scène, à savoir l'acte. Néanmoins, la nécessité d'en rendre compte au moment de la représentation demeure problématique à notre époque où on ne parle plus des contraintes de la technique mais des atouts de la régie. Aussi, joue-t-on à l'envi sur plateaux tournants, avec décors amovibles et transformables. On est loin des conditions du XVIIᵉ siècle où

> les sources de lumière sont faibles et doivent donc être assez nombreuses. Qu'il s'agisse de lampes à huile, de chandelles, ou même de bougies, il faut souvent penser à la mèche. [...] Il semble que la nécessité du mouchage devienne impérative au bout d'une demi-heure environ. Or c'est à peu près la durée d'un acte [...] Le précepte d'Horace sur la division de la pièce en cinq actes s'adaptait à merveille aux soucis professionnels des moucheurs de chandelles.

Et le public, lui aussi, n'a plus « besoin des entractes pour qu'il puisse s'exprimer ».

Attentif et concentré, le spectateur du XXᵉ siècle n'a que peu de moments de détente. La mode des représentations sans entracte est là pour les lui interdire; cloisonnées et dépersonnalisées, les relations sociales ne permettent guère que le public fasse « des réflexions et des plaisanteries, [qu'il] échange des nouvelles, lie connaissance avec son voisin[15] ».

Si l'acte ne pallie plus les insuffisances de la technique ou les besoins du public, il n'en demeure pas moins une marque du texte dans lequel il dessine une structure qui n'est pas seulement formelle mais aussi temporelle.

LES LIAISONS D'ENTRACTE

La dramaturgie classique a édicté des règles concernant les intervalles des actes. Suivant Jacques Schérer, on peut en résumer comme suit :

a) Le contenu

> Pour que les actes soient vraiment séparés, il faut que les intervalles qui les distinguent soient remplis par des actions invisibles, mais nécessaires. L'existence de ces actions dans les entractes est affirmée, après d'Aubignac, par de nombreux théoriciens du théâtre classique.
>
> L'emploi des entractes est une commodité et un moyen de respecter les bienséances. Il permet en particulier de se débarrasser des événements qui exigeraient trop de temps pour être représentés sur la scène […] ; de faire allusion à des événements dont la représentation romprait l'unité de lieu […] de placer des actions utiles mais qui ne seraient pas intéressantes à voir, telles que des commissions confiées à des confidents. Il est parfois chargé d'événements importants[16].

b) Les liaisons

> D'Aubignac l'exprime très clairement : « le même acteur qui ferme un acte ne doit pas ouvrir celui qui suit ». [Parce que] si le même acteur paraît à la fin d'un acte et au début du suivant il y a liaison de scènes entre ces deux actes, ce qui est considéré comme une faute puisqu'on prive ainsi l'entracte de sa fonction de séparation ; pour éviter cette faute, il faut supposer que l'acteur ne reste pas en scène pendant l'entracte et qu'il agit ailleurs pendant ce temps. Mais c'est précisément le temps que l'acteur passerait à cette action invisible qui interdit de la faire revenir au début de l'acte suivant.
>
> Les contemporains, eux, ont choisi. Ils ont sacrifié la vraisemblance à la nécessité de séparer les actes […] chaque fois qu'un personnage reparaît après un entracte, il a agi pendant cet intervalle[17].

L'*École des femmes* est, à ce titre, particulièrement riche puisqu'on sait que la quasi-totalité des actions y sont racontées et qu'elles prennent place justement dans les entractes. Cependant, entre l'acte I et l'acte II il n'y a aucune séparation au sens événementiel du terme puisque Arnolphe, parti à la recherche d'Horace,

> Tâchons à le rejoindre : il n'est pas loin, je pense.   367
> Tirons-en de ce fait l'entière confidence.
>
> Acte I, scène 4.

revient sur ses pas, bredouille :

> Il m'est, lorsque j'y pense, avantageux sans doute   371
> D'avoir perdu mes pas et pu manquer sa route.
>
> Acte II, scène 1.

Cet intervalle répond donc aux règles précédemment citées dans la mesure où l'« action » effectuée par Arnolphe peut être contenue dans les quelques minutes de l'entracte ; la vraisemblance est sauve.

Par contre, entre l'acte II et l'acte III se déroule la scène du grès qu'enveloppe la lettre d'Agnès à Horace et qui est annoncée à la scène 5 de l'acte II ; évoquée par Arnolphe à la scène 1 de l'acte III, précisée par Horace à la scène 4 du même acte. Ce sont les mêmes personnages qui ferment l'acte et ouvrent le suivant (Agnès, Arnolphe) et le fait que se joignent à eux Alain et Georgette n'empêche pas la vraisemblance de la liaison de souffrir quelque peu. Même chose pour la liaison III-IV. Le même personnage (Arnolphe) fait la liaison et l'intervalle est fort chargé en action puisqu'il comprend :

- suivant la version d'Arnolphe : un interrogatoire annoncé à la scène 5 de l'acte III.
- suivant le témoignage d'Horace : une entrevue avec Agnès qui a commencé justement à la fin de la scène 4 de l'acte III ;

> Au sortir d'avec vous, sans prévoir l'aventure,   1145
> Seule dans son balcon j'ai vu paraître Agnès,
>
> Après m'avoir fait signe, elle a su faire en sorte,   1148
> Descendant au jardin, de m'en ouvrir la porte ;
> Mais à peine tous deux dans sa chambre étions-nous
> Qu'elle a sur les degrés entendu son jaloux,
>
> > Acte IV, scène 6.

Plus la scène à laquelle Horace assiste du fond de son armoire ; enfin la fuite d'Horace :

> Nous n'avons point voulu, de peur du personnage,   1168
> Risquer à nous tenir ensemble d'avantage :
>
> > Acte IV, scène 6.

Enfin entre l'acte IV et l'acte V prend place la scène de la bastonnade qui se situe la nuit :

> L'homme que vous savez [...]   1330
> Veut, comme je l'ai su, m'attraper cette nuit,
>
> > Acte IV, scène 9.

La liaison est là encore assurée par les mêmes personnages (Arnolphe, Alain, Georgette). De plus, la bastonnade est suivie d'une entrevue entre Agnès et Horace au cours de laquelle celle-ci décide de s'enfuir de la maison[18].

On remarque ainsi que les entractes sont de plus en plus « chargés » d'actions et que le temps qu'ils recouvrent dépasse de plus en plus le cadre temporel de la représentation. On peut schématiser le phénomène comme suit :

acte I	acte II	acte III	acte IV	acte V
entrée / sortie d'Arnolphe	le grès		scène de l'armoire	la nuit la bastonnade
			(action débutant à la scène 4)	

Les entractes qui représentent des configurations vides sont donc une part essentielle du déroulement et de la fiction ; leur indice informationnel est très fort [$\log2\,(P)\,\emptyset = 7,70$ alors que la moyenne des scènes de la pièce est égale à 5,18].

⟨ Le cas du *Misanthrope* est aussi révélateur. On peut d'emblée souligner que la seule liaison conforme à la règle de l'abbé d'Aubignac se situe entre l'acte III et l'acte IV, puisque c'est là que se trouve le seul hiatus de toute la pièce. De plus, l'action qui s'y déroule est « inintéressante », autrement dit, accessoire : Alceste prend connaissance de la lettre qu'a envoyée Célimène à Oronte grâce aux bons soins d'Arsinoé. On sait, depuis les scènes 4 et 5 de l'acte III, quels sont les sentiments de celle-ci à l'égard du couple. Cet entracte n'est qu'un jalon. Cependant, plusieurs phénomènes curieux se rattachent aux entractes ; en particulier en ce qui concerne le temps. Entre l'acte I et l'acte II, en effet, il n'y a *aucune action* qui soit énoncée ou précisée par le texte. À l'acte I, Célimène et Éliante sont sorties « pour quelques emplettes ». L'acte se clôt sur une sortie intempestive d'Alceste suivi de Philinte. La scène 1 de l'acte II montre Alceste et Célimène seuls revenant de l'extérieur, probablement d'une réception si l'on en juge par cette réplique de Célimène :

C'est pour me quereller donc, à ce que je vois,   455
Que vous avez voulu me *ramener chez moi* ?
Acte II, scène 1.

et par le sujet de la « querelle » :

Je sais que vos appas vous suivent *en tous lieux* ;   467
Mais votre accueil retient ceux qu'attirent vos yeux ;
Acte II, scène 1.

Quoi qu'il en soit, ces indications sont beaucoup trop vagues pour justifier la nécessité fictive de l'entracte. Sa fonction doit être recherchée ailleurs que dans les nécessités de l'action. Entre l'acte II et III, même indication. La scène 1 de l'acte III montre les « petits marquis » s'estimer à leur juste prix de séducteurs, scène qui n'a aucun rapport avec l'entracte inauguré par le départ d'Alceste convoqué auprès des maréchaux. En fait, il existe quelques indices qui permettent de hasarder une hypothèse :

a)   Les marquis ont témoigné de leur intention de rester chez Célimène :

ACASTE

À moins de voir Madame en être importunée,   737
Rien ne m'appelle ailleurs de toute la journée.

CLITANDRE

Moi, pourvu que je puisse être au petit couché,
Je n'ai point d'autre affaire où je sois attaché.

Acte II, scène 4.

b)   Au cours de cette même scène, Célimène a proposé à ses invités deux tours dans la galerie.
c)   Elle aborde les marquis par ces mots :

CÉLIMÈNE

Encore ici ?   847

CLITANDRE

L'amour retient nos pas.

Acte III, scène 2.

Autrement dit, tout se passe comme si les marquis, ou bien sont restés dans le salon de Célimène après la promenade dans la galerie, ou bien ont préféré attendre le retour de Célimène de cette promenade dans la galerie. La nuance importe peu. Seul est pertinent le fait que le laps de temps est fort court, peu chargé d'actions et, comme tel, assimilable à une liaison scénique. Cependant, le retour d'Alceste à la scène 5 de l'acte III, joint aux informations de Philinte à la scène 1 de l'acte IV, semble contredire cette première hypothèse : entre l'acte II et l'acte III a eu lieu également le « procès » d'Alceste contre Oronte. Mais il s'agit bien d'un procès fort court puisque Philinte indique :

PHILINTE

Et dans une embrassade, on leur a, pour conclure,   1161
Fait vite envelopper toute la procédure.

Acte IV, scène 1.

Le retard apporté à la narration de cet incident judiciaire, qui n'aura aucune conséquence sur le cours de l'action, permet d'affirmer que la liaison, entre les actes II et III, porte plus sur l'attitude des marquis que sur celle d'Alceste. Ici encore, la fonction de l'entracte n'est pas liée aux exigences de l'action. La liaison entre les actes IV et V, enfin, est assurée par la fiction du procès perdu selon un procédé qui, pour escamoter la vraisemblance, n'en est pas moins ordinaire : l'événement contenu dans l'entracte influe sur l'action puisqu'il détermine Alceste à « quitter le monde » ; s'il est revenu chez Célimène, c'est pour savoir si elle consent au dessein qui l'amène.

> Je vais voir si son cœur a de l'amour pour moi,   1579
> Et c'est ce moment-ci qui doit m'en faire foi.
>
> Acte V, scène 1.

Célimène s'est absentée durant l'entracte puisque Philinte propose de monter chez Éliante « attendant sa venue » ; de sorte que la scène 2 de l'acte V reproduit pour quatre répliques — en attendant qu'Alceste sorte « du coin où il s'était retiré » — la situation de la scène de l'acte II : Célimène est raccompagnée par Oronte. Le peu d'informations que contiennent les entractes est encore ici sanctionné par l'indice informationnel de la configuration vide égal à 6,69 alors que la moyenne scénique est de 7,08.

En ce qui concerne *Amphitryon*, les liaisons entre le prologue et l'acte I, puis entre chaque acte respectent parfaitement la règle de d'Aubignac puisqu'elles correspondent à un hiatus, à une configuration vide. De plus, chacun des entractes est parfaitement vraisemblable et fonctionnel au regard des nécessités de l'action :

–   Entre le prologue et l'acte I, Mercure va

> Dépouiller promptement la forme de Mercure   149
>   Pour y vêtir la figure
>   Du valet d'Amphitryon.
>
> Prologue.

–   Entre l'acte I et l'acte II Sosie de retour du port (« Laissons ce diable d'homme, et retournons au port ») où il a retrouvé son maître, tente une nouvelle fois de rentrer chez lui. La place est déserte puisque Jupiter est sorti, suivi de Mercure.

–   Entre l'acte II et l'acte III Sosie est parti chercher des officiers de l'armée pour leur transmettre l'invitation à dîner de son maître Jupiter / Amphitryon. Amphitryon revient bredouille ; il n'a pu trouver le frère d'Alcmène qu'il voulait faire témoigner de sa présence au champ de bataille.

Votre frère déjà peut hautement répondre   1056
Que jusqu'à ce matin je ne l'ai point quitté :
Je m'en vais le chercher, afin de vous confondre
Sur ce retour qui m'est faussement imputé.

                                                        Acte II, scène 3.

Ainsi la liaison entre les actes est-elle non seulement conforme à la
règle, mais encore parfaitement annoncée, dans le cours de l'acte qui
précède, suivant le schéma :

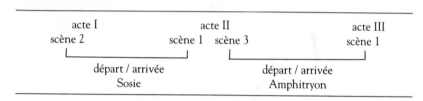

À la limite, on peut dire qu'il n'y a pratiquement pas d'entractes
au sens d'une rupture temporelle. Les actes marquent plutôt une rupture
fonctionnelle, non point tant liée à la fiction qu'à la clarté de l'intrigue.

En effet, si l'on examine de près les liaisons en se rappelant que,
pour le spectateur, Amphitryon = Jupiter et Sosie = Mercure, on remarque que, pour le spectateur encore, il n'y a pas d'hiatus d'entracte
si la représentation n'en marque pas. À la scène 4 de l'acte I, Mercure
et Cléanthis sont présents auxquels succèdent à la scène 1 de l'acte II
Sosie et Amphitryon. L'entracte est « gommé » par le jeu des appa-
rences alors qu'il est souligné par un hiatus qui ne relève que de la fiction.
Moins nettement, mais toujours au niveau de la perception visuelle, le
spectateur attend plus Jupiter sur scène qu'Amphitryon à la scène 1 de
l'acte III, car c'est lui qui occupe, dans l'acte II, la majorité des scènes,
c'est-à-dire du plateau, qu'Amphitryon a quitté dès la scène 2. Comme
pour *Le Misanthrope*, le caractère fonctionnel de la configuration vide
est sanctionné par l'indice H égal à 5,99 alors que la moyenne des indices
des vingt-deux scènes est égal à 6,52.

 (*Les Fourberies de Scapin* ne présente qu'une liaison fidèle à la règle
de l'abbé d'Aubignac, entre l'acte I et l'acte II. Cependant il ne s'y
déroule aucune action, sinon que les protagonistes de la scène 4 de
l'acte I s'en vont respectivement à la recherche d'Octave pour Scapin,
de Géronte pour Argante suivant la réplique de ce dernier :

Va-t-en, pendard, va-t-en me chercher mon fripon, tandis que j'irai rejoindre le
Seigneur Géronte pour lui conter ma disgrâce.

                                        Les Fourberies de Scapin, acte I, scène 4.

La scène 1 de l'acte II met aux prises Géronte et Argante tandis que la scène 3 voit arriver Scapin et Octave. Il n'y a pas à proprement parler d'action durant l'entracte, mais déplacement et constitution de nouveaux couples.

C'est entre l'acte II et l'acte III, par contre, que prend place le rachat de Zerbinette par Léandre annoncé à la scène 8 de l'acte II : « Allons en promptement acheter celle que j'adore. » La scène 1 de l'acte III présente les deux jeunes filles « dégagées » de la misère et de l'esclavage, grâce à l'argent extorqué par Scapin, et réunies sous la garde de Silvestre : « Oui, vos amants ont arrêté entre eux que vous fussiez ensemble. » L'action est ici annexe, mais elle marque la fin des périls exposés à l'acte I et, dans cette perspective, on peut dire qu'elle confère à l'acte III une certaine autonomie. Là encore, le rôle de l'entracte est plus fonctionnel qu'événementiel. L'indice informationnel de la configuration vide est égal à 7,03 et inférieur à la moyenne générale qui est égale à 8,70.

Le cas du *Malade imaginaire* pose un problème spécifique : celui de la comédie-ballet. S'il semble admissible que la représentation contemporaine puisse se priver des prologues, il en va tout autrement avec les intermèdes. En effet, le premier prologue, joué à la création, qui célèbre les victoires de Louis XIV, est par trop œuvre de circonstance et par conséquent daté et caduc ; abandonné après la mort de Molière sous le poids des dépenses et des offensives de Lulli, il est remplacé, en 1674, par un autre prologue champêtre, dans le goût des Bergeries. Il se rattache plus au reste du spectacle que le précédent panégyrique. La plainte de la Bergère, en effet, associe les deux données de la comédie qui sont l'amour et la médecine.

PLAINTE DE LA BERGÈRE

Vains et peu sages médecins;
Vous ne pouvez guérir par vos grands mots latins
La douleur qui me désespère :
....

Hélas ! je n'ose découvrir
Mon amoureux martyre
Au berger pour qui je soupire
....

Ces remèdes peu sûrs [...]
Pour les maux que je sens n'ont rien de salutaire;
Et tout votre caquet ne peut être reçu
Que d'un Malade imaginaire.

Le Malade imaginaire, prologue.

Quoi qu'il en soit, ces prologues sont des concessions au goût de l'époque et reflètent surtout l'histoire d'une déception : la pièce devait s'insérer dans les divertissements royaux, mais, sous l'influence de Lulli, elle en fût écartée. Ce qui permet de considérer le second prologue comme le masque de la caducité du premier. Les intermèdes, par contre, donnent aux entractes, une action qui non seulement est annoncée dans le texte mais encore est en rapport avec les situations conflictuelles entre lesquelles ils s'insèrent[19].

Ainsi à la fin de l'acte I, « le théâtre change et représente une ville ». C'est la nuit et Polichinelle, « amant de Toinette », vient donner sérénade à sa belle. Or, Polichinelle a une mission dont l'a investi Toinette.

ANGÉLIQUE

Tâche, je t'en conjure, de faire donner avis à Cléante du mariage qu'on a conclu.

TOINETTE

Je n'ai personne à employer à cet office, que le vieux usurier Polichinelle [...] Pour aujourd'hui il est trop tard ; mais demain, du grand matin, je l'envoierai quérir, et il sera ravi de...

Le Malade imaginaire, acte I, scène 8.

L'intermède trouve une justification dans le déroulement de l'action, puisque Cléante, ayant reçu le message, du moins on peut le supposer[20], arrive au secours d'Angélique dès la scène 1 de l'acte II. Certes, il est vrai que l'intermède *en lui-même* ne comporte aucune mention d'un échange de message entre Polichinelle et Toinette puisqu'il se joue sur les interventions intempestives par lesquelles une vieille, des violons, puis le guet l'empêchent de donner sa sérénade. Le début de l'acte II permet cependant de préciser la nature du lien créé par l'intermède. Cléante survient « non pas comme Cléante et sous l'apparence de l'amant, mais comme ami de son maître de musique » ; ce déguisement permettra aux deux amants de se communiquer *en chantant* leur état d'âme respectif, c'est-à-dire leur amour, en une forme « diurne » de la sérénade[21]. Ainsi, l'intermède joue-t-il comme une véritable métonymie de la rencontre de l'acte II suivant le schéma :

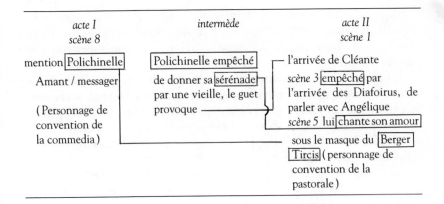

Le second intermède est amené par Béralde qui vient, comme Toinette, prêter renfort au couple Angélique / Cléante :

BÉRALDE

J'étais venu ici, mon frère, vous proposer un parti pour ma nièce Angélique.

Devant la colère d'Argan, il propose, à la scène 9 de l'acte II, le divertissement pour « dissiper (son) chagrin, et (lui) rendre l'âme mieux
disposée aux choses qu'(ils ont) à dire ». Certes, la justification est
faible ; cependant le message délivré par l'intermède est clair : « L'aimable jeunesse » doit « profiter du printemps » et « aimer tendrement
un amant qui s'engage », suivre « ses ardeurs, transports » [...] « malgré
ses rigueurs ».

Si l'amour doit régner en maître sur les jeunes cœurs, Angélique
doit épouser Cléante... Plus qu'un divertissement, c'est un appel à
l'indulgence[22]. Supprimer cet intermède oblige à remanier le découpage
scénique conçu en vue de son insertion, à savoir faire des scènes 9 de
l'acte II et I de l'acte III, une seule scène. Dans ce cas, la pièce ne
comporte que deux actes (I et II / III), ce qui ne saurait rendre compte
du caractère spécifique de l'acte III : l'intermède est donc partie intégrante du spectacle.

Quant au dernier intermède, il n'est nul besoin d'en souligner la
nécessité ; il est le vrai dénouement et c'est à ce titre qu'aucune mise en
scène ne s'est permis de le supprimer. De plus, loin de n'être qu'une
pochade à base de latin macaronique, il est, en fait, la critique la plus
violente que se soit « permis » Molière : la fidélité de la parodie ne laisse
ici aucun doute[23]. Les intermèdes du *Malade imaginaire* font donc partie
intégrante non seulement du fonctionnement, mais encore du déroulement de l'action. On peut les assimiler aux configurations vides dans
la mesure où n'y figurent que des personnages de très faible probabilité

scénique — à l'exception du dernier dans lequel Argan est présent — et où ils constituent des configurations disjointes par rapport aux autres personnages. Leur indice informationnel (7,14) est supérieur à la moyenne (5,84).

Les intervalles entre les actes ne remplissent donc pas tous la même fonction ; ils peuvent avoir parfois un poids différent au sein d'une même pièce. Comme césure de la représentation, ils ne sont plus guère pris en compte par les mises en scène contemporaines qui font confiance à la compréhension d'un public que le cinéma a habitué aux raccourcis. Dans une perspective dramaturgique, les entractes posent, en fait, le problème de la macroséquence narrative dont ils ne déterminent pas a priori les limites. Un autre mode de structuration séquentielle doit donc être adopté qui lève, sans les ignorer, les ambiguïtés du découpage en actes, tout à la fois nécessité narrative et concession aux conventions techniques de l'époque.

LA SYLLABE DRAMATIQUE OU COMMENT DÉCOUPER

Le problème soulevé par le découpage est donc le point névralgique de l'analyse du récit théâtral et de sa représentation scénique. Il s'agit en effet non seulement, comme pour tout récit, d'en dégager des unités significatives, mais encore d'en préciser la structure rythmique. Information et scansion doivent être conjointement envisagées. Mihaï Dinu propose d'évaluer la suite que constituent les indices informationnels $H(y)$ pour toutes les scènes d'une pièce, considérées dans leur succession selon une hypothèse que Solomon Marcus résume comme suit :

> En traitant les scènes comme les phénomènes du théâtre, on peut essayer d'appliquer le critère formel de Z. S. Harris donnant une condition nécessaire de segmentation morphémique, lorsqu'on connaît seulement les probabilités de passage d'un groupe de phonèmes à un autre phonème [...] Par analogie, on peut définir le commencement d'un « morphème dramatique » comme un point où la quantité d'information fournie par les scènes de la pièce devient croissante ou décroissante. Pour obtenir une meilleure précision, on tient compte aussi du critère de segmentation syllabique dû à Ferdinand de Saussure [...] Le rôle d'aperture étant joué ici par la quantité d'information [...] Une syllabe dramatique commencera donc au moment où la quantité d'information fournie par les scènes de la pièce devient croissante[24].

Appliqué aux deux canevas du corpus, le découpage syllabique se formule comme suit :

La Jalousie du Barbouillé

scènes	1	2	3	4	5	6	7	8	9	10	11	12	13
	4,16	5,90	7,07	5,90	5,33	7,07	10,65	4,16	4,16	4,16	3	4,16	5,90
			(5,33)					(5,33)	(5,33)	(5,33)	(5,33)		

I	II	III	IV	V	VI	VII

V   VI

Le Médecin volant

sc.	1	2	3	4	5	6	7	8	9	10	11	12	13	14	15	16
	7,60	4,35	6,82	5	7,8	6,87	6,13	5	5,48	4,35	2,88	2,88	4,35	2,88	5,68	6,42
		(6,87)			(6,87)			(6,87)								

I	II	III	IV	V	VI

Dans ces formules les hiatus scéniques, c'est-à-dire les configurations vides, sont prises en compte; leur notice informationnelle figure entre parenthèses.

Pour *La Jalousie du Barbouillé*, sept syllabes se dégagent provoquées pour la plupart par les hiatus scéniques; deux d'entre eux (scènes 8-9 et 9-10) constituent le ressort du canevas, à savoir le jeu dedans / dehors de la maison, ressort du récit originel de Boccace. Il paraît difficile de les négliger quoiqu'ils appartiennent, en fait, à la même étape narrative, celle du bal et du problématique retour d'Angélique. Les autres syllabes correspondent aux étapes narratives suivantes :

Syllabe I (scènes 1, 2)   exposition de la situation 1 :
(moyenne : 5,03)   la jalousie (fiction)
       mise en place du fonctionnement : le langage inutile (thématique).

Syllabe II (scènes 3, 4)   fonctionnement de la situation 1 :
(moyenne : 6,1)   Le Barbouillé surprend sa femme.

Syllabe III (scènes 5, 6)   fonctionnement thématique :
(moyenne : 6,2)   témoignage et discours impossibles.

Syllabe IV (scène 7)   mise en place de la situation 1' :
(moyenne : 7,10)   le bal.

Syllabe V (scène 8)   mise en place du jeu scénique
(moyenne : 4,74)   dedans / dehors.

Syllabe VI (scènes 9, 10)   même chose que la syllabe V.
(moyenne : 4,55)

Syllabe VII (scènes 11, 12, 13)   renversement de la situation,
(moyenne : 4,35)   dénouement fictif et thématique.

Les syllabes V et VI qui ont même valeur informationnelle et même fonction narrative peuvent être scindées en une seule et même syllabe. On obtient alors six syllabes qui recouvrent les différentes phases du déroulement fictif.

Plus encore, elles marquent les faiblesses de l'enchaînement scénique qui se fait toujours sur le mode discontinu, au mépris de la vraisemblance, le plus souvent. À la scène 7, le départ d'Angélique est indiqué dans la distribution scénique (Angélique s'en va) sans autre justification que « la perte du temps » qu'elle doit prendre pour montrer qu'elle va au bal rejoindre Valère qui s'y rend à la fin de la scène 7. De même, le retour du Barbouillé à la scène 9 ne se justifie que par la nécessité de laisser le temps à Angélique d'aller au bal et d'en revenir sans y avoir rencontré Valère qui, lui, a eu le temps de s'y rendre et d'en partir. Les hiatus successifs sont autant d'à-coups qui montrent la difficile synthèse du narratif et du scénique : la quatrième syllabe ne prend pas moins de trois scènes et deux hiatus à se mettre en place.

Une seconde étape d'analyse, à savoir la constitution d'hypersyllabes dramatiques, permet de rendre compte de la nature répétitive du canevas. Si on remplace chaque syllabe par la moyenne de ses différents indices, on obtient une nouvelle suite à laquelle on peut appliquer la technique de regroupement précédemment utilisée; le canevas tout entier se résume alors à une seule hypersyllabe I' [25]. L'équilibre de ses marges souligne le caractère artificiel d'un dénouement qui n'en est pas un, dans la mesure où il fait revenir l'action à son point de départ.

5,3	6,1	6,2	7,10	4,65	4,35
I	II	III	IV	V	VI

hypersyllabe   I'

Le découpage met donc en évidence le caractère fragmentaire et déséquilibré du canevas. La syllabe IV, temps fort du déroulement, ne comporte qu'une scène, ostensible charnière narrative qui fait intervenir un personnage « parasite », La Vallée, dont la fonction est fort mal définie. Que signifient, en effet, ces paroles que lui adressent Valère à la scène 7 : « Monsieur, je vous suis obligé du soin que vous avez pris, et je vous promets de me rendre à l'assignation que vous me donnez, dans une heure. » On retrouve la même difficulté à lier fiction et spectacle dans le fait que la scène 3 qui réunit Valère et Angélique, scène fort brève, a le même indice que la scène 6, scène de comique verbal et de *lazzi*. Le déroulement syllabique est heurté sans pourtant trouver de dynamique : l'hypersyllabe unique qui le résume en souligne aussi le caractère rudimentaire.

Le schéma du *Médecin volant* met aussi en évidence six syllabes qui renvoient aux épisodes suivants :

Syllabe I (scène 1) (moyenne : 7,60)	exposition du conflit (mariage) exposition du subterfuge (médecin / Sganarelle)
Syllabe II (scènes 2, 3) (moyenne : 6,01)	mise en place du subterfuge *a*) le masque *b*) la demande d'un médecin
Syllabe III (scènes 4-7) (moyenne : 6,53)	fonctionnement du masque annonce de la première épreuve (l'Avocat)
Syllabe IV (scènes 8-10) (moyenne : 5,42)	confirmation du masque annonce de la seconde épreuve (arrivée Gorgibus)
Syllabe V (scènes 11-13) (moyenne : 3,37)	confirmation du masque
Syllabe VI (scènes 14-16) (moyenne : 4,99)	dernières épreuves dévoilement du masque dénouement sommaire.

Les liaisons entre syllabes se font pour l'immense majorité sur le mode discontinu, mais sans hiatus. Le découpage en hypersyllabes distingue trois unités :

	7,60	6,01	6,53	5,42	3,37	4,99
	I	II	III	IV	V	VI
hypersyllabe	I′		II′			III′

Ces trois unités correspondent à I′ : exposition
II′ : réussite du masque
III′ : échec du masque

Ici, c'est l'exposition qui est déséquilibrée par rapport au reste du canevas (trop d'informations); par ailleurs, le « nœud » est plus ou moins répétitif, le dénouement accéléré. La scène de bravoure est celle du médecin en exercice (scène 4). L'indice relativement faible (5,68) de la scène 15 souligne le rôle du décor, supérieur ici à celui de l'acteur.

Ces quelques analyses permettent de vérifier la pertinence d'un découpage qui rend compte non seulement des différentes étapes du conflit — ce qu'une analyse séquentielle du type « analyse structurale du récit » aurait permis —, mais encore des déséquilibres du rythme de la représentation dont l'enchaînement utilise aussi bien le lieu scénique (configuration vide) que le décor pour pallier les insuffisances de l'intrigue. La répugnance des classiques à l'égard de l'utilisation narrative du décor trouve sans doute son origine dans des abus dont les canevas témoignent.

Une dernière confirmation peut être trouvée dans l'analyse des *Précieuses ridicules* dont le schéma directeur se présente comme suit :

Les Précieuses ridicules

scènes	1	2	3	4	5	6	7
	8,65	9,91	7,33	6,95	5,69	4,81	10,45
							(6,94)
syllabes			I				II

scènes	8	9	10	11	12	13	14	15	16	17
	5,56	8,09	4,30	8,10	8,98	7,76	6,06	7,76	7,32	6,96
		3¹			3²					
syllabes				III					IV	

Le découpage peut distinguer soit quatre, soit cinq syllabes suivant qu'on réunit ou pas 31 et 32 en une seule, considérant la scène 10 comme « quantité négligeable » dans la mesure où l'indice 4,30 est un phénomène mineur de la suite constituée majoritairement d'indices plus ou moins égaux à 8. Cette scansion interne de la syllabe qu'on pourrait identifier à une syncope semble être la marque de ce que la dramaturgie désigne sous le terme de rebondissement. Ici, l'arrivée de Jodelet marque bien le début d'une surenchère thématique et situationnelle, donc d'un crescendo comique basé sur la reprise des éléments précédents. L'alternative respectée, on obtient quatre ou cinq syllabes qui coïncident de toute façon avec les étapes du déroulement.

Syllabe I (scènes 1-5) (moyenne : 7,70)	exposition du conflit (mariage, amants rebutés) exposition de la thématique (préciosité)	
Syllabe II (scènes 6, 7) (moyenne + hiatus 7,40) (moyenne sans hiatus 7,63)	fonctionnement de la vengeance fonctionnement de la thématique	arrivée de Mascarille Valet-bel esprit
*Syllabe 3*¹ (scènes 8, 9) (moyenne : 6,82)	fonctionnement thématique « le salon »	
*Syllabe 3*² (scènes 10, 13) (moyenne : 7,28)	fonctionnement thématique et vengeance par surenchères	arrivée de Jodelet arrivée des Violons et des Voisines arrivée de La Grange et du Croisy
ou *Syllabe III* (scènes 8-13) (moyenne : 7,05)	fonctionnement thématique et conflictuel sur le mode de la surenchère	
Syllabe IV(V)(scènes 14-17) (moyenne : 7,02)	dévoilement de l'imposture dénouement disphorique : « la punition »	

La restructuration finale est différente suivant le choix :

a)	7,70	7,40	6,82	7,28	7,02
	I	II	III	IV	V
hypersyllabes		I′			II′
b)	7,70	7,40	7,05	7,02	
hypersyllabe			I′		

Devant cette double possibilité, s'offrent deux choix de mise en scène. Le cas *b* se joue comme une pièce en un acte et en decrescendo, suivant une ridiculisation de plus en plus sensible des Précieuses et de Mascarille. C'est le choix de la plupart des metteurs en scène qui présentent, dès les premières scènes, Cathos et Magdelon grotesques, Mascarille ridicule : les jeux sont faits dès les prémisses de la représentation. Or, suivant les analyses de Mihaï Dinu, la condition suffisante pour qu'un acte quelconque comprenne un nombre entier de syllabes dramatiques est qu'aucun des personnages de la pièce n'ait une fréquence relative (indice α') supérieure à 0,05[26]. Ici, Cathos / Magdelon ont un indice égal à 7,05. Ce fait confirme qu'il existe certainement plus d'une hypersyllabe dans *Les Précieuses* et que, malgré une structure sans acte, la pièce contient une articulation, un clivage plus élaborés qui la distinguent des canevas et expliquent, aussi, son succès à la création. Revenons au cas *a* qui met en évidence deux hypersyllabes qui correspondent aux étapes narratives suivantes :

hypersyllabe I' : (scènes 1-7)	exposition et mise en place (arrivée de Mascarille incluse)	
hypersyllabe II' : (scènes 8-17)	démonstration et punition.	

Ce découpage montre que la pièce repose sur une démonstration en deux temps : ce qu'est la préciosité, sa dérision ensuite. Ce que peut traduire une mise en scène qui jouerait la première syllabe sur un mode moins caricatural que la seconde. Proposition que le texte semble par ailleurs confirmer dans la mesure où le discours des Précieuses est, peu ou prou, un démarquage assez fidèle du discours des authentiques Précieuses. Dans un second temps, et par surenchère, le grotesque percerait sous les citations, essentiellement avec l'arrivée de Jodelet qui coïncide avec les premiers indices de l'imposture (les allusions aux galères, le déboutonnage du haut-de-chausses). Dans cette hypothèse, la scène-sommet de la seconde hypersyllabe serait le « divertissement », scène pour laquelle il est aisé de concevoir une modalité bouffonne.

Autre point important qu'est l'hiatus entre la scène 6 et 7. En effet, la moyenne de la syllabe II est supérieure dans le cas où on en retranche l'hiatus (7,63 > 7,40) et elle s'équilibre alors parfaitement avec la syllabe I (7,70 ≃ 7,63). Lors de la représentation, on peut choisir de « gommer » l'hiatus soit en accélérant l'entrée de Mascarille dont les « Holà, porteurs, holà! » feraient fuir Cathos et Magdelon, soit en ralentissant la sortie de Marotte, jeu de scène vraisemblable pour lequel les motivations fictives sont aisées à concevoir (curiosité, impertinence)[27]. La configuration privisoire qui en résulterait, à savoir (Marotte, Mascarille, Porteurs) s'insérerait parfaitement dans la syllabe puisque son indice *H* est égal à 9,58, ce qui donne, à la syllabe II, la forme (4,81 – 9,58 – 10,45) et une moyenne de 8,23. Quel que soit le choix, l'arrivée de Mascarille est une apothéose scénique de l'exposition. Molière l'a voulu ainsi, qui jouait le rôle dans un costume qui frappa beaucoup les spectateurs. Mademoiselle Desjardins, dans son *Récit de la farce des Précieuses*, lui consacre plus de quinze lignes.

Le découpage syllabique permet donc d'effectuer une analyse conjointe des nécessités dramaturgiques, des séquences narratives et des rythmes scéniques. Il mesure également l'évolution d'une technique qui, chaotique dans ses débuts, s'équilibre peu à peu dans une dynamique qui concilie logique narrative, dessein satirique et ressources spectaculaires.

LE RYTHME DU SPECTACLE

Les autres pièces du corpus seront étudiées en deux temps. En un premier temps, c'est le rythme de la représentation qui sera envisagé dans les œuvres ambiguës dont l'interprétation est, avant tout, scénique. Ce sont les ressorts de l'efficacité scénique qui seront évalués dans *Amphitryon*, *Les Fourberies de Scapin* et *Le Malade imaginaire*.

Le cas d'*Amphitryon* est exemplaire dans la mesure où le travail sur le code, c'est-à-dire l'apparence de l'acteur, est au centre du fonctionnement. La « mise à plat » du découpage présenté par la matrice permet une lecture immédiate d'un schéma de déroulement qui s'effectue sur une équation de la double ressemblance dont la formule est exposée dès le prologue, à savoir :

$$\frac{\text{Jupiter} + \text{Alcmène}}{\text{Mercure} + \text{Cléanthis}} = \frac{\text{Amphitryon} + \text{Alcmène}}{\text{Sosie} + \text{Cléanthis}}$$

Cette équation de la substitution d'un partenaire par un double, dans chacun des couples, est utilisée également sur le mode du dédoublement. Cette modalité de l'intrigue est exposée, dès la scène 1 de l'acte I, par le dédoublement de Sosie dialoguant avec sa lanterne et fonctionne dès la seconde scène où Mercure « s'égaye » avec Sosie, « en lui volant son nom, avec sa ressemblance ».

L'identité double est donc le ressort de cette seconde intrigue, menée comme l'intrigue de la substitution au niveau du valet et au niveau du maître, selon un chiasme d'opposition. Si la substitution est « fructueuse » pour les maîtres, le dédoublement est intolérable à Amphitryon ; au contraire, il n'y a pas consommation de la substitution chez les valets, mais un relatif consentement de Sosie à la possibilité d'une duplication de son identité.

Ces données sont scandées par le découpage scénique qui les organise suivant un jeu de correspondances fort clair que le tableau suivant met en évidence :

	Acte I		*Acte II*
sc. 1	un personnage = deux rôles (S)	sc. 1	une situation = deux attitudes (S–AP)
sc. 2	deux acteurs = un personnage (S–M)	sc. 2	multiplication une situation = deux couples (S–C–AP–A)
sc. 3	multiplication une situation = deux couples (S–C–A–J)	sc. 3	division une situation = un couple (S–C)
sc. 4	division une situation = un couple (S–C)	sc. 4	PAUSE (S–C–J)
		sc. 5	Reprise une situation = un couple (S–C)
		sc. 6	Reprise de la multiplication (S–C–J–A)
		sc. 7	Reprise de la division (S–C)

	Acte III

sc. 1   un personnage = un rôle
           Rapport antithétique sc. 1, I
                (AP)

sc. 2   Reprise antithétique sc. 1, II
                (M–AP)

sc. 3   un personnage = un rôle
                (AP)

sc. 4   une situation = deux témoins
                (AP–S–N / P)
           Reprise de (sc. 1, II et sc. 2, III)

sc. 5   deux acteurs = un personnage
           Reprise antithétique sc. 2, I
              deux témoins
             (J–AP–S–N / P)

sc. 6   deux acteurs = un personnage
              Reprise sc. 2, I
                (M–)

sc. 7   une situation = deux autres témoins
              (AP–S–P/A)

sc. 8   multiplication sc. 4, III
          une situation = quatre témoins
               un couple
         (AP–S–N / P–P / A–C)

sc. 9   multiplication sc. 2, I et sc. 5, II
           deux acteurs : un personnage
            deux fois deux témoins
               un couple
       (AP–M–S–C–P / A–N / P)

sc. 10   Reprise de sc. 9 (variation A / J)
           deux acteurs = un personnage
           deux couples de témoins
               un couple
       (AP–J–S–C–P / A–N / P)

Ce schéma est obtenu exclusivement à l'aide de concordances scéniques qui appliquent l'équation initiale. Toute la pièce multiplie sa donnée d'origine uniquement par la succession des apparitions. Par ailleurs, cette présentation permet, pour une part, de résoudre le problème de la disparition d'Alcmène durant tout l'acte III. Plus que le signe d'une pudeur légitime, cette absence marque l'abandon du conflit (cocuage), présenté en I et II (•) sous la forme multiplication / division[28], au profit d'une multiplication du thème de la double apparence. Faire apparaître Alcmène en 10, III équivaudrait à reproduire en les inversant les rapports des scènes 3 / 4 de l'acte I et 2 / 3, 6 / 7 de l'acte II et, donc, à poursuivre le schéma de fonctionnement du conflit. L'absence d'Alcmène est le signe qu'il n'existe pas de dénouement au conflit apparent du cocuage. Car il n'y a pas eu trahison d'Alcmène même s'il y a eu cocuage. Cette impasse conflictuelle est résolue par le recours au merveilleux au « pur naturel scénique » que sont les machines et les jumeaux fonctionnels.

La structuration syllabique peut-elle servir à la représentation d'une telle arithmétique? Autrement dit, y a-t-il une adéquation rythmique du découpage scénique et des séquences narratives?

Amphitryon

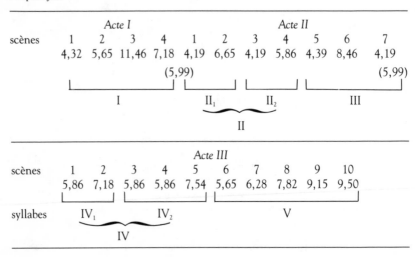

Le découpage syllabique met en évidence cinq syllabes qui se décomposent comme suit :

Syllabe I (acte I) (moyenne : 7,15)	exposition du dédoublement (Sosie) fonctionnement de la substitution dans les deux couples
*Syllabe II*₁ (scènes 1, 2, acte II) (moyenne : 5,42)	fonctionnement du conflit de la substitution pour le couple des maîtres
*Syllabe II*₂ (scènes 3, 4, acte II) (moyenne : 5,02)	fonctionnement du même conflit pour les valets, en antithèse
Syllabe II (scènes 1-4, acte II) (moyenne : 5,22)	double fonctionnement de la substitution en antithèse
Syllabe III (scènes 5-7, acte II) (moyenne : 5,61)	reprise antithétique de la syllabe II
*Syllabe IV*₁ (scènes 1-2, acte III) (moyenne : 6,52)	reprise antithétique du dédoublement (Amphitryon) et de la substitution des valets
*Syllabe IV*₂ (scènes 3-5, acte III) (moyenne : 6,42)	fonctionnement conflictuel de la substitution des valets et du dédoublement d'Amphitryon avec surenchère visuelle : apparition du Jupiter, présence des deux témoins
Syllabe IV (scènes 1-5, acte III) (moyenne : 7,68)	reprise et surenchère du dédoublement
Syllabe V (scènes 6-10) (moyenne : 7,68)	surenchère visuelle du dédoublement disparition du conflit de substitution

Si les syllabes II et IV sont doubles, elles aussi, c'est qu'elles sont construites sur l'ambiguïté de la substitution ou du redoublement. La scène 3 de l'acte II reproduit la scène 2 que la scène 4 semble à son tour reprendre. Sosie, à la fin de la scène 3, annonce : « Amphitryon revient, qui me paraît content. » Or, c'est Jupiter qui arrive ; le spectateur n'en prendra conscience qu'à la scène 6. La séquence s'écrit alors avec une scène 4 dont la configuration semble être (Amphitryon-Sosie-Cléanthis) dont l'indice d'information est inférieur à celui de la scène 3. Dans l'esprit du spectateur ou dans l'« œil » du spectateur, II₁ et II₂ ne forment qu'une seule et même syllabe. Quant aux syllabes IV₁ et IV₂, elles sont construites sur une parfaite symétrie de situation : la rencontre que fait Amphitryon de Mercure-Sosie, après un monologue ; cette symétrie est confirmée curieusement par les valeurs semblables de leur indice d'information.

Le découpage syllabique ainsi conçu ignore le prologue et les hiatus des entractes. Le prologue d'*Amphitryon*, à la différence de celui du *Malade imaginaire*, s'insère vraiment à l'ensemble du récit dont il constitue l'exposition. En fait, il n'est que l'exposition de la substitution ; le dédoublement sera présenté par Sosie dans la première scène de l'acte I. Cependant, on peut négliger dans ce prologue la présence de la Nuit, personnage allégorique qui se situe dans un char, à un autre niveau que Jupiter ou Mercure. Le prologue peut donc être considéré comme une hypersyllabe initiale dont la forte valeur informative est compensée par la scène 1 de l'acte I qui constitue un complément nécessaire à l'exposition du double enjeu des fonctionnements. Les hiatus des entractes s'insèrent parfaitement à un découpage hypersyllabique qui s'énonce alors :

prologue		7,15	5,22		5,61		6,47	7,68
11,25	5,99		5,99			5,99		
I′		II′			III′		IV′	

hypersyllabes

Cependant, on a pu voir que ces entractes sont « superflus » au déroulement de l'intrigue et plus ou moins assimilables à des déplacements. Plus encore, en gommant l'entracte entre les actes I et II, c'est-à-dire en ne baissant pas le rideau, on préfigure la situation de l'acte III où, à la scène 2, c'est Mercure qui est confronté à Amphitryon et, à la scène 4, c'est Sosie qui revient. Quant à l'élimination de l'entracte II-III, elle permettrait de reproduire la rapidité avec laquelle, depuis la scène 4 de l'acte II, Amphitryon succède à Jupiter et réciproquement, jusqu'à leur « inévitable » rencontre de la scène 5 de l'acte III.

« Gommant » les hiatus, à l'exception de celui qui suit le prologue et qui est scéniquement indispensable (Mercure doit descendre de son nuage), on obtient une structure hypersyllabique dont la dynamique est beaucoup plus révélatrice.

prologue	5,99	7,15	5,22	5,61	6,47	7,68
I′		II′			III′	

Cette restructuration fait porter l'accent de la représentation, moins sur le conflit fictif (le cocuage), dont il est l'articulation, que sur le dédoublement qu'elle reproduit en un jeu de miroir.

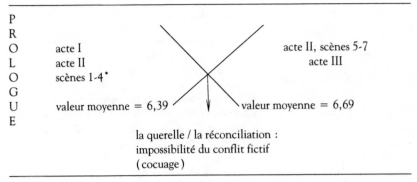

P		
R		
O	acte I	acte II, scènes 5-7
L	acte II	acte III
O	scènes 1-4*	
G		
U	valeur moyenne = 6,39	valeur moyenne = 6,69
E		

la querelle / la réconciliation :
impossibilité du conflit fictif
(cocuage)

* Scène 4 : seule vraie scène d'ambiguïté sur la personne (Jupiter ou Amphitryon).

La mise en scène d'*Amphitryon* peut donc gommer les entractes et reposer sur un rythme binaire construit sur deux hypersyllabes. Ceci suppose, pour le troisième acte, une accélération dont le graphique du degré d'occupation scénique fournissait un premier aperçu : *Amphitryon* était, à ce titre, la pièce la plus « orientée » du corpus. Le fonctionnement de la pièce trouverait ainsi un « tempo » parfaitement en accord avec son sujet.

Le cas des *Fourberies de Scapin* permet de confirmer la pertinence des structurations syllabiques et leur apport pour la mise en scène. Étant donné le schéma suivant :

Les Fourberies de Scapin

	Acte I					Acte II							
scènes	1	2	3	4	5	1	2	3	4	5	6	7	8
	6,80	6,58	8,02	6,12	5,90	7,48	8,70	8,93	11,88	7,03	6,12	7,03*	8,93
				(7,03)									
syllabes			I				II				III$_1$		

	Acte III												
scènes	1	2	3	4	5	6	7	8	9	10	11	12	13
	8,78	7,03	8,70	7,56	6,34	6,57	8,31	5,90	9,75	11,88	13,32	16,26	16,04
	(7,03)												
	III$_2$	IV		V				VI					

* En raison de la fausse identité de Silvestre, cette scène constitue un phénomène particulier qui permet de l'inclure à la syllabe.

On peut dégager les syllabes suivantes :

Syllabe I (acte I)
(moyenne : 6,72)

exposition de la fiction des
mariages et du besoin d'argent d'Octave
(obtenue par la contraction de deux syllabes I' compo-
sées, d'une part, de la scène vide d'avant la pièce et
la scène 1 = 6,91 et / ou de la scène 1 seule si le rideau
s'ouvre sur les personnages = 6,80 et, d'autre part, de
la syllabe (scènes 2-5) = 6,65).

La scène 5 représente une charnière car elle pourrait appartenir à l'acte II de par son indice informationnel = (5,90 — 7,03 — 7,48…). C'est dans cette scène que Scapin commence à préparer Silvestre au déguisement de la scène 6 de l'acte II. La mise en scène peut tenir compte de cette liaison entre les deux premiers actes pour les jouer en succession.

Syllabe II (scènes 1-4,
acte II)
(moyenne : 8,81)

sur enchère de l'exposition :
la rançon demandée à Léandre

Syllabe III$_1$ (scènes 5-8,
acte II)
(moyenne : 7,71)

résolution du conflit « financier »

Syllabe III$_2$ (scène 1,
acte III)
(moyenne : 7,9)

dénouement des conflits financiers

Syllabe III (scène 5, acte II à
scène 1, acte III, plus entracte)
(moyenne : 7,8)

fin du conflit secondaire

Syllabe IV
(scènes 2-4, acte III)
(moyenne : 7,76)

les vengeances   { Scapin — Géronte }
                 { Zerbinette — Argante }

Syllabe V (scènes 5-7)
(moyenne : 7,07)

indices du dénouement

Syllabe VI (scènes 8-13)
(moyenne : 12,19)

dénouement fuite / retour Scapin

D'où on peut en déduire la restructuration hypersyllabique suivante :

6,72	8,81	7,71	8,78	7,76	7,07	12,19
(7,03)		(7,03)				

I′	II′	III′	IV′
			hypersyllabes

On remarque ainsi que l'entracte I / II, aussi bien que l'entracte II / III peuvent parfaitement s'inscrire dans la représentation, quoique l'utilité du premier, aussi bien sur le plan syllabique que sur le plan fictif, ne soit pas très évidente (la valeur informative de l'hypersyllabe I′ se trouve d'ailleurs diminuée du fait de son insertion I′ (6,72 – 7,03 – 8,81) = 7,52, I′ (6,72 – 8,81) = 7,76). La pièce trouve alors une nouvelle structure qui correspond aux étapes suivantes :

I′	Exposition
II′	La ruse
III′	La vengeance
IV′	Le dénouement

Cette structure met en évidence l'enjeu carnavalesque d'une pièce où la fiction apparente, les mariages, cache l'enjeu spectaculaire du dénouement : le triomphe de Scapin. On comprend dans cette dynamique, le scandale du « sac » (hypersyllabe III′), qui est effectivement superflu sinon pour renouer avec l'origine de la comédie et du métier de comédien, la farce, le rire, le numéro du comédien, aussi. La scène de rire de Zerbinette se trouve dans *Le Bourgeois gentilhomme*, quand Nicole ne peut se « tenir de rire » (scène 2, acte III). Avec le numéro de Mademoiselle Beauval, celui de Molière, *Les Fourberies de Scapin*, dans sa structure même, témoigne de l'originalité d'une pièce où le spectacle prime sur la convention dramaturgique de l'équilibre des intrigues. Sa dynamique de tréteau en fait un des ultimes divertissements de « l'auteur du Misanthrope ».

La dernière pièce envisagée, *Le Malade imaginaire*, offre une structure qui rend compte de sa valeur de spectacle complet. Étant donné le schéma :

Le Malade imaginaire

Acte I

scènes	1	2	3	4	5	6	7	8	1	2	3
	4,40	3,12	3,98	6,73	3,12	6,37	11,70	6,73	7,92	5,18	7,33
							(7,14)	(7,14)			(*)

syllabes	I_1	I_2	II	III

I

Acte II

scènes	4	5	6	7	8	9	1	2
	6,05	9,92	10,24	6,78	9,42	4,50	3,22	5,96
syllabes	IV			V		VI		

Acte III

scènes	3	4	5	6	7	8	9	10	11	12	13	14
	4,50	9,42	8,13	4,50	3,22	3,22	3,22	3,22	3,22	5,60	4,08	6,15
												(7,14)
syllabes	VII				VIII						IX	

---

* Même cas que Silvestre à la scène 6 de l'acte II des *Fourberies*.

On peut distinguer neuf syllabes qui correspondent aux étapes suivantes :

Syllabe I (scènes 1-5, acte I) (moyenne : 4,27)	exposition + thème I (médecin) + conflit (mariage) (si (scènes 7 à 11) égale une seule scène, comme dans l'édition de 1675 moyenne : 4,3)[30] (obtenue par la moyenne de I-1 (scène 1) et de I-2 (scènes 2 à 5) syllabes sensiblement équivalentes : I-1 = 4,40 I-2 = 4,23
Syllabe II (scènes 6, 7) (moyenne + scène vide = 8,4)	exposition thème 2 = la marâtre
Syllabe III (scène 8; 1-3, acte II) (moyenne + 2 scènes vides = 6,90) (divertissement)	fonctionnement du conflit (le mariage-déguisement)

Syllabe IV (scènes 4-6, acte II) (moyenne: 8,73)	fonctionnement conflit + thème 1, 2
Syllabe V (scènes 7, 8, acte II) (moyenne : 8,1)	dévoilement du subterfuge (Louison, Béline) fonctionnement thème 2
Syllabe VI (scènes 9, acte II; scènes 1, 2, acte III) (moyenne : 4,56)	fonctionnement du conflit (Mariage pas de scène vide : Argan et Béralde restent en scène et assistent au divertissement)
Syllabe VII (scènes 3-6) (moyenne : 6,63)	le thème 1 devient conflictuel (abandon par les Médecins)[29]
Syllabe VIII (scènes 7-12) (moyenne : 3,6)	la comédie sur le thème 1 et résolution du thème 2 (la marâtre) (si (sc 7 à 11) égale une suele scène, comme dans l'édition de 1675 moyenne : 4,3)[31]
Syllabe IX (scènes 13, 14) (moyenne : 5,79 + scène vide du divertissement)	dénouement du conflit — Comédie sur le thème 1

On obtient après restructuration en hypersyllabes, le découpage suivant :

4,27 8,4	• 6,90 8,73 8,1	• 4,56 6,63	3,6 5,79
• divertissement			(moyenne 4,7)
I'	II'	III'	IV'
			hypersyllabes
exposition	déguisement et	*conflit*	déguisement et
thème 1	fonctionnement		dénouement
conflit	thème 1	thème 1	thème 1
thème 2	thème 2	thème 2	thème 2
	conflit		

Cette restructuration souligne le grand équilibre de la pièce dont les divertissements sont une part intégrante.

À ce titre, le déroulement de la pièce peut être conçu sur un double crescendo si on y fait intervenir un divertissement final qui correspond, d'une part, aux indications du texte :

BÉRALDE

Nous y pouvons aussi prendre chacun un personnage, et nous donner ainsi la
comédie les uns aux autres.

Le malade imaginaire, acte III, scène 14.

d'autre part, à la fidélité de l'imitation, c'est-à-dire, en le composant
des personnages de la scène 14 : (Argan, Toinette, Angélique, Cléante,
Béralde) et des « vrais Médecins » de la pièce : (Diafoirus, père et fils,
Purgon, Fleurant). On obtient ainsi, Argan omis, huit « figures » de
médecins qui correspondent exactement aux besoins d'une distribution
conçue en fonction des répliques à savoir :

1	président
5	docteurs
1	chirurgien
1	apothicaire

La nouvelle configuration ainsi obtenue a un indice informationnel égal
à 19,85. L'hypersyllabe IV' se présente comme suit :

3,6	5,79	7,14	19,85
	IV'		

Le spectacle s'organise donc ainsi :

6,33	7,91	5,59	9,09	valeur moyenne des
I'	II'	III'	IV'	hypersyllabes

C'est-à-dire suivant un double crescendo parfaitement équilibré dont
l'articulation se fait entre les scènes 8 et 9 de l'acte II.

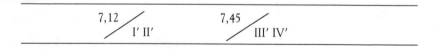

Le dynamique syllabique de l'œuvre en confirme la bipolarisation autour
d'Argan et de Béralde, puisque le clivage de la pièce s'opère à l'arrivée
de ce dernier (scène 9, acte II). Par ailleurs, les deux temps forts, qui
figurent à la fin des hypersyllabes II' et IV', sont respectivement la scène
avec Louison, le divertissement final. Cette position de Louison au

centre de la pièce renforce la tendance indicielle que le personnacte avait montrée. Sa fausse mort préfigure la feinte finale d'Argan qui trouve un écho dans la mascarade dont il est à son tour l'objet. La seconde macro-séquence du récit est encadrée des deux divertissements organisés par Béralde, ce qui accentue le propos ludique du conflit avec la maladie. C'est bien un jeu contre et sur l'image de la mort que révèle la structure syllabique de la pièce au-delà de l'apparente satire de la médecine.

Ainsi, le découpage dynamique permet-il non seulement de déterminer des séquences scéniques narratives, mais encore de mettre à jour les modalités par lesquelles ces séquences dramatisent la ou les significations du récit, peu importe les interprétations ultérieures que peut privilégier la mise en scène. La technique dramaturgique fournit un cadre rythmique potentiel, une partition scénique qui organise tous les choix de lecture.

La mise en syllabes des pièces les plus sujettes à lectures plurielles permet de sanctionner l'intérêt d'une telle structuration.

3

LE DÉCOUPAGE SCÉNIQUE, STRUCTURE DU SENS

L'ÉCOLE DES FEMMES et *Le Misanthrope* ont en commun leur faible caractère dramaturgique. Pièces construites sur des récits pour l'une ou, suivant le terme de l'époque, sur une succession de « délibérations » pour l'autre, on perçoit, dès la première lecture, l'irrégularité de leur construction par rapport au modèle de la comédie : leur dénouement parodique ou inattendu sont les signes les plus manifestes d'une originalité que les contemporains ont ressentie et interrogée.

Par ailleurs, si l'on excepte *Tartuffe* et *Dom Juan*, ces deux pièces apparaissent bien soumises à la représentation qu'en donne un metteur en scène et pour lequel elles marquent souvent l'aboutissement d'une recherche. Synthèses périlleuses, entre des personnages hypertrophiques ou contradictoires et une intrigue conventionnelle ou inexistante, *L'École des femmes* et *Le Misanthrope* se situent au point névralgique de la rencontre entre des « libertés » dramaturgiques et des contraintes idéologiques. Le découpage scénique, masque et caution technique, est un des points d'ancrage de ces contradictions.

L'ÉCOLE DES FEMMES : UNE DRAMATISATION DE LA COMMUNICATION

Cette œuvre pose un double problème qui se résume ainsi : quel rythme donner à une succession de récits ; comment équilibrer les deux rôles principaux qui jouent l'un sur l'hypertrophie (Arnolphe), l'autre sur l'atrophie (Agnès) ? Le découpage syllabique, dès sa formulation, souligne la complexité d'un récit par ailleurs fort linéaire.

L'École des femmes

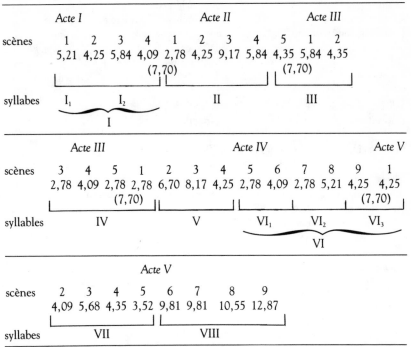

On distingue les syllabes suivantes :

Syllabe I (acte I) (moyenne : 4,84)	exposition du thème (cocuage) du conflit (récit 1 Horace) (obtenue par la moyenne des sous- syllabes I 1 (scène 1) = 5,21 et I 2 (scènes 2-4) = 4,72)
Syllabe II (scènes 1-4, acte II) (moyenne : 5,51)	syllabe à fonction dramatique imprécise fiction : le retour
Syllabe III (scène 5, acte II ; (scènes 1, 2, acte III) (moyenne sans entracte = 4,84) (moyenne plus entracte = 5,56)	fonctionnement du conflit (récit d'Agnès) : le grès

Syllabe IV
(scènes 3-5, acte III ;
scène 1, acte IV)
(moyenne sans entracte
= 3,10)

fonctionnement du conflit
récit 2 Horace
• en incluant l'entracte (l'interrogatoire),
on obtient deux syllables :
IV$_1$ (scènes 3, 4) = 3,43   équivalentes
IV$_2$ (scènes 5, ø, scène 1,   acte à
IV) = 5,24   1 syllabe = 4,02

Syllabe V (scènes 2-4)
(moyenne : 6,37)

épisode du Notaire
(fonctionnement ?)

Plusieurs choix possibles pour la syllabe VI :

Syllabe IV (scène 5,
acte IV à scène 1, acte V)
(moyenne sans entracte = 3,89)
(moyenne plus entracte = 4,43)

récit 3 Horace
+ reprises thème (cocuage)

ou

Syllabe VI$_1$ (scènes 5, 6)
(moyenne : 3,43)

récit 3 Horace :
l'interrogatoire + annonce de l'enlèvement

Syllabe VI$_2$ (scènes 7, 8)
(moyenne : 3,99)

reprise du thème (cocuage)

Syllabe VI$_3$ (scène 9,
acte IV ; ø ; scène 1, V)
(moyenne : 5,4)

conflit l'enlèvement

Syllabe VII (scènes 2-5)
(moyenne : 4,41)

conflit direct : la restitution

Syllabe VIII (scènes 6-9)
(moyenne : 9,33)

dénouement

Plusieurs types de reconstruction hypersyllabique s'offrent alors. Un premier qui tient compte de tous les entractes et de l'alternative de composition de la syllabe VI.

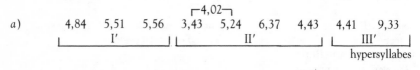

a)   4,84   5,51   5,56   ┌4,02┐ 3,43   5,24   6,37   4,43   4,41   9,33
          └____I'____┘ └_____II'_____┘ └____III'____┘
                                                                      hypersyllabes

b)   4,84 5,51 5,56 ┌4,02┐ 3,43 5,24 6,37 3,43 3,99 5,40 4,41 9,33
      └____I'____┘ └_____II'_____┘ └_____III'_____┘ └_IV'_┘

Une seconde restructuration élimine l'entracte (I / II), en raison de son caractère non événementiel et l'entracte (II / III) en raison de son inclusion dans la syllabe.

```
                          ┌─4,02─┐
 4,84    5,51   4,84    3,43  5,24   6,37   3,43   3,99   5,40  4,41   9,33
 └───────I'──────────┘  └──────────II'──────────┘ └───────III'────────┘ └ IV' ┘
```

Parmi ces différentes possibilités, deux se distinguent pour leurs qualités d'équilibre et de synthèse :

```
1)      4,84   5,51   4,84   4,02   6,37   4,43    4,41    9,33
        └───────I'──────────┘└──────II'──────┘ └────III'────────┘
                                                    hypersyllabes
ou

2)      4,84   5,51   4,84   4,02   6,37   3,43   3,99   5,40   4,41   9,33
        └───────I'─────────┘ └──────II'────────┘ └──────III'─────┘ └ IV' ┘
```

Ces deux restructurations correspondent respectivement aux étapes suivantes :

Découpage 1

(I') =   (acte I, acte II, scènes 1, 2, III) :
           exposition, conflit, solution provisoire du
           conflit (moyenne : 5,06)

(II') = (scènes 3-5, acte III, ø, acte IV, ø, scène 1, acte V) :
           rupture par révélation sur I'
           conflit, enlèvement, bastonnade
           (moyenne : 4,94)

(III') = (scènes 2-9, acte V) :
           restitution, dénouement (moyenne : 6,87)

Cette restructuration suppose donc que l'on garde deux des quatre entractes, les deux autres étant soit réduits à leur plus simple expression (entrée, sortie d'Arnolphe), soit remplacés par un jeu de scène (solution de Jouvet : par exemple, scène mimée à la fenêtre). Afin de respecter l'équilibre de la syllabe, l'entracte (II / III) pourrait être une scène mimée qui présenterait la configuration (Arnolphe, Agnès), suivant les indications de la scène 5 de l'acte II :

ARNOLPHE

Et quant au Monsieur, là, [...]	630
Vous lui fermiez au nez la porte honnêtement,	634
Et lui jetant, s'il heurte, un grès par la fenêtre	635
[...] Moi, caché dans un coin,	637
De votre procédé je serai le témoin.	638

L'École des femmes, acte II, scène 5.

Auquel cas la syllabe III $= 4,35 - 4,35 - 5,84 - 4,35$ a une moyenne égale à 4,72. Plus riche, par ailleurs, la configuration (Arnolphe, Agnès, Horace) transformerait la même syllabe en $4,35 - 5,68 - 5,84 - 4,35$, avec une moyenne de 5,05. Ces deux syllabes s'insèrent parfaitement dans le cadre de l'hypersyllabe (I′), soit sous les formes $4,84 - 5,51 - 4,72$ ou $4,84 - 5,51 - 5,05$.

Ce découpage a pour effet de concentrer l'action sur Arnolphe dans un schéma dramatique qui est articulé sur ses deux victoires provisoires (le grès, la bastonnade) auxquelles succèdent deux déceptions, deux révélations. Il intègre le dénouement à l'ensemble et donne au spectacle une dynamique très proche de celle que le graphique de degré d'occupation scénique a mise en évidence.

Découpage 2

(I) =	même chose que pour 1	
	(moyenne : 5,06)	
(II) =	(scènes 3-5, acte III, ø)	rupture par révélation sur I′
	(scènes 1-6, acte IV)	conflit Notaire, révélation
	(moyenne : 4,60)	
(III) =	(scènes 7-9, acte IV, ø,)	thème, bastonnade, révélation
	(scènes 1-5, acte V)	restitution
	(moyenne : 4,64)	
(IV′) =	scènes 6-9, acte V)	récit, dénouement
	(moyenne : 9,33)	

Cette structuration met davantage en évidence le principe actif du récit dans la pièce. En effet, l'hypersyllabe II′ est construite sur deux bornes narratives qui sont

a) le récit-révélation concernant le grès (scène 4, acte III),
b) le récit-révélation concernant la scène de la chambre (l'interrogatoire).

Ces deux récits sont, par ailleurs, en progression dans la mesure où, si le premier récit fait mention d'une lettre, le second suppose un rendez-vous à l'intérieur de la maison plus un enlèvement, substituant à un jeu dedans / dehors, une circulation dehors ⟶ dedans ⟶ dehors. L'hypersyllabe (III′) marque, quant à elle, une mesure claire de l'évolution, puisqu'elle débute par une scène identique à la scène 1 de l'acte I à savoir Chrysalde-Arnolphe. De la même manière, elle reproduit le mouvement initial de l'hypersyllabe (I′) en s'achevant sur la scène de restitution d'Agnès par Horace qui est, une fois de plus, pour le barbon, l'illusion d'une victoire.

L'hypersyllabe (IV′) précipite le dénouement, mais l'inscrit lui aussi dans le contexte en le reliant directement à l'apparition du récit, car elle débute à la scène 6 de l'acte V. Cette restructuration syllabique suppose le schéma de fonctionnement suivant :

I′
Acte I   Exposition du thème   récit 1 Horace   Action non représentée
Acte II   Exposition du conflit   récit 1′ Agnès   (fiction)

Entracte ⸺ Scène mimée le grès ⸺ Action représentée par suppression de l'entracte

Acte III   Victoire provisoire
scènes 1,2

II′
Acte III   Reprise du conflit : récit 2
scènes 3,4,5   rupture

Entracte ⸺ Action non représentée

Acte IV   Reprise du conflit : Récit 3
scènes 1-6   et annonce 1
                                     rupture

III′
Acte IV   Reprise du thème*
scènes 7,8,9

Entracte ⸺ Scène mimée la bastonnade ⸺ Action représentée par suppression de l'entracte

Acte V   Reprise du conflit : récit 4
scènes 1-5   et annonce 2
                                     rupture
                Victoire provisoire ⸺ Action représentée

IV′

Acte V   Reprise du conflit : annonce 3 ―――――――――
scènes 6-9   Dénouement par récit 5 ―――――――Action représentée

---

* Le renforcement de la symétrie est ici obtenu en substituant à l'entracte une configuration (Horace, Alain, Georgette) dont l'indice H = 10,48. La syllabe VI_3 prend alors la forme 4,25 10,48 4,25 et a une moyenne égale à 6,32 ce qui permet de s'insérer parfaitement dans la progression de l'hypersyllabe (III′) = 3,99 6,32 4,41 .
La valeur moyenne des hypersyllabes donne à la pièce une orientation graduelle

9,33

5,06 4,60 4,64

qui, elle aussi, s'accorde parfaitement avec le rythme indiqué par le graphique du degré de peuplement, tout en en accentuant la dynamique.

Ce découpage met en évidence le clivage du rapport récit / action : jusqu'à l'entracte, en effet, les trois récits suivent les actions qu'ils décrivent, après l'entracte, le récit s'enchaîne à l'action (récit 3, 4) et / ou annonce l'action à venir (récit 3, 4, 5) sur un mode temporel de l'accélération :

 – les récits 1 et 1' renvoient à une fiction située dans le temps du voyage d'Arnolphe, c'est-à-dire, une semaine :

ARNOLPHE

Ouvrez. On aura, que je pense,   199
Grande joie à me voir après dix jours d'absence.

L'École des femmes, acte I, scène 2.

 – le récit 2 est séparé de l'action par 3 scènes (200 vers)
 – le récit 3 est séparé de l'action réalisée par 6 scènes (134 vers) et par 3 scènes de l'action à venir (164 vers)
 – le récit 4 succède à l'action et en annonce les conséquences
 – le récit 5 précède l'action.

Le rythme de la pièce s'appuie sur un principe de succession entre l'événement et sa narration qui recouvre de fait une concurrence entre deux modes du discours : le mode performatif et le mode informatif.
Le mode performatif renvoie au personnage d'Arnolphe pour lequel dire c'est faire et affirmer c'est réaliser. Dès la scène d'exposition, il s'oppose à Chrysalde moins sur le cocuage que sur la nécessité de dire, d'affirmer son absence. Arnolphe *jure* qu'on ne l'y prendra pas, Chrysalde suggère que le péril réside justement dans cette assertion :

CHRYSALDE

Car enfin il faut craindre un revers de satire,   56
Et l'on ne doit jamais jurer sur de tels cas
De ce qu'on pourra faire, ou bien ne faire pas.

Je vous le dis encor, vous risquez diablement   66

Gare qu'aux carrefours on ne vous tympanise,   72
L'École des femmes, acte I, scène I.

C'est bien par la parole qu'Arnolphe essaie d'imposer à son entourage, et en particulier à Agnès, certaines attitudes. La maxime de la scène 5 de l'acte II, dans sa dérision même, est assez explicite qui résume son attitude à : « Je suis maître, je parle : allez, obéissez ».

Le second mode (informatif) revient à Horace dont la fonction essentielle est, pour toute la pièce, celle d'un narrateur-révélateur. On comprend, sur cette base, la fonction des autres personnages de la pièce. Ainsi, l'identité fonctionnelle qui existe entre Horace et le Notaire se trouve-t-elle confirmée par l'identité de leur rapport de communication à Arnolphe qui est l'antagonisme de deux discours divergents. Si Horace croit trouver en Arnolphe un complice, de même le Notaire croit communiquer avec lui.

La fonction iconique d'Alain et de Georgette est également confirmée dans cette optique, au sens où tout en jouant comme « effet de réel », ils montrent surtout l'ambiguïté et la fragilité du discours d'autorité d'Arnolphe dès la scène 3 de l'acte I, en refusant de le reconnaître comme leur maître, de même qu'ils sont à l'origine de l'échec non représenté de ses ordres qu'est la garde, représenté qu'est la bastonnade.

Quant au personnage d'Agnès, il apparaît comme un « substitut » de personnage qui se manifeste scéniquement selon des modes de discours qui traduisent, dans leur succession, une difficile accession à l'identité. Le spectateur la perçoit :

– tout d'abord comme la réplique du récit 1 d'Horace sur la rencontre (scène 5, acte I)
– puis comme la « lectrice » d'une œuvre qui est, en fait de la part de Molière, une citation (scène 2, acte III)[31]
– puis sous la forme d'une lettre, lue par Horace (scène 4, acte III)
– puis en action (scènes 3 et 4, acte V)
– enfin comme « objet » muet et déplacé (scène 5, acte V) : « La voici. Dans ma chambre allez me la nicher », dit Arnolphe.

Le rôle d'Agnès ne relève donc que très peu de la représentation, autrement dit du jeu dont elle n'est qu'un prétexte, sans texte propre. Personnage de la communication redondante, indirecte ou muette, son statut d'ingénuité est en fait celui d'un point de rencontre de toutes les formes de discours. Qu'elle prenne, à la scène 3 de l'acte V, une authentique présence de personnage, ne saurait être expliqué par une pseudo évolution psychologique — du type « révélation par l'amour » — pas plus que par un mensonge initial — « du personnage qui cache son jeu ». En fait, son passage à l'acte de parole s'effectue au moment même où le rapport des deux discours dominants va être définitivement renversé, c'est-à-dire au moment où le récit dénoue l'action par les révélations d'Enrique et d'Oronte.

La dramatisation du personnage d'Agnès est donc liée à l'échec du discours d'Arnolphe, dont elle est le signe marqué. Ainsi dès que cet échec est représenté (lors de la scène de dénouement), le rôle d'Agnès retrouve son caractère « effacé ». Dans la scène 9 de l'acte V, ses seules répliques sont :

AGNÈS

Me laissez-vous, Horace, emmener de la sorte ?   1724

Je veux rester ici.   1726
L'École des femmes, acte V, scène 9.

La fin de la scène la montre muette, alors que tous les discours des autres personnages ne renvoient qu'à elle. Cette « attitude » s'oppose à celle de Hyacinthe, objet elle aussi d'une reconnaissance in extremis, et dont les commentaires ponctuent les scènes 10 et 11 de l'acte III :

HYACINTHE

Oui, Octave, voilà mon père que j'ai trouvé, et nous nous voyons hors de peine.

Ô ciel ! que d'aventures extraordinaires !
Les Fourberies de Scapin, acte III, scènes 10 et 11.

De même, le rôle de Chrysalde, porte-parole du lieu commun, permet-il de mesurer la progression du déséquilibre du discours d'Arnolphe du début à la fin de la pièce en passant par le jalon de l'hypersyllabe III'. C'est donc, semble-t-il, sur le registre de communication que doivent être conçus les différents rôles de la pièce plus que leur rapport fictif dont l'ambiguïté demeure entière. (Arnolphe aime-t-il Agnès, etc.) Dans cette conception, le « ouf » ou le « oh » finals d'Arnolphe prend la valeur non seulement d'une fuite, mais aussi d'une limite[32].

Le découpage syllabique offre donc à *L'École des femmes* deux approches complémentaires. D'une part, une gamme de possibilités scéniques qui s'inscrivent dans la continuité narrative et qui trouvent un écho dans l'histoire de ses représentations les plus illustres. D'autre part, une dynamique narrative est mise à jour qui souligne les enjeux implicites d'un récit sans histoire, d'une intrigue sans événements. Au-delà, le découpage syllabique précise une constante de l'écriture moliéresque dont on peut dire qu'elle « détourne » les conventions dramaturgiques de l'intrigue (péripéties, rebondissements et dénouement) au profit de conflits implicites qui échappent à la nomenclature comique (le mariage, le cocuage). L'étude d'une œuvre « morale » comme *Le Misanthrope* confirme ce point.

LE MISANTHROPE : LA PROCÉDURE

Le problème posé au metteur en scène par *Le Misanthrope* relève aussi bien de la dynamique que de l'organisation. Comment donner une action à une pièce qui en montre si peu, quel discours privilégier dans cette succession de conversations de salon où la rosserie des uns est compensée par le ridicule et le caractère ostentatoire du héros ?

La dynamique mise au jour par le graphique d'occupation scénique de la pièce se présente comme un cas particulier dans le corpus en raison de son « irrégularité ». On peut être ainsi surpris de la relative simplicité du découpage syllabique.

Le Misanthrope

scènes	Acte I			Acte II						Acte III
	1	2	3	1	2	3	4	5	6	1
	4,93	7,11	4,93	4,13	5,90	5,90	8,10	8,10	10,74	7,79
			6,69						6,69	
syllabes	I			II					III	

scènes	Acte III				Acte IV				Acte V			
	2	3	4	5	1	2	3	4	1	2	3	4
	6,99	8,76	8,56	7,60	7,79	6,03	4,13	8,54	4,93	6,31	7,41	11,18
							6,69					
syllabes	IV				V		VI			VII		

On distingue nettement sept syllabes dramatiques qui recouvrent les étapes suivantes du déroulement :

Syllabe I (acte I) (moyenne : 5,65)	exposition du caractère (thème la misanthropie) mention du conflit (l'amour) démonstration par la rencontre d'Oronte.
Syllabe II (scènes 1-3, acte II) (moyenne : 5,31)	fonctionnement du conflit (l'amour)
Syllabe III (scènes 4-6, acte II); (scène 1, acte III) (moyenne = sans entracte = 8,68) (moyenne + entracte = 8,28)	« le salon », fonctionnement du thème
Syllabe IV (fin acte III) (moyenne : 7,97)	la « médisance » (fonctionnement du conflit ?)
Syllabe V (ø, scènes 1, 2, acte IV) (moyenne : 6,83) (moyenne sans entracte = 6,91)	exposition d'un nouveau conflit : le cœur d'Éliante partagé entre Alceste et Philinte
Syllabe VI (scènes 3, 4, acte IV; ø, scène 1, acte V) (moyenne + entracte = 6,07) (moyenne sans entracte = 5,86)	les procès - Célimène - Alceste fonctionnement du conflit + thème
Syllabe VII (fin de l'acte V) (moyenne : 8,3)	le jugement de Célimène

Les étapes du déroulement correspondent davantage à des événements / rencontres qu'à des catégories dramaturgiques du type « conflit », « péripétie ».

On obtient ainsi, après restructuration, le découpage suivant :

6,69	5,65	6,69	5,31	8,68	7,97	6,91	6,07	8,3
	*	*						

I'		II'		III'

---

* La scène vide est nécessitée ici par les indices fictifs du texte. À la scène 1 de l'acte I, Alceste et Philinte apparaissent sur le plateau, poursuivant une conversation qui se lit aisément comme ayant été inaugurée hors de l'espace scénique (« Qu'est-ce donc ? Qu'avez-vous ? »). C'est une convention de l'époque[33] certes, mais qui trouve ici justification dans la disposition de la maison de Célimène : c'est en montant l'escalier qu'ils ont entrepris cette discussion.

Il ne comprend que les moyennes syllabiques les plus riches. Cette restructuration présente un certain déséquilibre par rapport à la longueur du texte. En effet, si les hypersyllabes I' et III' recouvrent chacune environ un acte, c'est-à-dire 446 vers pour l'une, 531 pour l'autre, l'hypersyllabe II' ne comporte pas moins de trois actes et près de 800 vers. De plus, ce découpage ne correspond que fort peu au graphique du degré d'occupation scénique puisqu'il donne à la pièce une orientation fort différente, parce que beaucoup plus linéaire :

I'	II'	III'
6,34	7,21	7,18[34]

Le découpage syllabique met donc en évidence une dynamique dont les ressorts ne peuvent être explicitement justifiés par des exigences strictement narratives.

Pour ce qui est de l'hypersyllabe I', la situation semble clarifiée par les exigences de l'exposition. Mais, dans les autres pièces du corpus en général, les scènes d'exposition sont incluses dans une hypersyllabe qui comprend des scènes où le conflit codé de la comédie (le mariage) était mis en action (*Le Malade imaginaire*, *L'École des femmes*, par exemple). Ici, au contraire, ce conflit n'est que mentionné et cède sa position d'ouverture à la confrontation Oronte / Alceste qu'on peut lire comme un conflit sur le thème. Certes, Oronte est aussi le rival d'Alceste auprès de Célimène mais cette donnée ne sera précisée qu'à la scène 2 de l'acte IV. La violence d'Alceste à l'égard de Célimène, à la scène 3, est due, pour une grande part, à la surprise de se découvrir un rival jusque-là négligé,

ALCESTE

Oronte, dont j'ai cru qu'elle fuyait les soins,   1239
Et que de mes rivaux je redoutais le moins.

Acte IV, scène 2.

De plus la majeure partie de la discussion ne tourne-t-elle pas autour de l'identité du destinataire de la lettre compromettante ?

CÉLIMÈNE

Oronte ! Qui vous dit que la lettre est pour lui ?

Acte IV, scène 3.

Outre cette particularité, l'acte I apparaît construit sur une symétrie qui repose, non seulement sur le découpage scénique – la scène 1 et la scène 3 sont les mêmes, – mais aussi sur la situation : les scènes 1 et 3 jouent sur le refus de Philinte de quitter Alceste en deux directions antagonistes dehors ⟶ dedans ; dedans ⟶ dehors. Si l'on se rappelle qu'il est très difficile de rattacher la fiction de l'acte I au déroulement général du temps de la pièce, on peut affirmer que, ici encore, le découpage en hypersyllabes met en évidence un fonctionnement spécifique au *Misanthrope*. L'hypersyllabe II′ semble, quant à elle, de composition disparate. L'insertion des entractes est résolue par la brièveté « fictive » des intervalles II / III et III / IV. On pourrait donc respectivement en faire l'économie par un jeu de scène qui laisserait les marquis sur le plateau, ou le réduire à une simple substitution de personnages : Éliante et Philinte succédant au couple Alceste / Arsinoé. Sur le plan du découpage en acte, l'hypersyllabe II′ apparaît bien pouvoir fonctionner comme un tout.

Au regard de l'action, il semble que l'on puisse y distinguer plusieurs étapes, fort diverses :

a)   une explication entre Alceste et Célimène,
b)   le salon,
c)   l'intervention du Garde,
d)   le duel galant des Marquis,
e)   le duel Célimène, Arsinoé,
f)   la confrontation Alceste, Arsinoé,
g)   l'aveu de Philinte à Éliante,
h)   l'offre d'Alceste à Éliante.

Ces différentes situations, exception faite des deux dernières, possèdent en commun deux caractères complémentaires. Le premier est au niveau du contenu. Chacune des confrontations peut être apparentée à un « règlement de comptes » au cours duquel il s'agit de faire le point soit sur la question amoureuse, soit sur la réputation d'autrui, soit sur la sienne.

C'est ainsi qu'Alceste somme Célimène de « parler à cœur ouvert », qu'Acaste et Clitandre sollicitent de sa part, une peinture « véritable » de leurs relations, que le Garde oblige Alceste à confirmer ses sentiments à l'égard de la poésie d'Oronte. Plus tard, Clitandre et Acaste se demandent respectivement des preuves de leur bonne fortune. Arsinoé et Célimène se disent « toute la vérité » et Alceste suit Arsinoé pour avoir les preuves de sa bonne foi. Succession de situations dont la récurrence manifeste bien un principe commun : il s'agit de *dire le vrai à autrui*, de faire « toute la vérité ». Cette sommation du vrai trouve des figures référentielles dans la pièce. Ainsi, si Alceste doit faire face à deux procès, Célimène est, elle aussi, impliquée dans une procédure. À propos d'Acaste, elle affirme,

CÉLIMÈNE

Qu'injustement de lui vous prenez de l'ombrage !   489
Ne savez-vous pas bien pourquoi je le ménage,
Et que dans mon procès, ainsi qu'il m'a promis,
Il peut intéresser tout ce qu'il a d'amis ?

Le Misanthrope, acte II, scène 1.

On a pu trouver aussi une singulière identité procédurière entre Alceste et Oronte qui échangent au cours de la pièce la fonction de juge et partie en matière de censure littéraire.

Les indices de la fiction tissent ainsi entre les personnages, un réseau d'implications dont les termes sont le *vrai*, le *dit*, l'*écrit*, les deux derniers étant les cautions ou les manifestations du premier. Ainsi ne saura-t-on la « vérité » du personnage de Célimène qu'au moment où seront présentées les preuves tangibles (les lettres) et contradictoires de ses sentiments. Car, dans cette sommation du jugement, les périls viennent de l'écrit : les poèmes d'Oronte, le « livre abominable » d'Alceste. L'hypersyllabe II′ qui regroupe l'acte II, l'acte III et les deux premières scènes de l'acte IV, constitue des contrepoints d'une seule et même situation qui a peu à voir avec l'intrigue de surface Célimène-Alceste. À preuve sa conclusion, – les scènes 1 et 2 de l'acte IV qui y introduisent un nouvel élément, la proposition d'Alceste, – est une forme *avortée* de dénouement à l'intrigue du mariage. La situation fondamentale de l'hypersyllabe II′, c'est-à-dire du cœur de la pièce, c'est bien la sommation de la parole que reproduisent toutefois toutes les scènes qui la composent.

Le second caractère commun, qui permet d'associer entre elles les différentes situations scéniques de l'hypersyllabe II′ est d'ordre formel. En effet, non seulement les liaisons scéniques se font majoritairement sur le mode discontinu — ce qui est un phénomène récurrent dans l'œuvre — mais encore elles ont toutes la même fonction : interrompre, couper la parole à quelqu'un. C'est ainsi que l'arrivée de Basque par deux fois empêche Alceste d'achever sa phrase.

ALCESTE

Parlons à cœur ouvert, et voyons d'arrêter...   531

Et les précautions de votre jugement...   551
                                    Le Misanthrope, acte II, scènes 1, 2.

que celle de Célimène réduit au silence les marquis :

ACASTE

Et du bon de mon cœur à cela je m'engage,   846
Mais, chut !

Célimène doit interrompre son portrait d'Arsinoé :

CÉLIMÈNE

Elle est impertinente au suprême degré,   872
Et...
                                    Le Misanthrope, acte III, scène 3.

Cette caractéristique discursive est reprise au niveau spatial et tout particulièrement au chapitre des départs. Chaque liaison scénique est conflictuelle dans cette séquence. Elle coïncide avec une contrainte faite à un personnage soumis de quitter la scène ou heureux de le faire, quand il n'est pas obligé, à l'inverse, de solliciter la permission d'y rester. L'échange de la scène 4 de l'acte III entre Arsinoé et Célimène est assez symptomatique du phénomène.

ARSINOÉ

Et j'aurais pris déjà le congé qu'il faut prendre,   1029
Si mon carrosse encor ne m'obligeait d'attendre.

CÉLIMÈNE

Autant qu'il vous plaira vous pouvez arrêter

Et Monsieur, qu'à propos le hasard fait venir,   1035
Remplira mieux ma place à vous entretenir.
                                    Le Misanthrope, acte III, scène 4.

Tout se passe comme s'il existait un nécessaire rapport entre le fait de *dire* et celui de *partir*. On quitte la scène pour ne pas dire, ou parce qu'on a dit. Encore une fois ici, seule la procédure judiciaire ou l'écrit interdisent cette *issue* : on ne peut se dérober au jugement, on ne peut effacer l'écrit. L'hypersyllabe II′ se clôt, dans ce contexte, sur une syllabe doublement significative, constituée des scènes 1 et 2 de l'acte IV et qui, en première analyse, ne semblait pas s'intégrer à la succession des situations précédemment décrites. Pourtant, c'est au cours de la scène 1 que Philinte dit à Éliante la vérité de son cœur :

PHILINTE

Et je vous parle ici du meilleur de mon âme,   1214
                              Le Misanthrope, acte IV, scène 1.

La scène 1 tourne court, comme les autres scènes de l'hypersyllabe, à cause du « surgissement » d'Alceste. Cependant, la scène 2 présente une situation surprenante. Alceste demande « raison » à Éliante de l'offense que lui a faite Célimène. Cette proposition, qui dissimule bien, en fait, un appel « à la loi du Talion », prend la forme d'une mise en demeure :

ALCESTE

Vengez-moi d'une ingrate et perfide parente,   1249

Vengez-moi de ce trait qui doit vous faire horreur.   1251

      En recevant mon cœur.   1252
Acceptez-le, Madame, au lieu de l'infidèle :   1253
                              Le Misanthrope, acte IV, scène 2.

Suivant le procédé des autres liaisons scéniques de la syllabe, c'est l'arrivée d'un personnage qui interrompt la scène avant qu'Éliante ait pu accepter ou refuser la proposition d'Alceste. La syllabe V constitue donc une transition entre les deux hypersyllabes dans la mesure où, construite sur le même type et dans le même registre que les syllabes précédentes, elle préfigure les syllabes à venir. En effet, les composants de l'hypersyllabe III′ peuvent être organisées très aisément autour de la notion du « procès » : procès d'Alceste durant l'entracte, sommation de l'arbitrage de Célimène par Oronte et Alceste, puis de celui d'Éliante par Célimène.

ALCESTE

Vous n'avez qu'à *trancher*, et choisir de nous deux.   1620

ALCESTE

Quoi ? votre âme *balance* et paraît incertaine !   1622

CÉLIMÈNE

Mon Dieu ! que cette *instance* est là hors de saison,   1623

Ou bien pour un *arrêt* je prends votre refus ;   1644

J'en vais prendre *pour juge* Éliante qui vient.   1652
                              Le Misanthrope, acte V, scène 2.

Enfin, elle se clôt sur le procès de Célimène qui se déroule en plusieurs étapes = la convocation des témoins à charge, la présentation des preuves, les réquisitoires et même le « recours en grâce » que représente l'offre de mariage d'Alceste.

La présentation regroupe ces différentes étapes du déroulement. On remarque ainsi que la dynamique de la pièce repose bien davantage sur les figures répétées et progressives du procès, de la justice, que sur une action dramatique. Il est fait mention ou référence successivement à :

- une conciliation (procès Oronte / Alceste),
- une justice « expéditive » (la vengeance par Éliante),
- un procès inique (le procès d'Alceste),
- un jugement remis (l'arbitrage de Célimène),
- un jugement définitif (le procès de Célimène).

Hiatus scénique : scène vide.

I′

Exposition du thème : *dire le vrai*

Acte I   Fonctionnement : « s'en remettre au jugement de »

Rupture

Entracte ——————Vide fonctionnel

II′

Acte II   { Reprise du thème / conflit : *ne pas dire*

                (la coquetterie)

                Fonctionnement multiple

                (la médisance)

                Rupture « sommation du vrai »

Acte III   { Départ « appel aux preuves »

                (la médisance)

Entracte ——————Procédure 1 : la conciliation expéditive

Conflit thème / mariage

                « en appeler à la justice du talion »

                (procédure disqualifiée)

III′

Reprise du thème / conflit : *ne pas dire*

                (la coquetterie)

Entracte ——————Procédure 2 : l'iniquité

Procédure 3 « s'en remettre au jugement de »

                « exhibition des preuves »

                départ et / ou solitude ——*ne rien dire*

Hiatus scénique : scène vide

Il y a progression entre ces différentes modalités de justice suivant deux registres. Au niveau de la représentation, tout d'abord, elles passent de la narration à l'allusion, à la représentation. Au niveau de leur résolution, enfin, elles aboutissent successivement à un arrangement, à une mise en suspens, à une injustice sans appel[35], à une nouvelle mise en suspens, à un jugement, accédant par là, mais progressivement, à une image définitive de l'« arrêt ».

Le découpage syllabique permet de donner à la pièce le rythme d'une démonstration. L'hypersyllabe I′ y fonctionne comme la référence initiale que les différentes étapes du déroulement vont reproduire et multiplier. C'est au cours de l'hypersyllabe I′ que sont posés les trois éléments majeurs du fonctionnement thématique qui sont :

a) être en société va vouloir être seul;
b) les rapports sociaux – *dire le vrai* contre *ne pas dire*,
    – se soumettre au jugement d'autrui contre
    refuser le jugement d'autrui;
c) vérité contre société.

Ces trois éléments vont être développés dans l'hypersyllabe II′, sur des modes différents et dans le contexte de deux données : une donnée conventionnelle, celle du mariage, une donnée référentielle, le salon.

L'hypersyllabe III′ représente les deux procédures antagonistes de la thématique. La condamnation d'Alceste, coupable d'avoir cru en une justice immanente,

ALCESTE

J'ai pour moi la justice, et je perds mon procès!   1492
Le Misanthrope, acte V, scène 1.

la condamnation de Célimène, coupable de n'avoir point voulu décider ou choisir. Les deux sanctions sociales — l'exil et la solitude — qui sont apportées aux deux personnages principaux soulignent, par ailleurs, leur identité. Le découpage hypersyllabique met ainsi à jour une structure complexe et ambiguë dans la mesure où les deux figures centrales se complètent plus qu'elles ne s'opposent, l'une (Célimène) prenant en fin de déroulement le relais de l'autre. En effet, si Alceste refuse la société au nom de la vérité (hypersyllabe I′), Célimène est rejetée (hypersyllabe III′) par elle pour avoir refusé d'énoncer une vérité affective. L'un et l'autre sont condamnés par le groupe pour avoir voulu briser les règles du jeu qui le constituent, soit en les refusant au nom de la sincérité, soit en en abusant par le jeu de la coquetterie.

De plus, il est très difficile de distinguer dans l'ensemble des figures iconiques de la pièce, qui regroupe la majorité des personnages, les grandes lignes d'un conflit, du fait même de leur identité sémiologique. Chacun de ces personnages est la figure référentielle de règles sociales qu'on peut décliner comme suit.

Première règle, la conciliation

PHILINTE

Lorsqu'un homme vous vient embrasser avec joie,   37
Il faut bien le payer de la même monnaie,
Répondre, comme on peut, à ses empressements,
Et rendre offre pour offre, et serments pour serments.

Le Misanthrope, acte 1, scène 1.

La conciliation trouve une image fictive dans la pièce sous la forme de la procédure 1 racontée : la fin du conflit entre Oronte et Alceste.

Deuxième règle, les lieux communs / la politesse dont la tirade d'Éliante, lors de la scène 4 de l'acte II, est le prototype. Mais cette notion de courtoisie est aussi manifestée par Philinte qui, au cours de la même scène, participe au jeu des portraits en questionnant Célimène sur Damis, ou, lors de la scène 2 de l'acte IV, tente de défendre Célimène des accusations d'Alceste.

PHILINTE

Une lettre peut bien tromper par l'apparence,   1241
Et n'est pas quelquefois si coupable qu'on pense.

Le Misanthrope, acte IV, scène 2.

Dernière règle, la plus curieuse, la médisance, à savoir dire la vérité pour nuire à quelqu'un mais en l'absence de cette personne ou sous le couvert de l'amitié. Il existe deux scènes clés pour l'établissement de cette règle. La scène des portraits mais aussi la confrontation Arsinoé / Célimène dont le leitmotiv est célébré alternativement par les deux personnages.

CÉLIMÈNE

Madame, je vous crois aussi trop raisonnable,   957
Pour ne pas prendre bien cet avis profitable,
Et pour l'attribuer qu'aux mouvements secrets
D'un zèle qui m'attache à tous vos intérêts.

Le Misanthrope, acte III, scène 4.

Néanmoins, cette attitude est aussi employée par Philinte à l'égard de Célimène lorsqu'il met en garde Alceste (acte I, scène 1), ou interroge Éliante (acte IV, scène 1) à son sujet, par les marquis lors de leur joute (acte III, scène 1). Il est aisé de remarquer, par ailleurs, combien la frontière est faible entre la médisance d'une Arsinoé et les jugements peu tranchés d'Alceste à l'égard d'Oronte, par exemple ; entre la conciliation et la coquetterie... « ne blesser personne » n'est-il pas synonyme de « puis-je empêcher les gens de me trouver aimable [...] Dois-je prendre un bâton pour les mettre dehors. »

Le caractère peu dramatique de l'œuvre s'explique ainsi par la grande identité que présentent les personnages entre eux, en ce qui concerne les modalités de leur discours. Ainsi, l'opposition entre Éliante et Célimène ne se manifeste-t-elle qu'à l'avant-dernière scène et sur quelques mots :

ÉLIANTE

N'allez point là-dessus me consulter ici :   1660
Peut-être y pourriez-vous être mal adressée,
Et je suis pour les gens qui disent leur pensée.

Le Misanthrope, acte V, scène 3.

Dans ce contexte, si le mariage d'Éliante et de Philinte est une justification in extremis du respect des conventions de l'intrigue, il perd toute crédibilité référentielle. Seul signe d'union dans un univers où l'échange n'est garanti ni par la vérité, ni par l'équité, il reste « potentiel » et soumis à la personne d'Alceste sur les pas duquel le couple s'attache :

ÉLIANTE

Et voilà votre ami, sans trop m'inquiéter,   1797
Qui, si je l'en priais, la pourrait accepter.

PHILINTE

Allons, Madame, allons employer toute chose,   1807
Pour rompre le dessein que son cœur se propose.

Le Misanthrope, acte V, scène IV.

La dynamique du Misanthrope renvoie ainsi à un point de fuite que liaisons et découpage scénique manifestent.

Le découpage conventionnel de la dramaturgie classique en actes et en scènes constitue donc aussi une dynamique significative. En effet, loin de reproduire pour chaque œuvre les exigences d'un quelconque modèle théorique, il met en évidence sa spécificité. Il recoupe ainsi, pour les pièces les moins problématiques, les grandes phases de l'action, mais en leur attribuant un rythme propre. Chacune d'elles peut être ainsi conçue comme une entité spectaculaire dont la mesure par rapport à l'ensemble de la représentation est indiquée par son indice informationnel moyen, d'une part, et par celui de chacune de ses composantes, d'autre part. Enfin le découpage hypersyllabique permet d'approcher la complexité d'œuvres comme Le Misanthrope en obligeant l'analyse à justifier des phénomènes particuliers ou surprenants.

Il ne s'agit donc pas ici de lois, mais de tendances rythmiques sur lesquelles peuvent venir se greffer de multiples interprétations. Il semble, cependant, que la formulation d'un tel découpage soit une étape dans l'élaboration de la notion de « théâtralité » d'un texte. Dans cette optique, la théâtralité — ou l'efficacité scénique — d'un texte se mesure à son potentiel rythmique. La force du théâtre de Molière, au-delà des lectures qu'on a pu lui appliquer, est de recéler un « tempo » qui dramatise sa signification plus qu'il ne la fixe.

NOTES

1. Jacques SCHÉRER, *La Dramaturgie classique en France*, p. 206.
2. SCHÉRER, *La Dramaturgie...*, p. 208.
3. SCHÉRER, *La Dramaturgie...*, p. 218 et 219.
4. SCHÉRER, *La Dramaturgie...*, p. 274 et 275.
5.

CÉLIMÈNE

Je viens d'ouïr entrer un carrosse là-bas :	848
Savez-vous qui c'est ?	

BASQUE

Arsinoé, Madame,	849
Monte ici pour vous voir.	

Les Misanthrope, acte III, scènes 2, 3.

6. Mihaï DINU, « Structures linguistiques probabilistes, issues de l'étude du théâtre », p. 29-46.
7. DINU, « Structures... », p. 29-46.
8. Pour *L'École des femmes* et *Amphitryon*, les tableaux indiquent l'indice de probabilité. Ces deux pièces ayant été traitées les premières, seul leur indice de probabilité a été programmé. Ainsi le tableau A indique les configurations de plus forte probabilité, le tableau B, les configurations les moins probables.
9. De plus, les configurations Horace / Alain ou Horace / Georgette ont une probabilité égale à 0,00115919, donc relativement moyenne.
10. Les probabilités des configurations Jupiter seul et Mercure seul sont égales respectivement à 0,00490054 et 0,0062405. Dans le cas de Mercure, elles sont négligées au profit des configurations : P (Mercure / Cléanthis) = 0,00685717 = P (Mercure / Amphitryon).
11. – Log 2 (P) Scapin / Léandre est égal à 8,255355 donc en position hirarchique moyenne. Elle est soigneusement évitée. Scapin n'est donc pas caractérisé par rapport à sa fonction, mais par rapport à son action.
12. – Log 2 (P) (Béralde) = 7,247367.
13. Anne UBERSFELD, *Lire le théâtre...*, p. 121.
14. Les hiérarchies sont obtenues à partir de la probabilité *réelle* des personnages, c'est-à-dire à partir des rapports entre leurs apparitions et le nombre total de scènes.
15. SCHÉRER, *La Dramaturgie...*, p. 150.
16. SCHÉRER, *La Dramaturgie...*, p. 209-210.

17. SCHÉRER, *La Dramaturgie...*, p. 211.

18. Rappelons que l'indice de continuité de la pièce est égal à 100 %.

19. C'est aussi le cas du *Bourgeois gentilhomme* où les intermèdes s'inscrivent dans la continuité de la fiction : Monsieur Jourdain en est, à chaque fois, le personnage central.

20. Cléante en fait mention dans son récit transposé de la scène 5 de l'acte II : « Mais dans le même temps *on l'avertit* que le père de cette belle a conclu son mariage avec un autre... »

21. Cette sérénade est aussi une reprise de la plainte de la Bergère du second prologue.

22. C'est aussi une réplique à la plainte de la Bergère : il est doux d'aimer quoi qu'on puisse en souffrir...

23. Voir à ce titre la mise en parallèle que fait Georges COUTON entre la comédie et la vraie cérémonie d'intronisation, dans Molière, *Œuvres complètes*, p. 1518-1520.

24. Solomon Marcus, « Stratégie des personnages dramatiques », dans *Sémiologie de la représentation*, p. 76 et 77. Voir aussi à ce titre DINU, « Analyse... », dans lequel il définit le point d'aperture comme le minimum local de la suite des indices (dénomination mathématique) et la scène dans laquelle la quantité d'information atteint son maximum comme le point vocalique de la syllabe dramatique dont les autres scènes sont les consonnantes (p. 40 et suivantes).

25. DINU, « Analyse... ».

26. DINU, « Analyse... ». Ce cas ne s'applique d'ailleurs qu'à la *Jalousie du Barbouillé*, le reste du corpus reposant nettement sur une stratégie de « vedette(s) ».

27. À l'appui de ces propositions, on peut évoquer la différence qui existe entre Almanzor, le valet « précieux », qui porte un nom venu du *Polexandre* de GOMBERVILLE (La Pléiade, p. 1214, note 5) et Marotte (diminutif populaire de Marie). L'un apparaît dans les scènes parodiques (9, 11, 12) et disparaît lors des scènes de « dévoilement », alors que le mouvement de Marotte est inverse. Le choix initial de la matrice trouve ici une ultime confirmation.

28. Cette formule est redoublée par la rupture euphorie / dysphorie dans la mesure où, si les adieux de Jupiter et d'Alcmène sont tendres, ceux de Mercure et de Cléanthis sont lourds de reproches; si les retrouvailles des premiers marquent la fin d'une querelle, celles des seconds ne résolvent rien; il en va de même dans les scènes 2 et 3 de l'acte II.

29. Il y a enrichissement de la syllabe de l'édition de 1682 par rapport à celle de 1675 qui introduisait une scène (Béralde, Argan) entre les scènes 4 et 5 de l'acte III.   La syllabe VII de l'édition de 1675 = 6,21. (*Œuvres complètes*, t. II, p. 1491.)

30. *Œuvres...*, p. 1494.

31. *Œuvres...* t. I, p. 1275, note 3.

32. Ces analyses recoupent celles que B. Magné présente dans un article, « *L'École des femmes* ou la conquête de la parole », dans *La Revue des Sciences humaines*. Néanmoins, elles permettent, à la différence de la perspective plus

thématique de B. Magné, d'inscrire le schéma de la communication dans une perspective dramaturgique globale.

33. SCHÉRER, *La Dramaturgie...*, p. 212.

34. Un autre choix aurait pu prévaloir :

Syllabe VI (scènes 3, 4, acte IV)
(moyenne : 6,33)
(moyenne plus entracte = 6,45)
Syllabe VII (acte V)
(moyenne : 7,45)

6,69	5,65	6,69	5,31	8,68	7,97	6,91	6,45	7,45
	I'			II'			III' = 6,95	

Cependant, la dernière hypersyllabe est plus riche dans le découpage précédent, qui correspond mieux par là au crescendo, récurrent dans les dénouements moliéresque.

35.

ALCESTE
Quelque sensible tort qu'un tel arrêt me fasse,   1541
Je me garderai bien de vouloir qu'on le casse :

CONCLUSION

ACQUIS ET PERSPECTIVES

La dramaturgie moliéresque, passée au crible parfois aride du recensement mathématique, apparaît comme une combinatoire d'unités scéniques. Au-delà de la thématique mais sous- jacente à elle, il existe une construction pertinente aussi bien à la fable qu'au conflit. L'étude relative des personnages, véritables paradigmes d'apparitions différentielles, l'analyse des scansions scéniques, syntagmes de configurations, permettent de relire autrement des textes épuisés par des siècles de critique universitaire. Cette relecture est double, en ce qu'elle confirme et compare.

Elle confirme que la dramaturgie moliéresque est une dramaturgique d'acteur dont la mesure est l'apparition scénique dans ses variables et ses possibles, mesure désignée par le terme « personnacte ». Mot valise sans doute, mais porteur obligé : il n'y a pas de personnage chez Molière conçu comme unité. Pas d'« actant » non plus qui ne soit scéniquement figuré. Paradoxalement, on a sans doute là la clef de la force individuelle des personnages moliéresques qui sont, on l'a vu, les noyaux de molécules relationnelles. Les héros se définissent d'abord par leurs modalités de connexions à l'ensemble, c'est-à-dire par l'accentuation ou la sélectivité de leur confrontation scénique.

Il s'agit du même phénomène que celui qui donne à certains personnages de la « Comédie humaine » balzacienne une entité presque extra-diégétique. C'est aussi par la pluralité de leur relation d'un récit à un autre, par la fréquence de leurs apparitions, qu'ils acquièrent, assez paradoxalement, le statut de l'unicité. Il en va de même chez Proust où l'architecture narrative, si souvent mise en évidence, repose sur la fréquence rythmique d'apparitions de personnages dont on dit alors qu'ils sont les clés, les piliers du récit.

Le héros n'est donc pas seulement celui qui est le plus présent, mais celui qui a le plus à jouer parce que ses apparitions sont autant de modulations de dialogue. *Dom Juan*, qui ne figure pas au corpus de cette étude, la confirme pourtant dans sa structure si spécifique. Dom Juan y est constamment présent, deux scènes mises à part, couplé par Sganarelle. De plus, la construction très particulière du récit fait de la succession scénique une succession de rencontres dont beaucoup sont sans conséquences narratives, la scène du pauvre étant, à ce titre, exemplaire. La présence scénique de Dom Juan-personnacte est donc l'accentuation rigoureuse des traits héroïques moliéresques. Il est, d'une certaine façon, le héros par excellence, *l'hypocrita* insaisissable qui module son discours en fonction des configurations scéniques.

Pour cette dramaturgie d'acteur, l'analyse mathématique fournit un outil qui permet, au-delà des analyses textuelles, de dégager la spécificité de certains personnages que leur compétence discursive dote d'une illusoire capacité scénique. C'est le cas d'un Arnolphe dépassé, au sens le plus concret du terme, par un récit dont il revendiquait l'organisation. Les spécificités du personnacte permettent aussi de mettre en lumière le rôle essentiel de personnages « secondaires ». L'exemple de Béralde du *Malade imaginaire* dont la fonctionnalité s'est avérée au fil des analyses, ne présente guère de poids discursif.

C'est donc à la mise en scène seule que revient la possibilité de mettre en évidence les ressorts d'une narrativité exclusivement d'ordre spectaculaire. L'analyse rigoureuse des modalités d'apparitions, en permettant la formulation d'une nouvelle unité, le personnacte, qui synthétise conjointement les données relatives au personnage et au système de relations spécifiques à une œuvre donnée, trouve donc une double application. Elle nuance la taxinomie désuète et inefficace dans ses hiérarchisations qui classe les personnages au seul titre de leur fonctionnalité narrative et instaure une « valence » tributaire, avant tout, de la mise en scène.

Il n'y a plus alors de personnages « principaux » ou « secondaires », notions sujettes à caution et qui font long feu, mais il y a position du personnacte au sein des molécules particulières à une œuvre donnée. Or, cette position, relevant presque uniquement de la présence scénique, c'est sur la scène, par le jeu de la représentation, qu'elle peut être essentiellement mise en évidence. Le relief d'un personnage ne se mesure plus alors à son seul poids textuel mais aussi à l'interprétation scénique de sa présence, selon une analyse qui mime la caractéristique essentielle de la dramaturgie moliéresque, une dramaturgie d'acteur, une dramaturgie du jeu.

Bien sûr, — on pourrait dire heureusement, — certaines données d'analyses dramaturgiques antérieures se trouvent ainsi confirmées. Mais elles sont ici validées par une quantification et une qualification *unique* qui permet de comparer les œuvres entre elles et donc d'en définir les traits récurrents. Elle permet encore de comparer — et c'est là l'objet de recherches en cours — l'écriture scénique de Molière à celle de ses contemporains, qu'ils aient été ses inspirateurs, ses rivaux ou ses initiateurs. Cette comparaison synchronique satisfait également aux exigences de la mise en contexte et de la monographie.

Molière est bien un auteur de son temps qui exploite des ressorts et des thématiques qu'il partage avec ses contemporains, quand il ne les leur emprunte pas. Mais sa spécificité scénique est patente, qui donne à ses pièces la possibilité d'être jouées encore de nos jours. La comparaison se doit donc d'être scénique et non strictement thématique ou structurelle. De même, l'analyse mathématique permet de comparer entre elles des mises en scène, en relevant les choix rythmiques qu'elles supposent. La mise en évidence des syllabes dramatiques fournit une partition de l'œuvre qui peut servir d'aune à laquelle mesurer l'exécution scénique.

Les termes musicaux ne sont pas ici — comme bien souvent — métaphore d'une incapacité descriptive. La syllabe dramatique se quantifie uniquement à partir de données intrinsèques et assez rigoureusement pour que les regroupements qu'elle suggère soient pris en compte et dessinent des unités de jeu. C'est à la mise en scène de les mettre en évidence en s'appuyant sur des continuités ou des ruptures scéniques par accélération et effacement des liaisons scéniques, ou, au contraire, par leur étirement ou leur accentuation. Cette donnée renvoie donc à la définition la moins controuvée qui soit du rythme. Elle renvoie aussi à une caractéristique spécifique au théâtre moliéresque puisqu'une pièce tout entière — et non des moindres — repose sur l'exploitation thématique du rythme scénique. *Le Misanthrope* est à ce titre exemplaire de l'importance des liaisons scéniques chez Molière. Être en scène, sortir de scène, y entrer sont les points cardinaux d'une dramaturgie qui s'inscrit dans le temps de la représentation et où les entractes eux-mêmes sont traités en syncope ou à contretemps. Le découpage syllabique de *L'École des femmes* en offre une démonstration presque rigoureuse, mais il n'est pas le seul du corpus. D'autres œuvres ont des découpages explicites des alternatives et des enjeux de la fable, telles *Amphitryon* où le chiffre scénique sert la duplicité et la duplication du thème. Mais *Le Malade imaginaire* aussi, selon une scansion qui inclut les intermèdes, par personnactes interposés, et qui met en évidence le rôle charnière de scènes les plus couramment... supprimées aux représentations.

C'est donc une analyse qui, loin d'enfermer l'œuvre aux limites d'une grille de lecture, permet aussi de mesurer les inventions, les libertés que prennent ou qu'ont pris certains metteurs en scène. On a pu voir la logique narrative, mais aussi scénique, de la mise en scène de Jouvet qui, ajoutant une scène à *L'École des femmes*, supprimait un entracte au profit d'une rééquilibration du temps du spectacle. On a pu suggérer la distribution du ballet-intronisation, final du *Malade imaginaire*, en conciliant tout à la fois les données fictives, la logique du récit et les nécessités de l'emploi des membres d'une troupe donnée.

Ce qu'a pu mettre au jour cette recherche, préliminaire nécessaire à une synthèse diachronique et synchronique, c'est la pertinence d'un mode d'analyse qui, tout en suscitant des outils théoriques, reste soumis à la matérialité théâtrale et concilie ainsi l'économie du récit et l'économie de l'acteur, selon un couplage qui fut, sans aucun doute, une des constantes de la production moliéresque. Être en scène, à la scène, n'exister que pour la présence scénique jusqu'à n'en sortir que pour mourir, tous repères que Molière a personnifiés et mythifiés au travers de sa carrière et que ses personnages, le rythme de ses œuvres, viennent encore aujourd'hui chiffrer.

BIBLIOGRAPHIE

ÉDITIONS DE MOLIÈRE
Œuvres complètes de Molière
   Édition G. Couton, Paris, NRF, tomes I et II, « La Pléiade », 1971.
Œuvres complètes de Molière
   Édition pour le Tricentenaire de la mort de Molière, Paris, Michel de l'Ormeraie, 1970.

OUVRAGES SUR L'ŒUVRE DE MOLIÈRE
Arnavon, 1940
   Jacques ARNAVON, Le Misanthrope, mise en scène, Paris, Plon, 1940.
Cartier, 1973
   Jacqueline CARTIER, Le Petit Molière, avec les conseils de J. CHARRON et Guy AUTHIER, Paris, 1973.
Copeau, 1941
   Jacques COPEAU, Les Fourberies de Scapin, mise en scène, Paris, Seuil, 1941.
Defaux, 1980
   G. DEFAUX, Molière ou les métamorphoses du comique, Lexington, French Forum Publishers, 1980.
Descotes, 1976
   Maurice DESCOTES, Les Grands Rôles du théâtre de Molière, Paris, Les Presses universitaires de France, 1976.
Jouvet, 1937
   Louis JOUVET, « Conférence sur l'interprétation de Molière », dans Conferencia, septembre 1937.
Jouvet, 1965
   Louis JOUVET, Molière et la comédie classique, extraits des cours de Jouvet au Conservatoire (1939-1940), Paris, Gallimard, 1965.
Magné, 1972
   B. MAGNÉ, « L'École des femmes ou la conquête de la parole », dans Revue des Sciences humaines, 37, n° 145 (1972), p. 125-140.

Mongrédien, 1973
  G. MONGRÉDIEN, *Recueil des textes et des documents du XVIIᵉ siècle relatifs à Molière*, 2ᵉ édition, Paris, CNRS, 1973.
Mulhfeld, 1881
  L. MULHFELD, *Les Dénouements de Molière*, Paris, 1881.
Pellisson, 1976
  Maurice PELLISSON, *Les Comédies-Ballets de Molière*, Paris, Éditions d'Aujourd'hui, 1976.
Relyea, 1976
  Suzanne RELYEA, *Signs, Systems and Meanings*, Middletown (Connecticut), Wesleyan University Press, 1976.
Tissier, 1986
  A. TISSIER, « Structure dramaturgique et schématique de l'*Amphitryon* de Molière », *Dramaturgies. Langages dramatiques*, mélanges pour Jacques Schérer, Paris, Nizet, 1986, p. 225-233.
Ubersfeld, 1986
  Anne UBERSFELD, « Le double dans l'Amphitryon de Molière », *Dramaturgies. Langages dramatiques*, mélanges pour Jacques Schérer, Paris, Nizet, 1986, p. 235-244.
Valde, 1946
  Pierre VALDE, *Le Malade imaginaire*, mise en scène, Paris, Seuil, 1946.

OUVRAGES CONCERNANT LE THÉÂTRE
Descotes, 1964
  Maurice DESCOTES, *Le Public de théâtre et son histoire*, Paris, Les Presses universitaires de France, 1964.
Ginestier, 1961
  Paul GINESTIER, *Le Théâtre contemporain dans le monde*, Paris, Les Presses universitaires de France, 1961.
Girard, Ouellet et Rigault, 1978
  G. GIRARD, R. OUELLET et C. RIGAULT, *L'Univers du théâtre*, « Littératures modernes », Paris, Les Presses universitaires de France, 1978.
Jouvet, 1952
  Louis JOUVET, *Témoignage sur le théâtre*, Paris, Flammarion, 1952.
Larthomas, 1972
  Pierre LARTHOMAS, *Le Langage dramatique*, Paris, Armand Colin, 1972.
Schérer, 1968
  Jacques SCHÉRER, *La Dramaturgie classique en France*, Paris, Nizet, 1968.
Souriau, 1950
  Étienne SOURIAU, *Les deux cent mille situations dramatiques*, Paris, Flammarion, 1950.
Veinstein, 1955
  André VEINSTEIN, *La Mise en scène théâtrale et sa condition esthétique*, Paris, Flammarion, 1955.

OUVRAGES GÉNÉRAUX

Bakhtine, 1970
> M. BAKHTINE, *La Poétique de Dostoïevski*, Paris, Le Seuil, 1970.

Barthes, 1966
> Roland BARTHES, « Introduction à l'analyse structurale des récits », dans *Communication 8*, Paris, Seuil, 1966.

Barthes, 1970
> Roland BARTHES, *Essais critiques*, Paris, Seuil, 1970.

Bremond, 1965
> C. BREMOND, « La logique des possibles narratifs », dans *Communication 8*, Paris, Seuil, 1965.

Greimas, 1966
> A.-J. GREIMAS, *Sémantique structurale*, Paris, Larousse, 1966.

Greimas, 1972
> A.-J. GREIMAS, *Du sens*, Paris, Seuil, 1970.

Hamon, 1972
> Philippe HAMON, « Pour un statut sémiologique du personnage », dans *Littérature 6*, Paris, Larousse, 1972.

Maingeneau, 1976
> D. MAINGENEAU, *Initiation aux méthodes de l'analyse du discours*, « Langue, linguistique, communication », Paris, Hachette, Paris, 1976.

Mounin, 1970
> G. MOUNIN, *Introduction à la sémiologie*, Paris, Minuit, 1970.

Peirce, 1978
> Charles S. PEIRCE, *Écrits sur le signe*, textes rassemblés, traduits et commentés par G. DELEDALLE, Paris, Seuil, 1978.

Recanati, 1981
> F. RECANATI, *Les Énoncés performatifs*, Propositions, Paris, Minuit, 1981.

Ricardou, 1967
> Jean RICARDOU, *Problèmes du nouveau roman*, Paris, Seuil, 1967.

SÉMIOLOGIE THÉÂTRALE

Alter, 1975
> Jean ALTER, « Vers le mathématexte au théâtre : en codant Godot », dans *Sémiologie de la représentation*, Bruxelles, Complexe, 1975.

Bogatyrev, 1971
> Petr BOGATYREV, « Les signes du théâtre », dans *Poétique 8*, Paris, Seuil, 1971.

Durand, 1975
> Régis DURAND, « Problèmes de l'analyse structurale et sémiotique de la forme théâtrale », dans *Sémiologie de la représentation*, Bruxelles, Complexe, 1975.

Elam, 1980
> Keir ELAM, *The Semiotics of Theater and Drama*, « New accents », New York, Methver, 1980.

Helbo, 1975
> André HELBO, « Pour un proprium de la représentation théâtrale », dans *Sémiologie de la représentation*, Bruxelles, Complexe, 1975.

Jansen, 1968
Steen JANSEN, « Esquisse d'une théorie de la forme dramatique », dans *Langages*, n° 12, décembre 1968.
Grossman, 1976
Lionel GROSSMAN, « The Signs of the Theatre », in *Theatre Research International*, Oxford, Oxford University Press, 1976.
Pavis, 1976
Patrice PAVIS, *Problèmes de sémiologie théâtrale*, Montréal, Les Presses de l'Université du Québec, 1976.
Pavis, 1980
Patrice PAVIS, *Dictionnaire au théâtre*, Paris, Éditions Sociales, 1980.
Pavis, 1982
Patrice PAVIS, *Voix et images de la scène*, essais de sémiologie théâtrale, Lille, Les Presses universitaires de Lille, 1982.
Rastier, 1971
François RASTIER, « Les niveaux d'ambiguïtés des structures narratives », dans *Semiotica III*, Paris, Éditions Sociales, 1971.
Ubersfeld, 1977a
Anne UBERSFELD, *Lire le théâtre*, Paris, Éditions Sociales, 1977.
Ubersfeld, 1977b
Anne UBERSFELD, « Le lieu du discours », dans *Pratiques* (théâtre), n°ˢ 15-16, juillet 1977.
Ubersfeld, 1980
Anne UBERSFELD, *L'École du spectateur*, Paris, Éditions Sociales, 1980.

LINGUISTIQUE MATHÉMATIQUE
Brainerd et Neufeldt, 1974
B. BRAINERD et V. NEUFELDT, « On Marcus Methods for the Analysis of the Strategy of a Play », dans *Poetics 10*, 1974, p. 31-74.
Dinu, 1968
Mihaï DINU, « Structures linguistiques probabilistes issues de l'étude du théâtre », dans *Cahiers de linguistique théorique et appliquée*, vol. 5, 1968.
Dinu, 1973
Mihaï DINU, « Continuité et changement dans la stratégie des personnages dramatiques », dans *Cahiers de linguistique théorique et appliquée*, vol. 10, 1973.
Gauthier, 1965
Abel GAUTHIER, *Introduction à l'analyse mathématique*, Montréal, Les Presses universitaires de Montréal, 1965.
Marcus, 1970
Solomon MARCUS, *Poetica Matematica*, Bucarest, Editura Academici RSR, 1970.
Marcus, 1975
Solomon MARCUS, « Stratégie des personnages dramatiques », dans *Sémiologie de la représentation*, Bruxelles, Complexe, 1975.
Muller, 1973
Charles MULLER, *Initiation aux méthodes de la statistique linguistique*, Paris, Hachette, 1973.

Poetics, 6, 3/4, décembre 1977, « The Formal Study of Drama », édité par Solomon Marcus.

Rezvina, 1973
    Olga REZVINA, « On Marcus Descriptive Model of Theatre », dans *Cahiers de Linguistique théorique et appliquée*, vol. 10, n° 1, 1973.

DISCOGRAPHIE
Jouvet, Blanchar et Richard, 1951
    Louis JOUVET, Dominique BLANCHAR et J. RICHARD, *L'École des femmes* (intégral), (enregistrement publié au théâtre de Boston, le 16 mars 1951), Pathé, 30 cm (mono).

Cet ouvrage
a été composé en caractère Goudy Old Style Roman
par The Runge Press (Ottawa)
et imprimé
en août mil neuf cent quatre-vingt-dix
par Friesen Printers, Altona (Manitoba).